जो कहानियाँ मैंने इस संकलन के लिए
चुनी हैं उनके केन्द्र में आम जन के
सुख-दुख, संघर्ष, परेशानियाँ और तकलीफें
हैं जिन्हें मैंने बहुत करीब से देखा, भोगा
और महसूस किया है। अपने बारे में मैं
एक बात और कहना चाहूँगा। कहानी को
कहानी रहने देना ही मेरा उद्देश्य रहा है।
शिल्प के गुंजलक में उलझना मेरी फितरत
के खिलाफ है। भाषा को लेकर भी सहज
और आम-फहम ज़बान ही मुझे रास आती
है।...

—इसी पुस्तक की भूमिका से

मेरी प्रिय कहानियाँ

कामतानाथ

ISBN : 978-93-5064-112-5

प्रथम संस्करण : 2013 © कामतानाथ
MERI PRIYA KAHANIYAN (Stories) by Kamtanath

राजपाल एण्ड सन्ज़

1590, मदरसा रोड, कश्मीरी गेट, दिल्ली-110006
फोन : 011-23869812, 23865483, 23867791
website : www.rajpalpublishing.com
e-mail : sales@rajpalpublishing.com
www.facebook.com/rajpalandsons

भूमिका

मेरी पहली कहानी 'मेहमान' 1961 में प्रकाशित हुई थी। यह वह समय था जब कहानी का परिदृश्य बहुत स्पष्ट नहीं था। नई कहानी 'आन्दोलन' पूरी तरह समाप्त तो नहीं हुआ था लेकिन लगभग समाप्त-प्रायः था। उसकी जगह नई प्रवृत्तियों ने जन्म लेना शुरू कर दिया जैसे—सचेतन कहानी, अकहानी, साठोत्तरी कहानी और कुछ दिनों बाद सेक्स को केन्द्रित कर लिखी जाने वाली कहानियाँ। इसी के साथ कुछ लोग पाँचवें पाठक की तलाश में भी लगे थे जिससे उनका क्या तात्पर्य था, यह बहुत साफ नहीं था। 'सचेतन' कहानी एक प्रकार से नई कहानी की ही मान्यताओं का बदला हुआ स्वरूप थी। इससे ज़्यादातर वे लोग जुड़े थे जिन्हें 'नई कहानी' में वह स्थान नहीं मिला था जिसकी उन्हें अपेक्षा थी। 'अकहानी' आन्दोलन जो पाश्चात्य देशों के एण्टी स्टोरी मूवमेण्ट की नकल में शुरू किया गया था, कामू, काफ्का जैसे लेखकों से प्रभावित था। ज़ाहिर है, इस आन्दोलन की विचारधारा इस देश की मिट्टी से जुड़ी न होकर यूरोपीय देशों की युद्धोपरान्त स्थितियों से जुड़ी थी। 'साठोत्तरी' कहानी को भी कभी किसी ने प्रभाषित या व्याख्यायित नहीं किया सिवा इसके कि यह सन् 1960 के बाद लिखना शुरू करने वाले चन्द लेखकों का एक समूह था।

सेक्स केन्द्रित कहानियों का फैशन थोड़ा देर से शुरू हुआ। वैसे सेक्स ज़िन्दगी का एक अहम पहलू है। लेकिन इस दौर में जो कहानियाँ लिखी गईं वे किसी स्वस्थ मानसिकता की उपज न होकर विकृत सेक्स वाली मानसिकता की उपज थीं। कमलेश्वर ने साहित्य में इस प्रवृत्ति के खिलाफ 'अय्याश प्रेतों का विद्रोह' शीर्षक से 'धर्मयुग' में एक लेखमाला लिखी थी जिसके बाद इस तरह की कहानियों का फैशन समाप्त-सा हो गया।

मैंने लिखना शुरू किया तो कमोबेश यही परिदृश्य था लेकिन मैं इससे प्रभावित नहीं था। इसका कारण था। तब तक मैं प्रगतिशील आन्दोलन से जुड़

चुका था और बन्ने भाई, यशपाल, एहतशाम हुसैन जैसे वरिष्ठ लेखकों, चिंतकों के सम्पर्क में आ चुका था। और यद्यपि अभी तक मैंने कम्युनिस्ट पार्टी की सदस्यता ग्रहण नहीं की थी किन्तु ट्रेड यूनियन के क्षेत्र में काफी सक्रिय था। रूसी साहित्य से भी मेरा परिचय हो चुका था। उसके अलावा जिन्हें कहानी का मास्टर कहा जाता है जैसे—चेखव, मोपांसा, ओ' हेनरी, लू शुन, गोर्की आदि को भी मैं पढ़ चुका था। हिन्दी में जिस लेखक को मैंने सबसे पहले पढ़ा वह प्रेमचन्द थे। 'ईदगाह', 'पूस की रात', 'ठाकुर का कुआं', 'कफ़न' आदि कहानियों से मैं काफी प्रभावित था। नई कहानी कहानीकारों में अमरकान्त, भीष्म साहनी, शेखर जोशी, कमलेश्वर मेरे प्रिय लेखक थे। कमलेश्वर की 'राजा निरबंसिया' तो मुझे विशेष रूप से पसन्द थी।

मेरी इस पृष्ठभूमि के होते कहानी लिखना मेरे लिए एक प्रकार से साधारण जन के कष्टों, तकलीफों, परेशानियों आदि से जुड़ना था। साथ ही अंधविश्वास, धर्मान्धता, साम्प्रदायिकता आदि के खिलाफ खड़े होना भी था। अपवाद स्वरूप कुछ कहानियों को छोड़ दें तो मैं समझता हूँ कि मेरी कहानियाँ ज़मीनी यथार्थ की कहानियाँ हैं। अधिकांशतः बनते-बिगड़ते मानवीय रिश्ते, टूटते, फिर भी संघर्ष करते साधारणजन मेरी कहानियों के पात्र हैं।

बहरहाल ,जैसा कि मैंने पहले कहा, मेरी पहली कहानी 1961 में प्रकाशित हुई थी। तब से अब तक लगभग एक सौ पचास कहानियाँ मैं लिख चुका हूँ। मोटे तौर पर इन कहानियों को उनके लेखन/प्रकाशन के अनुसार तीन कालखण्डों में विभाजित किया जा सकता है। पहला 1961 से लेकर 1966-67 तक, दूसरा 1967-68 से लेकर 1984-85 तक और तीसरा उसके बाद से लेकर आज तक।

पहले दौर की मेरी चर्चित कहानियाँ हैं—'देवी का आगमन', मिट्टी के खिलौने, 'एक दिन के नवाब', लाख की चूड़ियाँ, 'उसका बच्चा', 'वे दिन', 'कम्युनिस्ट', 'शापग्रस्त', 'दीवारें' और 'लाशें'।

'देवी का आगमन' 1961 के अन्त में 'सारिका' में प्रकाशित हुई थी। उन दिनों उसके सम्पादक थे—चन्द्रगुप्त विद्यालंकार। उन्हें यह कहानी बहुत पसन्द थी और जहाँ तक मुझे ध्यान पड़ता है, यह उस अंक में छपने वाली कहानियों में सर्वप्रथम स्थान पर छपी थी। बाद में उन्होंने इसे कोर्स की एक पुस्तक में भी शामिल किया। इस दौर की सभी कहानियाँ अलग-अलग परिवेश और अनुभवों पर आधारित हैं। 'लाख की चूड़ियाँ' मेरे ननिहाल के एक मनिहार की कहानी है जो लाख की बहुत ही खूबसूरत चूड़ियाँ बनाया करता था लेकिन बाद में इस मशीनी युग ने उसके हाथ काट दिए। लाख की चूड़ियों का चलन ही समाप्त

हो गया। उसका स्थान कांच की चूड़ियों ने ले लिया। अब तो ख़ैर प्लास्टिक की चूड़ियाँ भी चलती हैं। ख़ैर!

'कम्युनिस्ट' एक ट्रेड यूनियन कार्यकर्ता की कहानी है जो किसी भी स्थिति में अपनी मान्यताओं और मूल्यों से समझौता करने को तैयार नहीं है। 'शापग्रस्त' की पृष्ठभूमि में एक मध्यवर्गीय परिवार है जो टूटने की कगार पर है। इसी तरह इस दौर की अन्य कहानियाँ भी अलग-अलग परिवेश से उठाई गई हैं। इस दौर की मेरी सबसे चर्चित कहानी 'लाशें' है। उन दिनों इस कहानी की लोगों ने बेहद प्रशंसा की। कमलेश्वर ने तो इसे 'नई धारा' के विशेषांक में प्रकाशित किया ही था, धर्मवीर भारती ने भी एक खूबसूरत पत्र मुझे इसकी प्रशंसा में लिखा था। उस दौर के अनेक संग्रहों में भी इसे शामिल किया गया।

दूसरे दौर की कहानियों में 'छुट्टियाँ', 'मकान', 'समझौता', 'पहाड़', 'नर्सिंग होम में', 'खलनायक', 'अंत्येष्टि', 'सारी रात', 'काम का पहिया' आदि शामिल हैं। ये सभी मेरी प्रिय कहानियाँ हैं। पाठकों और समीक्षकों ने भी इन्हें मेरी श्रेष्ठ कहानियों में शुमार किया है। यह वह दौर था जब मैं लखनऊ से कानपुर आ चुका था। 'छुट्टियाँ' इस दौर की पहली चर्चित कहानी है। इसके केन्द्र में भी टूटता हुआ एक मध्यवर्गीय परिवार है। पिता की मृत्यु हो चुकी है। बड़ा बेटा नौकरी के तबादले के कारण यह शहर छोड़कर दूसरे शहर चला जाता है। तीसरा यानी सबसे छोटा बेटा गलत रास्ते पर पड़कर अपराध की दुनिया की ओर रुख करता है जबकि मंझला बेटा इन सभी परिस्थितियों से पूरी तरह तटस्थ है। अकेले माँ अपने तईं पूरे परिवार को बाँधे रखने का प्रयत्न करती है। इस कहानी को भी 'लाशें' कहानी की ही तरह कितने ही संग्रहों में शामिल किया गया तथा पंजाबी, मराठी, तेलुगू, मलयालम आदि भाषाओं में अनूदित किया गया। 'काम का पहिया' भी उस दौर की अन्य कहानियों के साथ बहुत ही चर्चित कहानी है। यह भी एक कम्युनिस्ट कार्यकर्ता की कहानी है जिसने अपना सब कुछ पार्टी के लिए होम कर दिया और बावजूद इसके कि उसे पार्टी में वह सम्मान नहीं मिलता जो उसका देय है, पार्टी के प्रति उसकी लगन में कोई कमी नहीं आती। 'सारी रात' एक नवविवाहित दंपती की पहली रात की कहानी है जिसमें पति अपनी पत्नी के साथ छेड़छाड़ के दौरान उसे अपने पिछले जीवन की प्रेम कहानियाँ सुनाता है और उसे भी मजबूर करता है कि वह भी अपने अब तक के जीवन में आए प्रेम-प्रसंगों के बारे में उसे बताए। पत्नी के जीवन में ऐसा कुछ नहीं है। फिर भी पति उसे विवश करता है और अन्ततः खामख्वाह की एक बात को लेकर उससे नाराज़ हो जाता है।

तीसरे दौर की मेरी उल्लेखनीय कहानियाँ हैं–'शिकस्त', 'सोवियत संघ का पतन क्यों हुआ', 'होना हल एक कठिन समस्या का', 'आकाश से झाँकता वह चेहरा', 'बच्चा', 'निमाई दत्ता की त्रासदी', 'संक्रमण' आदि। कथा की दृष्टि से तो इन कहानियों में पहले की कहानियों की अपेक्षा बदलाव है ही, शिल्प की दृष्टि से भी इनमें से कई कहानियाँ जैसे, 'शिकस्त', 'होना एक कठिन समस्या का', 'बच्चा', 'संक्रमण' आदि पहले की मेरी कहानियों से अलग दिखाई देती हैं। इनमें मेरी सबसे चर्चित कहानी है–'संक्रमण' जो एक तरह से दो पीढ़ियों की कहानी है। नाट्यकर्मियों को भी यह कहानी बेहद प्रिय है। प्रख्यात फिल्म एक्टर एवं नाटककार नसीरुद्दीन शाह ने इस कहानी के सौ से ऊपर शो किए होंगे। इसी तरह एन.एस.डी. के भूतपूर्व निर्देशक देवेन्द्र राज 'अंकुर', मनोहर तेलगी, चित्रा मोहन आदि ने भी इसके दर्जनों मंचन किए हैं। देश-विदेश मिलाकर इसके कितने ही शो हो चुके हैं।

ज़ाहिर है, इन सभी कहानियों को इस संकलन में शामिल कर पाना सम्भव नहीं है। फिर भी, जो कहानियाँ मैंने इसके लिए चुनी हैं उनके केन्द्र में आम जन के सुख-दुख, संघर्ष, परेशानियाँ और तकलीफें हैं जिन्हें मैंने बहुत करीब से देखा, भोगा और महसूस किया है। अपने बारे में मैं एक बात और कहना चाहूँगा। कहानी को कहानी रहने देना ही मेरा उद्देश्य रहा है। शिल्प के गुंजलक में उलझना मेरी फितरत के खिलाफ है। भाषा को लेकर भी सहज और आम-फहम ज़बान ही मुझे रास आती है। लम्बे-लम्बे वर्णनों से भी मुझे परहेज़ है। मेरा विश्वास है कि कहानी के पात्रों की पहचान उनकी स्थितियों तथा कहानी में आए संवादों तथा अन्य क्रियाकलापों आदि से ही स्पष्ट हो जाना चाहिए। उसके लिए लम्बे-लम्बे वर्णनों की आवश्यकता मेरी समझ में नहीं आती।

यहाँ एक और बात कहना चाहूँगा। मेरा सौभाग्य रहा है कि मैं प्रगतिशील और समान्तर–दोनों ही आन्दोलनों से जुड़ा रहा। ये दोनों ही आन्दोलन जीवन और मानवीय संघर्षों से जुड़े रहे। बल्कि समान्तर आन्दोलन ने तो आम आदमी के संघर्षों से जुड़ने की ही बात नहीं की, वह उसमें भागीदार होने यानी प्रतिबद्धता से एक कदम आगे बढ़कर जनसंघर्षों से सम्बद्ध होने का पक्षधर था।

संक्षेप में इतना ही। मुझे उम्मीद है, इस संकलन में प्रस्तुत कहानियाँ पाठकों को निश्चय ही पसंद आएंगी।

—कामतानाथ

क्रम

काम का पहिया

गुरू रामप्रसाद ने आइक-माइक रिक्शे में पटक दिया और अंदर कोठरी में आकर कुर्ता उतारने लगे। कुर्ता उतार कर उन्होंने उसे खूंटी पर टांग दिया, सुराही से एक गिलास पानी लेकर पिया, तब जेब से खैनी निकालकर बनाई और चुटकी से उसे होंठ में दबा कर चारपाई पर दीवाल का सहारा लेकर अधलेटे हो गए।

रिक्शेवाला कुछ देर उनकी प्रतीक्षा करता रहा। जब वह लौट कर नहीं आए तो उसने अंदर झांककर आवाज़ दी, 'नेताजी, चलना नहीं है?'

गुरू ने सुना, परंतु कोई जवाब नहीं दिया। उन्होंने अखबार उठा लिया था और नाक पर चश्मा चढ़ाकर उसे बांचने लगे थे।

दामोदर प्रसाद अंदर हॉल में बैठे विक्टोरिया मिल के बिनता विभाग के फज़लुद्दीन का केस स्टडी कर रहे थे। रिक्शेवाले की तीसरी या चौथी आवाज़ पर वह उठकर बाहर आ गए। चौधरी बाहर दीवाल पर कल की हड़ताल का पोस्टर चिपका रहा था।

'गुरू कहाँ गए?' दामोदर प्रसाद ने चौधरी से पूछा।

'अभी तो यहीं थे।' चौधरी ने उत्तर दिया।

दामोदर प्रसाद ने अंदर झांककर देखा। गुरू अपनी कोठरी में चारपाई पर बदस्तूर लेटे अखबार का अध्ययन कर रहे थे।

'क्यों, एनाउन्समेंट करने नहीं जाओगे?' दामोदर प्रसाद ने पूछा।

गुरू ने कोई उत्तर नहीं दिया।

'कुछ बोलोगे मुँह से? यह रिक्शा जो बुलाकर खड़ा कर लिया है, इसका चार रुपये घंटा यहीं खड़े रहने का भरा जाएगा क्या?'

'खड़े रहने का भरा जाए या पड़े रहने का भरा जाए, मुझसे मतलब नहीं है। जिसको सौ बार गरज़ हो वह जाए एनाउन्समेंट करने।'

'क्यों, हो क्या गया? अभी तो अच्छे-खासे 'टेस्टिंग-टेस्टिंग' चिल्ला रहे थे! इतनी देर में आखिर कौन-सी मक्खी छींक गई?'

'मेरे मुँह न लगो। अपना काम करो जाके। मैं न जाऊंगा कहीं। जिसको नेतागीरी करनी हो, वह जाए एनाउन्समेंट करने।'

दामोदर प्रसाद समझ गए कि अब साक्षात् कार्ल मार्क्स ही क्यों न आ जाएं, गुरू न उठेंगे। लेकिन वह यह नहीं समझ पा रहे थे कि आखिर इतनी देर में हो क्या गया। अभी थोड़ी देर पहले जब तक माइक नहीं आया था, गुरू सड़क पर बेचैन टहल रहे थे। कभी ऊंट की तरह गर्दन उठाकर चौराहे की तरफ ताकने लगते तो कभी यों ही कमर पर दोनों हाथ रखे बरांडे में ही वर्जिश जैसी करने लगते। आखिर जब माइक वाला आया तो खासी फटकार उन्होंने उसे पिलाई, तब लाउडस्पीकर सेट करवाकर रिक्शे में बंधवाया और माइक टेस्ट करने लगे–'हलो, टेस्टिंग, एक, दो, तीन, चार। हलो, टेस्टिंग, चार, तीन, दो, एक।' और तभी अचानक माइक रिक्शे में पटक कर अंदर चले आए।

दामोदर प्रसाद ने चौधरी से कहा, 'जाओ तुम, पोस्टर छोड़ दो। एनाउन्समेंट पर निकल जाओ।'

'मुझको लेबर कोर्ट भी तो जाना है। गौरी वाले केस की सुनवाई होनी है आज।'

'वह मैं देख लूंगा। यह काम ज़रूरी है। इसे निबटा आओ पहले।'

'गुरू क्या कर रहे हैं?'

'गुरू नखरा कर रहे हैं। पहली मर्तबा थोड़े है यह? तुम्हें आदत मालूम नहीं है उनकी।' और वह गुरू की ओर मुड़कर बोले, 'कसम है तुमको भी जो अब चारपाई से उठे। जब तक हड़ताल न हो जाए इसी पर पड़े रहना।'

'इस पर क्यों पड़ा रहूँगा,' गुरू ने कहा, 'कोई अपाहिज हूँ क्या? जो मर्ज़ी आएगी, करूंगा।'

'हां, जो मर्ज़ी आए करना। मगर हड़ताल की मीटिंग, सभा या किसी मिल गेट पर न आना जो असली मर्द की औलाद होना तो।'

'जाओ-जाओ, अपना काम देखो। मेरे मुँह न लगो, नहीं तो अभी यहीं धो के रख दूंगा।'

चौधरी माइक लेकर रिक्शे में बैठ चुका था। 'दोस्तो, आपसे अपील है, गुज़ारिश है, कि कल की हड़ताल को कामयाब बनाने के लिए आज शाम परेड के मैदान में आयोजित आम सभा में भारी संख्या में शामिल हों। दोस्तो...।'

रिक्शा आगे बढ़ गया तो दामोदर प्रसाद वापस हॉल में आ गए।

गुरू अखबार बिस्तर पर रखकर रोशनदान में बने गौरैया के घोंसले को

निहारने लगे थे। पूरी ज़िन्दगी उन्होंने पार्टी के लिए होम कर दी थी। न शादी-ब्याह किया, न तंदुरुस्ती देखी, न पैसा। अभी पिछले महीने अपनी पेंशन से रुपये बचाकर हॉल में पंखा लगवाया था उन्होंने, नहीं तो गर्मी के दिनों में बैठना दूभर होता था यहाँ। मीटिंग, सभा में मज़दूरों की हालत खराब हो जाती थी। पिछले वर्ष सामने की सड़क ठीक कराई थी। जगह-जगह बड़े-बड़े गड्ढे बन गए थे जिनमें अक्सर पानी भर जाता। दिन-भर सूअर लोटते रहते। कॉर्पोरेशन को लिखते-लिखते हारकर एक दिन गुरू खुद मूलगंज से मज़दूर पकड़ लाए। बाज़ार से तीन-चार बोरी गिट्टी, मोरंग, सीमेंट वगैरह लाए। साथ में खुद जुट गए दुर्मुट लेकर और शाम तक पूरी सड़क ठीक कर दी।

आज से पचास साल पहले, सत्रह साल की उम्र में वह गांव से भागकर इस शहर में आए थे। कुछ दिन पहलवानी और दादागिरी की, तब कुछ दिनों विक्टोरिया मिल में काम किया। उसके बाद लाल इमली में काम करने लगे। उन दिनों मिलों में सारे हाकिम अंग्रेज़ हुआ करते थे। बड़े दिन पर मिल बंद रहता लेकिन मज़दूरों को उस दिन का वेतन नहीं मिलता। इसी बात को लेकर गुरू ने मांग उठाई कि हमें बड़े दिन की छुट्टी नहीं चाहिए। हमारी मर्ज़ी के खिलाफ मिल बंद किया जाए तो हमें उस दिन का पूरा वेतन दिया जाए। नहीं तो हम मिल में काम करेंगे, हमें अड़े-बड़े दिन से कोई मतलब नहीं। इसी मांग को लेकर गुरू ने हड़ताल की नोटिस दे दी। अंग्रेज हाकिम ने गुरू को बुलाकर डराया-धमकाया और नौकरी से निकाल देने की चेतावनी दी। इस पर गुरू ने जमकर उसे शुद्ध हिंदुस्तानी में गालियां दीं। गोरे हाकिम ने गुरू को वहाँ से निकल जाने का आदेश दिया तो गुरू और तैश में आ गए। उन्होंने कहा, 'निकलूंगा मैं नहीं, निकलोगे तुम। यह मिल तुम्हारे बाप की नहीं है। इसमें इस देश की पूंजी लगी है। और इस मिल से ही नहीं, इस देश से भी निकाले जाओगे तुम।' इतना कहकर गुरू 'वंदे मातरम्' और 'भारत माता की जय' के नारे लगाने लगे। नतीजा यह हुआ कि गुरू को पकड़ कर तुरंत जेल भेज दिया गया। मगर दूसरे दिन से ही मिल में हड़ताल हो गई। सारा काम ठप्प हो गया।

दूसरे विश्वयुद्ध का ज़माना था। मिल से कपड़े-कम्बल आदि बनकर जवानों को मोर्चों पर भेजे जा रहे थे। मिल में हड़ताल हो गई तो गोरे हाकिम का माथा चकराया। उसने बहुत हाथ-पांव मारे मगर हड़ताल बराबर बनी रही। अंततः उसने हारकर कम्युनिस्ट नेताओं से मदद मांगी। हिटलर के खिलाफ कम्युनिस्ट अंग्रेज़ों की मदद कर रहे थे। अतः वे मान गए। मगर मज़दूरों ने उनकी भी एक न

सुनी। उन्होंने साफ कह दिया कि जब तक गुरू रामप्रसाद लौट कर नहीं आते, काम का चक्का जाम रहेगा। कामरेड प्यारेलाल, बालकृष्ण शर्मा, मौलाना यूसुफ जैसे जाने-माने कम्युनिस्ट नेताओं ने बीच-बचाव किया। जेल जाकर गुरू रामप्रसाद से भेंट की उन्होंने। अंग्रेज़ हाकिम को भी समझाया-बुझाया। अंततः सरकार ने हार मानकर गुरू को बिना शर्त रिहा कर दिया। मिल में पुनः काम शुरू हो गया। मगर गुरू ने काम करने से इंकार कर दिया। उन्होंने कसम खाई कि भीख मांग लेंगे मगर जीते-जी अंग्रेज़ों की नौकरी नहीं करेंगे।

अंग्रेज़ इस देश से चले भी गए मगर गुरू ने दोबारा नौकरी नहीं की। सारा जीवन पार्टी को समर्पित कर दिया। वह अधिक पढ़े-लिखे नहीं थे। फिर भी उन्हें मज़दूर सभा का ज्वाइंट सेक्रेटरी बना दिया गया। बाद में वाइस प्रेसीडेंट और तब प्रेसीडेंट बने। कितनी ही बार वह जेल गए। अंग्रेज़ सरकार के ज़माने में तो गए ही, बाद में कांग्रेस सरकार के ज़माने में भी जाने कितनी बार महीनों जेल की रोटियां खाई उन्होंने।

इस बीच कितने ही लोग पार्टी में आए, अपना उल्लू सीधा किया और चलते बने। कुछ वैचारिक मतभेद का बहाना बना कर चले गए, कुछ वैसे ही निकल गए। मगर गुरू आज तक अपनी आस्था से नहीं डिगे। नतीजा यह हुआ कि गुरू मज़दूर सभा के छोटे-से दायरे में पड़े रहे, और लोग आगे निकल गए। कोई एम. पी. हो गया, कोई एम. एल. ए. या एम. एल. सी.। और गुरू वही ठनठन गोपाल। क्या मिला उन्हें आज तक इस पार्टी से? सरकारी पेंशन? वह गुरू ने अपने बलबूते पाई स्वतंत्रता संग्राम में जेल जाने के कारण। उसमें पार्टी का क्या योगदान! हां एक बार रूस ज़रूर घूमने को मिला, पर वह भी यहाँ वालों की कृपा से नहीं। यहाँ के नेताओं से कह-कहकर तो उनकी ज़बान घिस गई मगर किसी ने कोई तवज्जोह नहीं दी। जबकि पार्टी में जिनकी जुम्मा-जुम्मा पांच साल की मेम्बरी भी नहीं थी वह भी रूस घूम आए थे। नेताओं के बच्चे तो पूरी तरह से जवान भी नहीं होने पाते थे कि पढ़ने के लिए रूस चले जाते थे। मगर गुरू को किसी ने घास नहीं डाली। तभी एक बार गुरू कामरेड देसाई से टकरा गए। गुरू ने उनसे सीधे सवाल किया, 'कामरेड, क्या इस पार्टी में भी सिर्फ पैसे वालों की ही कदर है?''

'क्या बात है?' कामरेड देसाई ने पूछा तो गुरू ने बताया, 'पिछले चालीस साल से मैं पार्टी की सेवा कर रहा हूँ। होलटाइमर हूँ पिछले दस-बारह साल से। पार्टी से एक पैसा भी नहीं लिया। उल्टे अपनी पेंशन के पैसे से पार्टी की मदद

ही की है। मेरी भी इच्छा है कि एक बार रूस घूम आऊं। दस साल से बराबर सबकी खुशामद कर रहा हूँ मगर और पैसे वाले लोग, डॉक्टर, वकील वगैरह जिनकी साल दो साल की मेम्बरी भी नहीं होती, चले जाते हैं और मैं यहीं बैठा हूँ। साठ साल का होने को आ रहा हूँ। ज़िन्दगी का कोई ठिकाना है, आज हूँ कल नहीं। बस एक बार महान लेनिन के दर्शन करना चाहता हूँ। सुना है, क्रेमलिन में उनकी लाश शीशे में बंद रखी है। मगर लगता है, मेरी यह इच्छा पूरी नहीं होगी।'

कामरेड देसाई ने उस समय तो कुछ नहीं कहा मगर दिल्ली लौटने के पंद्रह दिनों के अंदर ही गुरू के नाम उनका तार आया जिसमें उन्हें तुरंत दिल्ली बुलाया गया था। गुरू और लोगों से तार की बात छिपा गए और गांव जाने का बहाना बनाकर दिल्ली चले आए। इस बात पर सब चौंके ज़रूर कि आज तक गुरू कभी गांव नहीं गए थे, यह अचानक उन्हें गांव जाने की क्या सूझी? मगर असल बात की भनक भी उन्हें नहीं लगी।

गुरू दिल्ली पहुंचे तो रूस जाने के लिए उनके कागज़ बनकर तैयार थे। तीसरे या चौथे दिन हवाई जहाज़ पकड़ना था। गुरू कोई तैयारी करके नहीं गए थे। लेकिन उन्हें कोई परेशानी नहीं हुई। कामरेड देसाई ने ही हाथों-हाथ उनका पासपोर्ट बनवाया, किसी कामरेड ने उन्हें अपनी पतलून दी तो किसी ने अपना ओवरकोट, किसी ने कमीज़ तो किसी ने कुछ और सामान। हां, जूते ज़रूर उन्होंने नए खरीदे और निश्चित दिन हवाई जहाज़ में बैठकर मॉस्को के लिए रवाना हो गए।

मॉस्को पहुँचने पर सबसे पहले गुरू की डॉक्टरी हुई। और सब तो ठीक था मगर उनके दांतों में पायरिया था। इसी कारण उनके कई दांत गिर चुके थे। शेष दांत भी उन लोगों ने उखाड़ दिए और उनके लिए नकली दांतों का एक सुंदर सेट बना दिया। सेट बनने में तीन-चार दिनों का समय लगा। इस बीच गुरू बिना दांतों के ही घूमते रहे। उसके बाद दांत लगाकर घूमे। तीन हफ्तों का उनका टूर था। उन्होंने जमकर रूस घूमा। जॉर्जिया, ताशकंद, बुखारा, मॉस्को, लेनिनग्राद आदि अनेक स्थानों का भ्रमण किया उन्होंने। काले सागर के बरफ जैसे ठंडे पानी में स्नान किया। ज़मीन के नीचे वाली मेट्रो रेल में यात्रा की। कितने ही कारखाने और सामूहिक फ़ॉर्म देखे। और सबसे बढ़कर क्रेमलिन में लेनिन की समाधि देखी। पारदर्शी शीशे के केस में उन्होंने इस महान क्रांतिकारी को दाहिने हाथ की मुट्ठी ऊपर उठाए हुए लेटे देखा तो उन्हें लगा कि उनका जीवन धन्य हो गया। भारत के और उनके नगर के भी कितने ही साथी उन्हें वहाँ मिले। लुमुम्बा विश्वविद्यालय में अचानक कामरेड लतीफ की लड़की भी उन्हें

मिल गई जिसे उन्होंने गोद में खिलाया था। दूर से ही वह उन्हें देखकर 'गुरू अंकल, गुरू अंकल' चिल्लाती हुई आई और उनसे लिपट गई। गुरू बहुत प्रसन्न हुए।

जगह-जगह उनके सम्मान में छोटे-बड़े आयोजन हुए। जॉर्जिया में तो वह एक जगह फंस गए। उनके अनुरोध पर उनकी दुभाषिया लड़की उन्हें एक किसान परिवार में ले गई। गुरू के सम्मान में उस परिवार की लड़कियों ने डांस किया और डांस करते-करते उन्होंने गुरू को भी खींच लिया। गुरू ने डांस करना तो दूर रहा, कभी डांस देखा भी नहीं था। फिर भी, वोद्का के नशे में गुरू कुछ देर नाचे।

तीन हफ्ते बाद गुरू मॉस्को हवाई अड्डे पर अपने रूसी और भारतीय मित्रों को 'दसविदानिया' और 'पशीवा' कहते हुए लौटे तो वह एक दूसरे ही आदमी थे।

यहाँ आकर मज़दूर सभा के सड़ियल दफ्तर में गुरू बढ़िया पतलून, ओवरकोट और सिर पर फर की टोपी, जो उन्होंने समरकंद में खरीदी थी, पहने घुसे तो सारे साथी उठकर खड़े हो गए। कोई उन्हें पहचान नहीं पाया। गुरू उन्हें इस हालत में देखकर हँसे तो उनकी बढ़िया नफीस रूसी बत्तीसी देखकर लोग और भी चौंके। तभी गुरू ने सिर से फर की टोपी उतारकर हाथ में लेते हुए कहा, 'पशीवा, दसबिदानिया कामरेड्स!'

'अरे यह तो अपने गुरू हैं।' लोगों ने कहा, 'क्या हो गया गुरू तुमको? कहाँ से आ रहे हो?'

'स्ट्रेट फ्रॉम मॉस्को।' गुरू ने अंग्रेज़ी में उत्तर दिया तो लोगों के आश्चर्य की सीमा नहीं रही।

गुरू अपने साथ वोद्का की दो बोतलें लाए थे। उसी दिन प्रोफेसर शुक्ला के घर पर तमाम वरिष्ठ साथियों की मौजूदगी में गुरू ने दोनों बोतलें खोलीं और देर तक रूस यात्रा के अपने संस्मरण सुनाते रहे।

कुछ दिनों गुरू का काफी नक्शा रहा। सभी उनसे सम्मान से बात करते। गुरू भी जब किसी सभा मीटिंग में भाषण देते तो अपनी रूस यात्रा का हवाला देना न भूलते। लेकिन धीरे-धीरे गुरू फिर वही टुकाची गुरू हो गए। रूस से जितना सामान वह लेकर लौटे थे वह भी यार लोग धीरे-धीरे उड़ा ले गए। किसी ने उनकी खुशामद-दरामद करके उनका ओवरकोट ले लिया तो किसी ने पतलून और किसी ने फर वाली टोपी। एक घड़ी भी गुरू लाए थे रूस से। वह उन्होंने दामोदर प्रसाद के लड़के को उसके जन्मदिन पर भेंट कर दी। इस तरह वह फिर धोती, कुर्ता और सदरी पर उतर आए और पहले के ही समान उनकी उपेक्षा होने लगी। बस इतनी इज़्ज़त उनकी ज़रूर बची रही कि मज़दूर सभा की मीटिंगों

में सदारत के लिए उन्हें बिठा दिया जाता। लेकिन यह तो साथियों की मजबूरी थी। गुरू मज़दूर सभा के अध्यक्ष जो थे। वह भी शायद इसलिए कि पार्टी के आंतरिक झगड़ों के कारण सात-आठ साल से नए चुनाव नहीं हो पा रहे थे अन्यथा शायद यह पद उनसे छिन ही जाता। इसके बावजूद आज जब उन्होंने हड़ताल वाले पोस्टर में दामोदर प्रसाद का नाम देखा और अपना नाम नदारद पाया तो उनके तन-बदन में जैसे आग ही लग गई। हड़ताल सभी जनवादी और वामपंथी पार्टियों के संयुक्त आवाहन पर हो रही थी और सभी के मज़दूर संगठनों के महासचिवों और अध्यक्षों के नाम पोस्टरों में छपे थे। लेकिन मज़दूर सभा के नाम पर केवल महासचिव दामोदर प्रसाद का नाम ही छपा था। गुरू को पूरा विश्वास था कि उनका नाम जान-बूझ कर नहीं दिया गया है, लेकिन अगर गुरू कुछ कहते तो उनको समझा दिया जाता कि पोस्टर दूसरी पार्टी वालों ने छपवाएं हैं। उन्हीं की गलती है। इसीलिए गुरू खामोश रह गए।

लगभग सारी दोपहरी गुरू अपनी कोठरी में पड़े रहे। अपनी पेंशन का आधा पैसा वह दामोदर प्रसाद को देते थे जिसके बदले में उनके घर से दोनों वक्त उनके लिए खाना आता था। आज उनका लड़का खाना लेकर आया तो गुरू ने तबियत ठीक न होने का बहाना बनाकर उसे वापस कर दिया।

पांच बजे से परेड मैदान में सभा होनी थी। साढ़े चार के आसपास गुरू उठे। मुँह धोया, कुर्ता-सदरी पहनी और परेड की ओर चल दिए। लेकिन वह सभास्थल पर नहीं गए बल्कि उससे थोड़ी दूर चाय के एक स्टॉल पर जाकर बैठ गए। सभा में मज़दूरों का जमाव शुरू हो गया था। माइक पर ज़ोरों से नारे लगाए जा रहे थे—

दुनिया के मज़दूरो—एक हो।
दुनिया के मेहनतकशो—एक हो।
कल का दिन याद रहे—कारखानों में हड़ताल रहे।
काम का पहिया—जाम करेंगे।
कौन करेगा—हम करेंगे।
बोल मजूरा हल्ला बोल—हल्ला बोल हल्ला बोल।
रोटी चाहिए हल्ला बोल—हल्ला बोल हल्ला बोल।
कपड़ा चाहिए हल्ला बोल—हल्ला बोल हल्ला बोल।
दो-एक मज़दूर उधर से निकले तो उन्होंने गुरू से सभास्थल पर चलने को कहा मगर गुरू ने टाल दिया। 'तुम चलो, हम आते हैं।'

काफी देर तक नारे लगते रहे। तब सभा की कार्यवाही शुरू होने से पहले लोगों से 'शांत हो जाएं', 'अपना-अपना स्थान ग्रहण कर लें' आदि की अपील होने लगी। तभी एनाउन्समेंट हुआ, 'गुरू रामप्रसाद जहां भी हों, मंच पर आ जाएं।' एनाउन्समेंट सुनकर गुरू के बदन में झुरझुरी-सी हुई, मगर गुरू अपना दिल मज़बूत किए चुपचाप बैठे रहे। उन्हें दामोदर प्रसाद के सुबह वाले शब्द याद आए कि असली मर्द की औलाद हो ना तो हड़ताल संबंधी किसी मीटिंग, सभा में न आना। तभी चौधरी भागा-भागा उनके पास आया। 'चलिए न, आपको बुलाया जा रहा है।'

'तुम जाओ अपना काम करो।' गुरू ने उसे झिड़क दिया, 'मुझको आना होगा तो खुद चला आऊंगा। न्योता भेजने की ज़रूरत नहीं है।'

चौधरी चला गया। गुरू भी उसके जाते ही उठ खड़े हुए। वह जानते थे कि अगर अधिक देर वह वहाँ बैठे तो अभी कामरेड भल्ला, प्रोफेसर शुक्ला, अब्दुल रहमान वगैरह आकर उन्हें ज़बरदस्ती उठा ले जाएंगे। सभी जानते थे कि उनके सहयोग के बिना और चाहे सभी जगह हड़ताल हो जाए, लाल इमली में नहीं हो सकती। वहाँ अभी भी गुरू की ही तूती बोलती थी। उनके एक इशारे पर वहाँ का मज़दूर मरने-मारने को तैयार रहता था। इसीलिए उन्हें मंच पर बुलाया जा रहा था। वर्ना कितनी ही बार जब विदेशी डेलीगेशन यहाँ आया है और प्रोफेसर शुक्ला या डॉ. बंसल के घर पर ह्विस्की की दावतें उड़ी हैं तो किसी को गुरू का सपने में भी खयाल नहीं आया।

वहाँ से उठकर गुरू नई सड़क की ओर आ गए। सात बजने वाले थे। गुरू के पांव अपने आप पल्टन गद्दी की ओर मुड़ गए। वहाँ जाकर उन्होंने सौ ग्राम माल्टा लिया और वहीं खड़े-खड़े बिना आनी-पानी मिलाए गले से नीचे उतार गए और बाहर आकर धनिया के आलू लेकर खाने लगे। आलू खाकर पत्ता उन्होंने वहीं फेंक दिया और देर तक जगमगाती जागती सड़कों पर मज़ाज के शब्दों में, नाशाद-ओ-नाकारा घूमते रहे। तब सौ ग्राम उन्होंने और चढ़ाई और उसे चढ़ाकर रोटी वाली गली में खाना खाने चले गए।

वह जानते थे कि लौट कर अपनी कोठरी में जाएंगे तो साथी लोग उन्हें वहीं घेर लेंगे। अतः डेरे पर न जाकर उन्होंने मूलगंज से स्टेशन के लिए रिक्शा किया और एक नंबर प्लेटफॉर्म पर आकर एक खाली बेंच पर बैठ गए। काफी देर तक वह वहाँ बैठे रहे। उनकी समझ में नहीं आ रहा था कि वह कहाँ जाएं। शहर में दो-एक ठिकाने उनके और थे मगर उनकी जानकारी भी साथियों को थी। इसीलिए वह वहाँ भी जाना नहीं चाहते थे। उन्होंने तय कर लिया था कि

इस बार वह अपनी अहमियत जताकर ही रहेंगे। यही तो उनकी कमी थी जिसका फायदा लोग उठा रहे थे। तीन सौ रुपये केंद्र से और दो सौ रुपये राज्य से स्वतंत्रता संग्राम सेनानियों की पेंशन मिलती थी उन्हें। इतना पैसा उनके लिए काफी था। किसी भी मायने में वह किसी के मुहताज नहीं थे। आज तक उन्होंने पार्टी को दिया ही दिया था, लिया कुछ नहीं था।

एक बार उन्होंने सोचा कि इसी बेंच पर बैठे-बैठे रात गुज़ार दें। लेकिन वहाँ अच्छा-खासा शोरगुल हो रहा था। थोड़ी-थोड़ी देर में गाड़ियां आ-जा रही थीं। आखिर कोई बारह बजे वे उठे और यार्ड में जाकर खाली गाड़ी के एक डिब्बे में लेट कर सो गए।

सुबह कोई साढ़े चार बजे उनकी आँख खुली। वहीं गाड़ी में वह निवृत्त हुए। तब प्लेटफॉर्म पर आकर दातुन बेचने वाले एक लड़के से दातुन लेकर दातुन-कुल्ला आदि किया और हाथ-मुंह धोकर स्टेशन से बाहर आ गए। सामने एक दुकान पर गरमागरम जलेबियां बन रही थीं। उन्होंने सौ ग्राम जलेबी और सौ ग्राम दही का नाश्ता किया। डकार लेकर पान की दुकान से एक सिगरेट लेकर सुलगाई और वहीं सड़क पर खड़े होकर कश मारने लगे। साढ़े पांच बजने वाले थे। उन्होंने सोचा, अब तक सब साथी लोग मिलों के गेटों पर पहुँच चुके होंगे। छह बजे सीटी बोलती है। रात की पारी के लोग बाहर निकलते हैं। सुबह की पारी वाले अंदर जाते हैं।

'और चाहे जहां जो भी कर लें, लाल इमली में इनकी दाल गलने वाली नहीं।' उन्होंने मन-ही-मन सोचा। लाल इमली के कुछ मज़दूरों ने शाम की मीटिंग में जब उनका नाम पुकारा जा रहा था, उन्हें चाय की दुकान पर बैठे देखा था। दो-एक ने उन्हें 'लाल सलाम' भी किया था। बात ज़रूर फैल गई होगी कि गुरु नाराज़ हैं।

तभी उनके मन में आया, चलो चलकर देखते हैं क्या रंग हैं। गेट के सामने नहीं जाऊंगा, दूर से ही देखूंगा, उन्होंने सोचा और सामने खड़े रिक्शे पर चढ़कर बैठ गए। बोले, 'लाल इमली चलो।'

रिक्शा वाला चल दिया।

परेड चौराहे तक ही रिक्शा पहुँचा होगा कि छह बजे की सीटी बोल गई।

सीटी सुनते ही गुरु जैसे पगला गए।

'जल्दी चलो भाई, जल्दी। और जल्दी। ज़रा ज़ोर से पैडल मारो न।'

दूर से ही उन्होंने देखा, कामरेड भल्ला गेट के सामने लकड़ी के तख़्तों से

बने मंच पर खड़े माइक पर बोल रहे थे, 'साथियो, आज की इस हड़ताल का हमारी ज़िन्दगी और देश की ज़िन्दगी में एक खास महत्त्व है। आज देश की जो हालत आप देख रहे हैं...।'

लेकिन गुरू के कानों में एक शब्द भी नहीं जा रहा था। उनकी निगाह गेट पर थी जहां साथी पिकेटिंग कर रहे थे। वे गेट के सामने ज़मीन पर लेटे थे, मगर मज़दूर लेटे हुए साथियों को फलांग कर गेट के अंदर घुस रहे थे।

जब तक रिक्शा वहाँ पहुँचे-पहुँचे गुरू रिक्शे से फांद पड़े। दूसरे ही क्षण वह लपककर मंच पर चढ़ गए और कामरेड भल्ला को एक ओर ढकेलकर माइक हाथ में लेकर दहाड़े, 'खबरदार, कोई अंदर नहीं जाएगा!'

'गुरू आ गए, गुरू आ गए!' चारों ओर शोर मच गया। जो मज़दूर गेट के अंदर घुसने की कोशिश कर रहे थे, गुरू को देखकर मंच की ओर बढ़ आए।

'जो साथी अंदर चले गए हैं वे भी बाहर आ जाएं, फौरन।' गुरू दोबारा दहाड़े।

और मज़दूर अंदर से बाहर आने लगे। देखते-देखते मंच के सामने भीड़ लग गई।

'सभी साथी नारा लगाएं,' गुरू ने कहा और ज़ोर से माइक पर दहाड़े, 'काम का पहिया।'

जबाब आया, 'जाम करेंगे।'

'इसी तरह जाम होगा पहिया मुर्दों वाली आवाज़ से? इतनी ज़ोर से बोलो कि मिल की दीवारें हिल जाएं।' वह एक क्षण रुके, तब दोबारा नारा दिया, 'काम का पहिया...।'

'जाम करेंगे।'

'हां ऐसे।...कौन करेगा?'

'हम करेंगे।'

कुछ देर गुरू नारा लगवाते रहे। तब बोले, 'अब सभी साथी खामोशी से कामरेड भल्ला की बात सुनें।' और उन्होंने माइक भल्ला की ओर बढ़ा दिया।

कामरेड भल्ला मुस्कुराए। उन्होंने नारा दिया, 'गुरू रामप्रसाद।'

'ज़िंदाबाद।'

तभी गुरू को ध्यान आया कि उन्होंने रिक्शे वाले को पैसे नहीं दिए हैं। वह मंच से उतरकर रिक्शे वाले को खोजने लगे।

सारी रात

'हाँ तो बताओ।'

'क्या बताएं?'

'कभी किसी से तुम्हारा कोई संबंध रहा ही नहीं?'

'न।'

'बिल्कुल, ज़रा भी नहीं?'

'न।'

'यह मैं मान ही नहीं सकता।'

'आपकी कसम।'

'क्यों झूठी कसम खाती हो?'

'आपको विश्वास नहीं?'

'कैसे विश्वास हो! हर झूठी-सच्ची बात पर विश्वास कर लूं?'

वह थोड़ी देर चुप रही। बोली, 'ज़रूरी है कि शादी से पहले हर लड़की का किसी-न-किसी से संबंध रहे ही?'

'आज के ज़माने में न रहे, यह हो ही नहीं सकता।'

'और...लड़कों का?'

'लड़कों का भी।'

'तो आपका भी रहा होगा?'

'हां।'

'कितनी लड़कियों से रहा?'

वह सोचने लगा। 'एक...दो...तीन।' उसने अंगुलियों पर गिना। 'हां, तीन से रहा, बस।' उसने कहा।

'क्या रहा बताइए?'

'क्यों बताऊं?'

'न बताइए।' वह चुप हो गई।

उनका नया-नया विवाह हुआ था। कल सारी रात वह एक मिनट भी नहीं सोएं थे। और आज भी इस समय दो बजने वाले थे। कमरे में नीली रोशनी का ज़ीरो पॉवर का बल्ब जल रहा था। जाड़ों के दिन थे। रेशमी लिहाफ के नीचे एक-दूसरे से सटे हुए लेटे वे ऊल-जलूल बातें कर रहे थे। इसी बीच न जाने कैसे बातों का यह सिलसिला निकल आया।

थोड़ी देर खामोश रहने के बाद लड़की ने अपनी नर्म-नर्म उंगलियों सेउसे छुआ।

'बताइए न!' उसने कहा।

'अच्छा बताता हूँ।' उसने कहा और उसे प्यार करने लगा।

'जाइए बड़े वो हैं आप!' लड़की ने उसे हटाते हुए कहा।

'वो क्या होता है?'

'मुझे नहीं मालूम।'

'फिर तुमने 'वो' कहा क्यों?'

'मेरा मन।'

'तुम्हारा जो मन होगा, करोगी?'

'जी।'

'ठीक है। मेरा भी जो मन होगा, करूंगा।' और वह फिर उसे अपनी ओर घसीटने लगा।

'छोड़िए। जाइए भी।'

'कहाँ जाऊं?'

'अपनी उन्हीं तीनों के पास जाइए।'

'अच्छा।' उसने बलपूर्वक उसे अपने निकट खींच लिया और दोबारा प्यार करने लगा।

थोड़ी देर ऐसे ही चलता रहा। तब लड़की ने दोबारा छेड़ा, 'बताइए न!'

'क्या बताऊं?'

'उन लड़कियों के बारे में बताइए।'

'अच्छा। लेकिन एक शर्त है।'

'क्या?'

'तुमको भी बताना पड़ेगा।'

'अच्छा।'

'अच्छा क्या?'

'मैं भी बताऊंगी।'

'इसके मायने तुम्हारा भी कुछ रहा है?'

'हिश्ट।'

'हिश्ट क्या? मैं कोई कुत्ता-बिल्ली हूँ जो मुझे हिश्ट कर रही हो।'

'वैसे ही निकल गया मुँह से। सॉरी।'

'अच्छा तो तुमको भी बताना पड़ेगा।'

'मैं क्या बताऊं, मेरा कुछ रहा ही नहीं।'

'फिर तुमने क्यों कहा कि बताओगी?'

'अच्छा बताऊंगी। मगर पहले आप बताइए।'

'सच-सच बताऊं?'

'और क्या झूठ बताएंगे!'

उसने उसे अपने और निकट खींच लिया। लड़की ने करवट लेकर अपना हाथ उसके सीने पर रख लिया।

'पहली लड़की तो यहीं सामने वाले मकान में रहती थी।'' उसने कहा।

'नाम क्या था?'

'बिट्टी।'

'बिट्टी? असली नाम क्या था?'

'बिट्टी नाम मैंने थोड़े रखा था?''

'बिट्टी तो घर का नाम होगा। असली नाम तो कुछ और रहा होगा?'

'हां, असली नाम तो कुछ और था।'

'क्या था?'

'लक्ष्मी।'

'फिर?'

'फिर क्या?'

'पूरी बात बताइए न।'

'पूरी बात? अच्छा। ऐसा हुआ कि हमारे घर के सब लोग बाहर चले गए थे किसी शादी में। मेरी परीक्षाएं हो रही थीं। इसीलिए मैं अकेले रह गया। तभी लक्ष्मी ने मेरी बड़ी सेवा की। सुबह ब्रेड-चाय लेकर आती मेरे लिए। तब नाश्ता। फिर दिन और रात का भोजन। मेरे कपड़े भी साफ करती वह। मेरे कमरे की सफाई करती। समझ लो, सभी कुछ करती थी वह। अब तुम्हीं बताओ, कोई तुम्हारे लिए इतना करे तो उसके प्रति तुम्हारे मन में प्यार नहीं होगा क्या?'

'अपने मतलब से भी तो करते हैं लोग।'

'मतलब की इसमें क्या बात है?'

'उसके घर वाले मना नहीं करते थे?'

'घर वाले उसके यहाँ कहाँ थे? बताया न, रिश्तेदारी में आई थी यहाँ।'

'रिश्तेदारों को मना करना चाहिए था।'

'क्यों मना करते? पढ़ती भी तो थी वह मुझसे। बहुत तेज़ थी पढ़ने में।'

'रात में भी रहती थी आपके कमरे में?'

'हां, यही कोई ग्यारह-बारह बजे तक।'

'तब तो सब कुछ किया होगा आपने?'

'हां, करीब-करीब सब कुछ समझो।'

'कितने दिन रही यहाँ वह?'

'यही कोई दो महीने।'

'आजकल कहाँ है?'

'अपने घर में।'

'कहाँ?'

'बदायूं।'

'शादी हो गई उसकी?'

'अभी कुछ दिनों तक तो नहीं हुई थी। अब कह नहीं सकता।'

'खत लिखती है आपको?'

'अब तो नहीं लिखती। पहले लिखे थे।'

'आपने भी लिखे होंगे?'

'हां, दो-चार तो लिखे ही थे।'

वह चुप हो गई। काफी देर चुप रही।

'क्यों, चुप क्यों हो गई?' उसने पूछा।

'वैसे ही।'

'और दो लड़कियों के बारे में नहीं सुनोगी?'

'सुनाइए।'

'अच्छा, जाने दो।'

'नहीं, नहीं, बताइए न।'

'बताता हूँ। दूसरी थी शिखा।'

'वह कहाँ थी?'

'मेरे साथ पढ़ती थी यूनीवर्सिटी में। बहुत खूबसूरत थी वह। यूनीवर्सिटी के सभी लड़के और लड़के क्या, प्रोफेसर तक उस पर मरते थे।'

'आप भी मरते थे?'

'हां। यही समझो।'

'यह मरा कैसे जाता है?'

'तुमको नहीं मालूम?' वह फिर उसे प्यार करने लगा।

'यह क्या मरना बता रहे हैं?'

'हां!' उसने उसके सिर में एक हल्की चपत लगाई।

'रहने दीजिए। मालूम हो गया। बस! पीटिए नहीं।'

कुछ क्षण फिर खामोशी के बीते। तब वह बोली, 'आगे बताइए न!'

'बताएं क्या? क्लास में मेरी बगल में ही बैठती थी। सो धीरे-धीरे हमारे बीच प्यार हो गया। हॉस्टल में रहती थी वह। डैडी उसके कहीं बाहर पोस्टेड थे। शुरू में हम केवल क्लास में ही मिलते। बाद में बाहर भी मिलने लगे। कई बार सिनेमा भी गए साथ-साथ।'

'सिनेमा में और सब भी किया होगा आपने?'

'क्यों, तुम्हारे साथ किया कभी किसी ने?'

'हिश्ट...सॉरी!'

'अब की हिश्ट कहा तो झापड़ दूंगा।'

'अच्छा अब नहीं कहूँगी। आगे बताइए।'

'आगे क्या', वह कुछ देर चुप रहा तब बोला, 'उस लड़की को मैं वास्तव में बहुत चाहता था। बड़े खूबसूरत खत लिखती थी वह।'

'हैं आपके पास?'

'हां! देखोगी?'

'जी! देखूंगी।'

'नहीं दिखाऊंगा।'

'न दिखाइए। कसम खिलाई होगी न उसने।'

'सब तौर-तरीके मालूम हैं तुमको।'

'हि...सॉरी!'

लेकिन वह सॉरी कहने से पहले ही चपत लगा चुका था। हाथ कुछ ज़ोर से ही पड़ गया था।

'लगा तो नहीं?' वह उसका सिर सहलाने लगा।

'नहीं...शादी क्यों नहीं कर ली आपने?'

'किससे?'

'उसी से।'

'शादी हो नहीं सकती थी। वैसे मैं ज़ोर देता तो शायद वह राज़ी हो जाती।'

'ज़ोर क्यों नहीं दिया आपने?'

'ज़ोर देता तो आज तुम कैसे होती यहाँ?'

'मैं न होती तो क्या हुआ! वह तो होती। आपके लिए तो ठीक होता।'

'क्यों?'

'आप उसे प्यार करते थे न?'

'तुम्हें भी तो कर रहा हूँ।' वह फिर प्यार करने लगा।

'उसके खत दिखाऊंगा तुम्हें किसी दिन।' अलग हुआ तो उसने कहा, 'बहुत शरीफ लड़की थी।'

'क्यों?'

'क्यों क्या, थी बस! एम. ए. में फर्स्ट क्लास आया था उसका।'

'फर्स्ट क्लास आने से शरीफ हो गई?'

'नहीं तो क्या बदमाश हो गई?'

'अच्छा आजकल कहाँ है?'

'शादी हो गई।'

'कहाँ?'

'दिल्ली में। लेफ्टिनेंट है उसका हस्बेंड आर्मी में।'

'अब खत नहीं आते?'

'न।'

'सब कुछ किया आपने उसके साथ?'

वह एक क्षण चुप रहा। तब बोला, 'नहीं।'

'जी भर के नहीं किया?'

वह खामोश रहा। आखिर बोला, 'अब भी अगर वह राज़ी हो तो मैं उससे शादी कर लूं।'

'और मैं?'

'तुम भी रहोगी। लोगों के दो पत्नियां नहीं होतीं क्या?'

'दो से भी अधिक होती हैं।'

उसने कोई उत्तर नहीं दिया।

‘और तीसरी कौन थी?’

‘वह थी एक सीतापुर में। वहाँ कुछ दिनों एक कॉलेज में नौकरी की थी मैंने।’

‘कौन थी?’

‘जिस मकान में रहता था उसी के मालिक की लड़की थी।’

‘क्या नाम था?’

‘नाम बताना ज़रूरी है?’

‘न बताइए।’

‘शकुन नाम था।’

‘उसके साथ क्या किया आपने?’

‘किया क्या! उसी के यहाँ रहता था। खाता भी उसी के यहाँ था। एक तरह से पेइंग गेस्ट था। उससे भी बातचीत होती थी। कोई पर्दा तो था नहीं। धीरे-धीरे संबंध डेवलप हो गए। संपर्क की बात होती है यह। कोई भी स्त्री-पुरुष कुछ दिनों एक-दूसरे से मिलते रहें तो अपने आप संबंध बन जाते हैं।’

‘उसके साथ तो ज़रूर सब कुछ किया होगा आपने। वह तो साथ ही रहती थी।’

‘एक बात बताऊं? विवाहित थी वह।’

‘पति कहाँ था उसका? वह साथ नहीं रहता था?’

‘ससुराल वालों से कुछ झगड़ा हो गया था। इसीलिए मायके में रहती थी। मेरे सामने एक बार उसका पति आया भी था उसे लेने। लेकिन वह गई नहीं।’

‘आपने रोक लिया होगा।’

‘मैं क्यों रोकता?’

‘फिर क्यों नहीं गई?’

‘क्या पता? न संतुष्ट होगी अपने पति से।’

‘बच्चे भी थे उसके ?’

‘न।’

‘और कौन-कौन था घर में?’

‘मां-बाप थे और एक छोटी बहन थी।’

‘छोटी बहन से भी आपका कुछ रहा होगा?’

‘वह बहुत छोटी थी। सात-आठ वर्ष की।’

‘तब तो आपको खुली छूट रही होगी। उम्र क्या थी उसकी?’

‘मुझसे कुछ बड़ी ही थी। छब्बीस-सत्ताईस रही होगी।’

‘फिर तो अच्छी-खासी बड़ी थी।’

'क्यों, छब्बीस-सत्ताईस बड़ी उम्र होती है क्या?'

'और क्या?'

'तुम्हारी क्या उम्र है?'

'बीस-इक्कीस होगी।'

'तब तो तुम अभी बच्ची हो।'

'हि...अच्छा नहीं कहूँगी।'

उसका हाथ बीच में ही रुक गया। वह फिर खिलवाड़ करने लगा।

'अच्छा अब तुम बताओ।' थोड़ी देर बाद उसने कहा।

'मैं क्या बताऊं? मेरा कभी किसी से कुछ रहा ही नहीं।'

'देखो, झूठ मत बोलो।'

'कसम खाती हूँ मैं।'

'कसम-वसम में तो मैं पहले ही कह चुका हूँ, मुझे विश्वास नहीं।'

'फिर कैसे विश्वास दिलाऊं आपको?'

'विश्वास होगा ही नहीं मुझे।'

'मानिए तो आप।'

'मानने की इसमें क्या बात है! मैं तुम्हारे ऊपर कोई दोष तो मढ़ नहीं रहा। मैंने नहीं सब बता दिया तुमको। जैसा कि मैंने कहा, इसमें किसी का कोई दोष होता ही नहीं। यह तो बस संपर्क की बात होती है।'

'मैं कब कहती हूँ संपर्क की बात नहीं होती? लेकिन मेरा कभी किसी से संपर्क रहा ही नहीं।'

'तुम्हारे अड़ोस-पड़ोस में कोई लड़का नहीं रहता था?'

'कई रहते थे। लेकिन मेरे यहाँ कोई आता-जाता नहीं था। मेरे पापा इस मामले में बड़े स्ट्रिक्ट हैं।'

'अच्छा, पढ़ीं तुम कहाँ?'

'दयानन्द ऐंग्लो गर्ल्स कालेज में।'

'को-एजूकेशन नहीं थी वहाँ?'

'न।'

'घर पर कोई पढ़ाने नहीं आता था?'

'हाई स्कूल में एक मास्टर साहब आते थे।'

'क्या उम्र थी उनकी?'

'रही होगी साठ-पैंसठ वर्ष।'

'रिश्तेदारी वगैरह में भी कभी किसी लड़के से कोई संपर्क नहीं हुआ।?'

'न।'

'सहेलियों के यहाँ तो आती-जाती होगी?'

'आती-जाती क्यों नहीं थी?'

'उनके भाई-वाई नहीं थे?'

'थे क्यों नहीं?'

'तुमसे बातचीत नहीं होती थी उनकी?'

'मुझसे क्यों होगी?'

'क्यों का क्या प्रश्न है? आजकल तो सब चलता है। बल्कि आजकल तो लड़कियां खुद अपने भाइयों के लिए प्रेमिकाएं जुटाती हैं ताकि उनको छूट मिल जाए।'

'मेरी सहेलियां ऐसी नहीं हैं।'

'तो कभी तुम्हारा किसी से कोई भी संपर्क नहीं रहा?'

'न।'

'बड़ी बदकिस्मत हो तुम।'

'क्यों?'

'प्यार में क्या आनंद होता है, यह तो करने वाला ही जानता है। या फिर वह जिसे प्यार किया गया हो।' वह एक क्षण चुप रहा तब बोला, 'अच्छा, ऐसा भी नहीं हुआ कि तुम किसी को चाहती हो लेकिन तुम्हें अवसर न मिला हो?'

'न।'

'या फिर कोई तुम्हें चाहता हो और उसे अवसर न मिला हो?'

'अब इसका मुझे क्या पता?'

'सब पता चल जाता है।'

वह चुप रही।

'बताओ न? मैंने नहीं बता दिया सब? आखिर अब कोई तलाक तो दे नहीं दूंगा तुम्हें। और फिर अगर किसी ने तुम्हें चाहा तो इसमें तुम्हारा क्या कसूर?'

वह फिर भी चुप रही।

'नहीं बताना चाहती हो तो मत बताओ।'

'वैसे तो मुझे पता नहीं', उसने कुछ देर बाद कहा, 'हां, कॉलेज जाती थी तो एक लड़का मुझे अक्सर दिखाई पड़ता था। दो-चार बार मेरे पीछे-पीछे आया भी कॉलेज तक। लौटते समय भी दिखा दो-एक बार।'

'बात नहीं की कभी तुमसे?'

'न।'

'वैसे ही बगल से निकलते हुए कोई डायलॉग बोला हो कभी?'

'न। बस देखता था और कभी-कभी पीछे-पीछे या फिर सड़क की दूसरी पटरी पर चलता रहता था। काफी सीधा था।'

'इसके मायने तुम्हारे दिल में जगह थी उसके लिए।'

'मेरे दिल में क्यों जगह होने लगी?'

'सीधा, शरीफ कह रही हो न तुम उसे?'

'तो क्या बदमाश कहूँ? कभी ऐसी हरकत तो की नहीं उसने।'

'लड़कियों का पीछा करना शरीफ आदमियों का काम है?'

'तब तो फिर बदमाश ही कहेंगे।'

वह कुछ देर चुप रहा। तब बोला, 'कभी कोई लेटर नहीं दिया उसने?'

'न।'

'कसम खाके कह रही हो?'

'हां।'

'अच्छा मेरे सिर पर हाथ रखकर कहो।'

'आप तो कह रहे थे कसम में विश्वास ही नहीं करते।'

'तुम तो करती हो?'

'मैं भी नहीं करती।'

'फिर पहले क्यों कसम खा रही थीं?'

'वह तो वैसे ही बोलचाल में आदमी के मुंह से निकल जाता है।'

'खैर, तुम मेरे सिर पर हाथ रखकर कहो कि उस लड़के से तुम्हारी कभी कोई बातचीत नहीं हुई। न कोई खत-किताबत हुई।'

'किस लड़के से?' उसने अपना हाथ उसके सिर पर रखते हुए कहा।

'उसी लड़के से, जिसके बारे में तुम अभी बता रही थीं।'

'आपकी कसम नहीं हुई।'

'पूरी बात कहो।'

'आपकी कसम, उस लड़के से मेरी कभी कोई बातचीत, चिट्ठी-पत्री नहीं हुई।' उसने शब्दों को चबाते हुए साफ-साफ कहा।

लड़का कुछ बोला नहीं। उसको अब भी विश्वास नहीं हो रहा था।

कुछ क्षण खामोशी के बीते। तब 'नाराज़ हो गए क्या?' लड़की ने कहा।

‘नहीं तो।’

‘फिर चुप क्यों हो गए?’

‘तो क्या सारी रात बक-बक करता रहूँ?’

लड़के का स्वर काफी बदला हुआ था। लड़की अचानक सहम-सी गई। उसकी समझ में नहीं आया कि वह क्या कहे।

बच्चा

'क' जंक्शन से रात के नौ बजे चलकर प्रातः पांच बजे अपने गंतव्य पर पहुँचने वाली, केवल दूसरे दर्जे के साधारण डिब्बों से बनी वह पैसेंजर गाड़ी खचाखच भरी हुई थी। बीच के एक डिब्बे की दो बर्थों (वैसे 'बर्थ' कहना शायद गलत होगा क्योंकि आम भाषा में 'बर्थ' तो केवल शयनयान में ही होती है) को छोड़कर पूरी गाड़ी में, जैसा कि मुहावरा है, तिल धरने की भी जगह नहीं थी। इन दो बर्थों पर आमने-सामने दो-दो पुलिस वाले बैठे थे तथा ऊपर सामान रखने वाली बर्थों पर अंगोछे जैसा कोई कपड़ा बिछाए थे जो इस बात का सूचक था कि इन बर्थों पर भी उनके नाम मय वल्दियत (वल्दियत इसलिए ज़रूरी हो जाती है क्योंकि इस देश में एक ही नाम के अनेक लोग मिल जाते हैं जिसके कारण स्कूलों अथवा दफ्तरों में अमुक एक अथवा प्रथम, अमुक दो अथवा द्वितीय, अमुक तीन अथवा तृतीय लिखना और बुलाना पड़ता है) लिख गए हैं। इन चारों पुलिस वालों की कमर में बंधी चमड़े की पेटियों में लोहे की ज़ंजीर से थ्री नॉट थ्री वाली बंदूकें फंसी थीं, जिन्हें 1962 के चीनी आक्रमण के तुरंत पश्चात भारतीय थल सेना द्वारा खारिज कर दिया गया था लेकिन चूंकि अभी भी इन बंदूकों से इस देश के शरीफ आदमियों को डराया जा सकता है, जो इस देश की पुलिस की पहली प्राथमिकता है और चूंकि उनके कुंदों से किसी भी शांतिप्रिय नागरिक की खोपड़ी आसानी से तोड़ी जा सकती है, जो वक्त-ज़रूरत पड़ने पर करना ही पड़ता है, अतः उन्हें भारतीय पुलिस एवं. पी. ए. सी. को स्थानांतरित कर दिया गया था। जो भी हो, इन बंदूकों को सीट के सहारे टिकाए, चारों पुलिस वाले आराम से बैठे ताश खेल रहे थे। ताश के पत्ते इतने घिस चुके थे कि खलीफा हारुन रशीद और उनके वज़ीर की तरह, जब वे रात में भेष बदलकर रियाया का हालचाल जानने की गरज़ से बगदाद की गलियों या सड़कों पर निकलते थे, बादशाह और गुलाम में फर्क करना आसान नहीं था। इसके बावजूद ट्रेन की मद्धिम रोशनी

में भी उन्हें इन ताशों को खेलने में किसी प्रकार की कोई परेशानी नहीं हो रही थी और वह तो वह डिब्बे के पैसेज में जमा भीड़ के दो-चार लोग भी ऊंट की तरह अपनी गर्दनें आगे की ओर ताने उनके इस खेल को देख रहे थे। बहरहाल, डिब्बे विशेष के भीतर के इस सिनैरियो के साथ लगभग एक शताब्दी पुराने भाप के इंजन द्वारा खींची जा रही यह गाड़ी आराम से 'कू, छिक, छिक' करती हुई चली जा रही थी।

इस देश में पुलिस का सिपाही वैसे ही दहशत पैदा करने वाली चीज़ होता है, उस पर इन चारों की शक्लें भी कुछ ऐसी थीं कि यदि पुलिस की वर्दी के बजाए इन्हें साधारण वस्त्र पहनाकर, उनके फोटो निकालकर उन्हें किसी पुलिस थाने में लगा दिया जाता तो वे पक्के डाकू दिखते जो इस देश का हर पुलिस वाला किसी-न-किसी हद तक होता ही है। सो, इन चारों की शक्लें काफी डरावनी थीं लेकिन इनमें से एक की, जो पैसेज की तरफ बैठा था, शक्ल तो बहुत ही भयानक थी। उसका पूरा चेहरा घनी गलमुच्छों से भरा था जिस पर वह थोड़ी-थोड़ी देर में रह-रहकर हाथ फिराकर मूछों पर ताव दे रहा था, जिसके पीछे एक उद्देश्य तो यह हो सकता था कि देखने वाले यह न समझें कि उसकी गलमुच्छें नकली हैं और दूसरा यह कि लोग उसे पृथ्वीराज चौहान या ऐसे ही किसी प्राचीन राजपूत राजा का वंशज समझें। वैसे इन गलमुच्छों के पीछे असलियत यह थी कि उसके आबनूसी चेहरे पर ल्यूकोडर्मा के बड़े-बड़े सफेद दाग थे जो इन गलमुच्छों से किसी ज़माने में भले पूरी तरह ढक जाते रहे हों, अब वह अपने इस उद्देश्य में बुरी तरह असफल था।

डिब्बे के पैसेज में इतनी भीड़ थी कि लोगों को बाथरूम आदि जाने में भी खासी तकलीफ हो रही थी। इसके बावजूद सभी सवारियां अपने स्थान पर डरी-सहमी खड़ी थीं और किसी का साहस, पुलिस के इन मुस्टंडों द्वारा कब्ज़ियाई गई इन बर्थों पर बैठने का नहीं हो रहा था। इसका एकमात्र कारण यह था कि जो भी यात्री इसका साहस करता, पुलिस वाले, खासतौर से गलमुच्छड़, डपटकर उसे उठा देता। इस प्रक्रिया में एक व्यक्ति गलमुच्छड़ के हाथों मार भी खा चुका था। इसके पीछे उस व्यक्ति का मूर्खतापूर्ण दुस्साहस तो था ही, गलमुच्छड़ का दूसरों को मुनासिब सबक सिखाने का उद्देश्य भी शामिल था। और वास्तव में इसका वांछित प्रभाव पड़ा था, क्योंकि जिन यात्रियों ने उस अभागे व्यक्ति को गलमुच्छड़ के हाथों मार खाते तथा लगभग चलती ट्रेन से बाहर प्लेटफॉर्म पर फेंके जाते देखा था, वे स्वयं तो इस प्रकार का दुस्साहस कर ही नहीं रहे थे, डिब्बे में इतनी

भीड़ के बावजूद घुस आए इक्का-दुक्का यात्रियों को ऐसा करने से, कभी उनकी बांह पकड़कर तो कभी वैसे ही आँखों के इशारे से, मना भी कर रहे थे।

गाड़ी का यह हाल था कि जहां उसकी मर्ज़ी आती, खड़ी हो जाती और जब तक मर्ज़ी आती, खड़ी रहती। कुल एक सौ सत्तासी किलोमीटर की दूरी आठ घंटे में तय करने का उसका सरकारी समय (ऑफिशियल टाइम) था, लगते तो कभी-कभी बारह घंटे से भी ऊपर थे। वास्तव में, इस गाड़ी का कोई पुराने हाल नहीं था। गदर के ज़माने के डिब्बे और लगभग एक शताब्दी पुराने भाप के इंजन वाली यह गाड़ी इन दो स्टेशनों के बीच शटल की तरह सुबह एक तरफ से चलकर शाम तक दूसरी तरफ पहुँचकर रात इधर से चलकर सुबह उधर पहुँचने का अपना कर्त्तव्य किसी तरह लस्टम-पस्टम निभाए जा रही थी। जनता की बराबर मांग के बावजूद न तो दूसरी गाड़ी ही इस रूट पर चली थी और न इस गाड़ी के डिब्बों या इंजन में ही कोई सुधार हुआ था। हां, दो-एक बार मुसाफिरों के लूट लिए जाने के बाद यात्रियों की सुरक्षा के लिए इसमें पुलिस का पहरा ज़रूर लगा दिया गया था और गलमुच्छड़ सहित ये चारों मुस्टंडे इसी प्रबंध के अंतर्गत गाड़ी के इस डिब्बे में बैठे घिसी हुई ताश की गड्डी से ताश खेल रहे थे।

तभी एक स्टेशन पर गाड़ी रुकी तो पूरा गावदी लगने वाला एक युवक हाथ में टीन का एक बक्सा लिए किसी तरह गाड़ी के इस डिब्बे में घुस आया। उसके साथ उसकी जवान पत्नी और उसकी गोद में दस-बारह महीने का उसका बच्चा भी था जिसे वह इस आशा से प्लेटफॉर्म पर ही छोड़ आया था कि उसके साथ स्टेशन तक उसे छोड़ने आया उसका साला उसे ट्रेन में चढ़ा देगा। लेकिन तभी गाड़ी ने सीटी दे दी और उसका साला अपनी तमाम कोशिशों के बावजूद अपनी बहन और भांजे को डिब्बे के अंदर ठूंसने में कामयाब नहीं हो पाया। वह तो कहो डिब्बे के गेट पर खड़े यात्रियों ने औरत की जवानी पर रहम खाकर पहले बच्चे को उसके हाथों से झपटकर अंदर किया, तब बच्चे की माँ को कमर, बांह और जहां भी जिसका हाथ पहुँच सकता था, वहाँ से पकड़कर ऊपर खींच लिया, अन्यथा या तो वह डिब्बे का हैंडिल पकड़कर झूलती रह जाती या फिर चलती ट्रेन के नीचे आ जाती। इस पूरी कसरत में औरत की जो गत बनी वह तो बनी ही, बच्चा भी बुरी तरह हलकान होकर ज़ोर-ज़ोर से रोने लगा और उसकी मां, जो मुश्किल से बीस-बाईस वर्ष की रही होगी और जो देखने में भारतीय फिल्मों की गांव की उस गोरी की तरह थी जो एक ही दृष्टि में हीरो का मन इस सीमा तक मोह लेती है कि हीरो अपने बाप द्वारा चुनी गई खासी खूबसूरत,

ज़हीन, पढ़ी-लिखी और रईस बाप की बेटी से विवाह तय कर दिए जाने के बाद भी फेरे डालने से इनकार कर देता है और उस गंवार, जाहिल मगर खूबसूरत और अच्छे गले वाली गांव के नदी, नालों, झाड़ी, झरनों के आसपास गंदी और अश्लील मुद्राएं बनाकर नाचने वाली छोकरी, जिसके खानदान का भी कोई पता नहीं होता है, से विवाह कर लेता है मगर इस विवाह से पहले उसे गांव के अधेड़ ज़मींदार अथवा साहूकार के गुंडों से निपटना होता है और कम-से-कम डेढ़ दर्जन हत्याएं करनी होती हैं—देखिए, वाक्य बहुत लंबा हो रहा है इसलिए आदि-आदि। बहरहाल, दृश्य कुछ इस प्रकार था कि इधर बच्चे की जवान माँ लहंगा-ओढ़नी पहने, बच्चे को गोद में लिए, उसे चुप कराने के प्रयत्न में मुब्तला थी और उसके आसपास खड़े जवान, बूढ़े और अधेड़ लोग निगाह किसी और तरफ किए चोरी-चोरी उसके शरीर की वक्रताओं की नाप-जोख में लगे थे, जबकि उधर उसका बौड़म पति जो पुलिस वाली बर्थों के खाने तक बढ़ आया था, अपना टीन का बक्सा अपने दोनों हाथों पर हनुमान के हाथों में पहाड़ की तरह साधे, यह समझ पाने में असफल था कि इस बक्से को वह कहाँ पटके और बच्चा था कि मुँह फाड़कर इस तरह चिल्लाए जा रहा था जिस तरह गुलीवर दानवों के देश में दुधमुँहे बालक द्वारा अपना (यानी गुलीवर का) सिर मुँह में भर लेने पर चिल्लाया होगा।

गलमुच्छड़ ने अपने स्थान पर बैठे-बैठे ही इस दृश्य को देखा और एक ही निगाह में अपनी पारखी नज़रों से—उसकी आयु पचास से कम नहीं रही होगी—पूरी स्थिति को भांप लिया। 'और किसी डिब्बे में मरने को नहीं मिला था तुझे?' उसने दोनों हाथों से बक्सा हवा में ऊपर उठाए उस गावदी को डपटा। तब बिना अपने प्रश्न के उत्तर की प्रतीक्षा किए उससे आगे बोला, 'बक्सा रख नीचे। किसी की खोपड़ी पर पटकेगा?' इसे करिश्मा कहिए या जादू, गलमुच्छड़ के इतना कहते ही जहां तिल रखने की भी जगह नहीं थी, वहाँ बक्सा रखने की जगह बन गई।

बक्सा फर्श पर नीचे रखकर उस गंवार ने डिब्बे में चढ़ने के पश्चात पहली बार पीछे मुड़कर अपनी पत्नी की ओर देखा (बच्चे की चिल्लाहट से वह इस बात से पहले ही आश्वस्त हो गया था कि बच्चा डिब्बे के अंदर है और पूरा गावदी होने के बावजूद उसने यह अनुमान भी लगा लिया था कि जब बच्चा अंदर है तो उसकी माँ बाहर नहीं हो सकती) और उस भीड़ में, जो चुंबक में लोहे की तरह उसकी पत्नी से चिपकी चली जा रही थी, माँ और बच्चे—दोनों की ही दुर्दशा होते पाया और यह सोचकर कि कम-से-कम बच्चे को ही सही,

इस मुसीबत से उबार लिया जाए, अपनी पत्नी से बोला, 'ला, मुन्ना का हम का दइ दे। मार हलकान है रहा है।' उसका इतना कहना था कि बच्चा एक हाथ से दूसरे हाथ होता हुआ उस तक पहुँच गया। औरत के इर्द-गिर्द जमा भीड़ का खयाल था कि बच्चे के औरत की गोद से हट जाने से उन्हें उसके शरीर की नाप-जोख करने में ज़्यादा आसानी हो जाएगी, लेकिन हुआ इसका बिल्कुल उल्टा। बच्चे से मुक्त होकर बच्चे की माँ ने स्वयं को संभाला और अपने ऊपर झुके आ रहे अधेड़ व्यक्ति को, जिसने बच्चे को उसकी गोद से लेकर आगे बढ़ाया था, परे ढकेलते हुए कहा, 'सूधे काहे नाई ठाढ़ होत?' तब जैसे अपने-आप से ही बोली, 'उपरै लदे चले आ रहे हैं। जइसे आज तक कउनौ मेहिरऐ नाई देखिन है।'

उसके इतना कहने का असर हुआ। उसके इर्द-गिर्द खड़े लोग जो ऊपर से भोले बने लेकिन अंदर से पूरे मुरहपन के साथ उसके शरीर से अपने शरीर को रगड़ कर न्यूटन के घर्षण के सिद्धांत के परीक्षण में लगे थे, अपने-अपने प्रयोग में जहां के तहां रुक गए। औरत ने पहले तो अपनी चुनरी से अपना मुँह पोंछा, तब अपने सामने खड़े व्यक्ति से बोली, 'हटौ वइसी निकरै देव हमका।'

'कहाँ हटें? कहीं जगह भी है? चुप्पे खड़ी रहो यहीं।' उस व्यक्ति ने शिकार हाथ से निकलते देख किंचित धौंस से काम लेना चाहा।

'हिएँ ठाढ़ी रही तो हमरे लरिका का दूध तुम पियइहौ का?' उसने कहा और धक्का देकर उसे एक ओर करती हुई आगे बढ़ गई। औरत की इस ढिठाई से परास्त होकर भीड़ ने हथियार जेब में रख लिए (डालने का प्रश्न नहीं उठता था, क्योंकि फर्श पर जगह ही नहीं थी) और औरत भीड़ को चीरती हुई अपने मर्द के पास आ गई और बुरी तरह गला फाड़कर रो रहे बच्चे को उसके हाथ से लेकर खड़े-खड़े ही अपनी चुनरी की आड़ में करके अपना स्तन उसके मुँह में डालने लगी। लेकिन बच्चा, ऐसा लगता था, अपना गला पूरी तरह फाड़ डालने पर उतारू था अतः उसने स्तन अपने मुँह में लेने से इंकार कर दिया और चिल्लाना बदस्तूर जारी रखा।

इस दौरान पुलिस के मुस्टंडों के बीच चल रहा ताश का खेल बंद हो चुका था और उनमें से दो निद्रा देवी की गोद में जाने के उद्देश्य से, ऊपर की बर्थों पर लमलेट हो चुके थे, लेकिन गलमुच्छड़ और उसका बचा हुआ साथी अभी सोने के मूड में नहीं थे। अतः अभी भी अपनी-अपनी जगह बैठे थे और गलमुच्छड़ जेब से दोमुंही डिबिया निकाल कर एक तरफ के खाने से गदा छाप तंबाकू और दूसरी तरफ के किंचित छोटे वाले खाने से तर्जनी से चूना निकाल कर बाईं हथेली

पर रखकर दाहिने अंगूठे से उसे रगड़-रगड़ कर तंबाकू का भुरकुस बनाने में जुटा था जबकि उसका साथी स्वयं को हिंदी का इयान फ्लेमिंग अथवा जेम्स हैडली चेइज़ से कम न समझने वाले किसी लेखक का अंग्रेज़ी के किसी जेम्सबांडी उपन्यास के प्लाट को चुराकर हिंदी में लिखी गई महान कृति को हाथ में लिए इस प्रतीक्षा में था कि गाड़ी का बूढ़ा इंजन कुछ और ज़ोर पकड़ ले, जिससे रोशनी कुछ और हो तो वह समुद्र के अंदर बने विलेन के शीशे के महल में, जिसके चारों ओर बड़ी-बड़ी व्हेल मछलियां, विशालकाय ऑक्टोपस और ऐसे-ऐसे जानवर जो जीव विज्ञान की पुस्तकों में भी नहीं पाए जाते, तैर रहे थे, घुस गए भारत के महान जासूस, मिलेट्री के रिटायर्ड ब्रिगेडियर, महावीर चक्र प्राप्त, कैप्टन अल्फ्रेड दलाल (यह राज़ लेखक ने नहीं खोला था कि आखिर 'ब्रिगेडियर' पद से रिटायर्ड व्यक्ति 'कैप्टन' क्यों कहलाता था) के आगे के कारनामे पढ़े। तब तक गलमुच्छड़ ने खैनी बनाकर, ठीक से फटकार कर हथेली, अपने हाथ में महान जासूसी उपन्यास पकड़े, अपने साथी की ओर बढ़ा दी। उसके साथी ने एक क्षण के लिए बहुत ही दार्शनिक भाव से हथेली पर रखी खैनी को देखा, तब चुटकी में भरकर उसे तौला और आवश्यकता से ज़्यादा पाने पर थोड़ी-सी हथेली में वापिस गिराने के बाद उसे अपने होंठ में दबा लिया। शेष बची खैनी गलमुच्छड़ ने हथेली से ही चूरन की तरह फांक ली, ज़बान को इधर-उधर चलाकर उसे होठों में सेट किया और उड़ती-सी एक निगाह अपनी पत्नी और बच्चे के साथ डिब्बे में घुस आए उस गावदी पर डाली जिसके संदूक पर अब तक दो व्यक्ति बैठ चुके थे और जो अगर ऊपर तक कपड़ों से भरा न होता तो कब का चरमरा कर बैठ चुका होता, और तब उसकी पत्नी द्वारा बच्चे को चुप कराने और बच्चे द्वारा गला फाड़कर दो कर देने के बीच छिड़े वात्सल्यपूर्ण संघर्ष को देखने लगा।

इस बीच गलमुच्छड़ द्वारा खैनी बनाने के दौरान उसमें फटकी लगाने और मुँह में भरने के बाद हाथ हवा में झाड़ने के कारण उसके सूक्ष्म कणों ने डिब्बे के वायुमंडल में फैलकर यात्रियों की नासिकाओं में प्रवेश पा लिया था और कुछ कमज़ोर सहनशक्ति वाले लोग इससे प्रभावित होकर ताबड़तोड़ छींकने लगे थे। अब यह तो डॉक्टरी शोध का विषय हो सकता है कि छींक की गिनती संक्रामक रोग में आती है या नहीं, बहरहाल, या तो यात्रियों की छींक संक्रामक थी या फिर खैनी के कण अब भी हवा में तैर रहे थे और निशाना साधकर लोगों की नासिकाओं में घुस रहे थे क्योंकि एक के बाद एक ठहाकेदार छींकें डिब्बे में गूंजने लगीं और कुछ देर में ही ऐसा लगने लगा जैसे छींकों का कोई कम्पीटीशन शुरू

हो गया हो। फ्रायड ने लिखा है कि मासूम बच्चों के स्वभाव में जिज्ञासा सबसे शक्तिशाली भाव होता है इसीलिए वे हर प्रकार के नए अनुभव को बहुत ही ध्यान से देखते हैं। जो भी हो, छींक के इस अचानक शुरू हुए कम्पीटीशन से चौंक कर बच्चा सहसा चुप हो गया और छींकते-छींकते लोगों के लाल हो आए मुँहों को देखने लगा। लेकिन जैसे ही यह प्रतियोगिता रुकी, बच्चे ने फिर रोना शुरू कर दिया। अब उसे चुप कराने के दो ही तरीके हो सकते थे। एक यह कि उसकी जिज्ञासा जगाने वाला ऐसा ही कोई और कम्पीटीशन शुरू किया जाए या फिर उसे दूध पिलाया जाए, क्योंकि बच्चा वास्तव में भूखा था, लेकिन दूध पीने के लिए माँ का स्तन तब तक मुँह में लेने के लिए तैयार नहीं था, जब तक माँ की गोद का पूरा सुख और आराम, जिसका वह आदी था और जो ट्रेन के इस भीड़ भरे डिब्बे में खड़े-खड़े उसकी माँ उसे नहीं दे सकती थी, उसे न मिल जाए। बच्चे और उसकी जवान माँ की ओर ताकते हुए गलमुच्छड़ को माँ और बेटे की तकलीफ भांपने में देर नहीं लगी और शायद उन पर रहम खाकर या फिर किसी और कारण, अपने उसूलों के खिलाफ, उसने थोड़ा सरककर बर्थ पर अपने हाथ से थपकी देते हुए उस औरत से वहाँ बैठ जाने का आँखों से इशारा किया। बोल वह इसलिए नहीं सकता था, क्योंकि उसके मुँह में खैनी भरी थी और इतनी देर में ही उसने उसमें इतना रस पैदा कर लिया था कि उसे थूके बिना बोलना संभव नहीं था। औरत उसके इशारे को समझ गई, लेकिन अभी थोड़ी देर पहले गेट के निकट भीड़ के बीच हुए अपने अनुभव को याद करती हुई अपने स्थान पर खड़ी इस बात का अनुमान लगा रही थी कि कहीं यह जलते तवे से सीधे दहकती आग में जा पड़ने वाली स्थिति तो नहीं होगी।

पत्नियों की अपेक्षा पति प्रायः मूर्ख होते हैं (यह बात मैं भारतीय पतियों को दृष्टि में रखकर कह रहा हूँ, अतः यदि कोई विदेशी पाठक इस कहानी को पढ़े तो कृपया मेरी इस बात का बुरा न माने) जिसके कारण समाज में बसे-बसाए घर उजड़ने से लेकर आत्महत्या और हत्या तक की घटनाएं आम हैं। इस कथन को चरितार्थ करते हुए औरत के गावदी पति ने बिना आगा-पीछा सोचे अपनी पत्नी से बिगड़ते हुए कहा, 'मुंसीजी कहत हैं तो काहे नाईं बईठ के मुन्ना का दूध पियाए देत है?'

औरत ने कातर दृष्टि से अपने पति की ओर देखा। तब एक पतिव्रता भारतीय नारी की तरह अपने पति की आज्ञा का पालन करते हुए गलमुच्छड़ की बगल में कोई छह इंच का फासला रखते हुए (इससे अधिक फासला रखना संभव नहीं था, क्योंकि खिड़की की ओर की तमाम जगह खाली छोड़े गलमुच्छड़

पैसेज की ओर खिसककर बैठा था) बेंच पर बैठ गई और अपने दोनों पांव ऊपर करके लहंगा संभालते हुए पालथी मारकर आराम से होने के बाद, बच्चे को गोद में लिटाकर स्तन उसके मुँह में दे दिया। बच्चे को माँ की ऊष्मा भरी गोद का सुख, जिसका वह आदी था, मिला तो वह आराम से स्तन को मुँह में लेकर, अपना एक हाथ दूसरे स्तन पर रखकर ताकि अगर ज़रूरत पड़े तो उसका दूध भी पी सके, चुपचाप दूध पीने लगा। औरत या लड़की (भाषा के संस्कारवश बीस-बाईस वर्ष की गंवार देहाती स्त्री को 'महिला' तो कहा नहीं जा सकता) ने अपनी ओढ़नी से बच्चे को पूरी तरह ढक लिया, लेकिन इसके बावजूद, या तो ओढ़नी ज़रूरत से ज़्यादा पारदर्शी थी या फिर बच्चे और बच्चे की माँ—दोनों का ही शरीर इतना गोरा था कि हैदराबाद सालारजंग म्यूजियम में रखी घूंघट वाली सुंदरी की पत्थर की मूर्ति की तरह ओढ़नी के पीछे बच्चे की हरकतें और उसके मुँह में पड़ा उसकी माँ का अधखुला स्तन साफ दिखाई दे रहा था, जिसे सामने खड़े यात्री कुछ इस भाव से देख रहे थे जैसे वह यह देखना तो न चाहते हों, लेकिन करें क्या, आँख तो बेचारे बंद नहीं कर सकते। इसी के साथ बीच-बीच में एक दृष्टि गलमुच्छड़ पर भी डाल कर वे इस बात का अनुमान लगाने का भी प्रयत्न कर रहे थे कि कहीं स्वस्थ बच्चे की यह स्वस्थ माँ भेड़ियों के गोल से निकलकर शेर की मांद में तो नहीं जा पड़ी है, क्योंकि अभी कुल साढ़े बारह बजे थे, यानी कम-से-कम चार-पांच घंटे रात बाकी थी और डिब्बे में लगे बिजली के मरियल बल्बों की रोशनी धीमी होने पर इस तरह बेजान हो जाती थी कि गाड़ी का डिब्बा-डिब्बा न लगकर कोयले की खदान के अंदर ज़मीन से दो-चार सौ फीट नीचे की किसी सुरंग जैसा लगने लगता था और जो लोग भारतीय रेल के दूसरे दर्जे के बिना आरक्षण वाले डिब्बे में रात में सफर कर चुके हैं, वे भलीभांति जानते हैं कि रेल, रात, भीड़, औरत, नींद और सबसे बढ़कर एक-दूसरे के बीच पूर्ण अपरिचय के आपस में मिलने से कभी-कभी ऐसी सेक्सी सिचुएशन उत्पन्न हो जाती है, जिसे 'चोली के पीछे क्या है' जैसे गाने को धड़ल्ले से पास करने वाला भारतीय फिल्मों का सेंसर बोर्ड भी पास करने में घबराएगा। खैर, औरत इस तरह की सारी शंकाओं से मुक्त अपने बच्चे को दूध पिलाते हुए मातृत्व सुख प्राप्त करने में तल्लीन थी और उसका पति, जिसे बुरी तरह बीड़ी की तलब लगी हुई थी, अपने स्थान पर खड़ा चारों ओर दृष्टि दौड़ाकर देख रहा था कि अगर आसपास कोई और बीड़ी-सिगरेट जलाए तो वह भी अपनी बीड़ी जलाकर कम-से-कम आठ-दस क्यूबिक इंच धुंआ अपने फेफड़ों में उतार ले।

बच्चे का पेट जल्दी ही भर गया, क्योंकि एक स्तन का दूध पीते ही उसने दूसरे स्तन से खेलना बंद कर अपना हाथ वहाँ से हटा लिया और सहसा एक झटके से अपनी माँ की चुनरी उलटकर, अपना मुँह बाहर निकाल कर बड़ी-बड़ी आँखों से डिब्बे में भरी भीड़ का अवलोकन करने लगा। चार-छह क्षण इधर-उधर देखने के बाद गलमुच्छड़ को अपनी बाल-सुलभ जिज्ञासा का केंद्र बनाते हुए उसने अपनी दृष्टि उसके ऊपर जमा दी और तब किलकारी मारकर ज़ोर से हँसने के बाद (इस बीच अपने ब्लाउज़ के बटन बंद करने के पश्चात उसकी माँ ने गोद से उठाकर उसे अपने हाथों में ले लिया था) उसकी दाढ़ी नोचने का पक्का इरादा बनाकर उस पर झपटा। गलमुच्छड़, जो बच्चे की पहुँच से थोड़ा दूर था, उसकी यह हरकत देखकर मुस्कराया और खिड़की की तरफ बढ़कर खैनी की पीक बाहर थूक कर, जिसकी कुछ छींटें अवश्य ही डिब्बे के पीछे वाले खाने में खिड़की के पास बैठे लोगों के ऊपर पड़ी होंगी, वापस अपने स्थान पर आकर बच्चे से बोला, 'क्यों बेटा, पेट भर गया तो अब हरामीपन पर उतारू हो गए?'

बच्चे ने उसकी इस बात का जवाब अपने दोनों हाथों को फैलाकर नए उत्साह से उसकी ओर लपक कर दिया और अगर उसकी कमर पर उसकी माँ के हाथों की पकड़ ज़रा भी ढीली होती तो यह निश्चित था कि बच्चा गलमुच्छड़ की दाढ़ी पकड़कर झूल गया होता।

बच्चे की यह हरकत उसके बाप को खासी बुरी लगी, लेकिन बजाय बच्चे को डांटने के उसने अपना गुस्सा बच्चे की माँ पर उतारा, 'पकर के ठीक ते काहे नाई बइठत है ऊका?'

बच्चे की माँ पर बच्चे के बाप की इस फटकार का कोई प्रभाव पड़ता, इससे पूर्व गलमुच्छड़ ने अचानक बच्चे पर उमड़ आए प्यार (नकली या असली, यह कहना मुश्किल था, लेकिन अधिकांश देखने वालों की निगाह में पूरी तौर से नकली) के कारण या फिर किसी और वजह से अपने दोनों हाथ बच्चे की ओर बढ़ाए ही थे कि बच्चा अपनी माँ की गोद से छिटककर गलमुच्छड़ के हाथों में आ गया और इसी के साथ उसने अपने नन्हे, लेकिन स्वस्थ हाथ से गलमुच्छड़ के गाल पर एक भरपूर तमाचा जड़ दिया।

बच्चे की इस हरकत से उसके मां-बाप सहसा सन्नाटे में आ गए, लेकिन आसपास खड़े सारे यात्रियों के हृदय में आनंद का अद्भुत संचार हुआ और वे उत्सुकता से इस बात की प्रतीक्षा करने लगे कि बच्चे के हाथ से झापड़ खाने के बाद गलमुच्छड़ अब करता क्या है। दो-एक किंचित कमज़ोर हृदय वाले लोग

यह सोचकर डरे भी कि कहीं गलमुच्छड़ बच्चे को चलती ट्रेन की खिड़की से बाहर न फेंक दे, लेकिन फिर बच्चे के स्वास्थ्य को देखते हुए इस नतीजे पर पहुँचकर कि खिड़की की सलाखों के बीच से उसका निकल पाना आसान नहीं होगा, कुछ आश्वस्त हुए।

इधर गलमुच्छड़ ने बच्चे को अपने दोनों हाथों से मज़बूती से पकड़कर उसे अपनी आँखों के ठीक सामने हवा में लटका लिया और अपनी पलकों को फैलाकर अपनी आँखों को जितना भी बड़ा कर सकता था, उतना बड़ा करते हुए उससे बोला, 'साले, पुलिस के ऊपर हाथ चलाता है और वह भी ड्यूटी पर! जानता है, इसका क्या नतीजा होगा? दफा 323 के तहत सात साल से कम की सज़ा न होगी। जेल में चक्की पीसते-पीसते हाथ में घट्ठे पड़ जाएंगे।'

बच्चे पर इसका क्या असर हुआ, यह कह पाना मुश्किल है, लेकिन बच्चे का बाप गलमुच्छड़ की यह मुद्रा देखकर डरा कि कहीं ऐसा न हो कि बच्चा तो नासमझ है, इसलिए उसके एवज़ में सज़ा बाप को काटनी पड़े। अतः उसने बच्चे की माँ को ज़ोर से डपटा, 'देख का रही है? मुंसीजी से लइके लगा दुई हाथ ई के।'

'लाओ हमका दइ देव अइसी।' बच्चे की माँ ने गलमुच्छड़ से कहा तो गलमुच्छड़ ने बच्चे को हाथ में लिए-लिए ही बच्चे की माँ की ओर मुड़कर देखा, जिसमें उसे एक क्षण भी नहीं लगा होगा, लेकिन इस क्षणांश के लिए ही अपनी ओर से गलमुच्छड़ का ध्यान हटते देख, बच्चे ने उसका पूरा फायदा उठाते हुए एक और झापड़ गुलमुच्छड़ के दिया जो निशाना चूक जाने के कारण उसके गाल पर पड़ने के बजाय उसकी कनपटी पर पड़ा, जिससे उसकी पुलिस वाली टोपी फर्श पर आ गिरी।

अब तो इस दृश्य को देखकर पैसेज में खड़े यात्रियों के होंठों पर बाकायदा संतोष की मुस्कान खेलने लगी। दो-एक को तो अपनी हँसी रोकने के लिए मुँह में रूमाल ठूंसना पड़ा या फिर नकली खांसी खांसनी पड़ी।

गलमुच्छड़ ने अपनी आँखें, जो थोड़ी देर फैली रहने के बाद अपनी ओरिजनल साइज़ में आ गई थीं, पुनः फैलाई बल्कि इस बार अपनी पलकों की मांसपेशियों पर अतिरिक्त बल लगा कर उन्हें कुछ ज़्यादा ही फैलाया तथा बच्चे को अपनी बगल में, जिधर उसकी माँ बैठी थी, उसके दूसरी ओर बैठाते हुए बोला, 'तेरी साले यह हिम्मत! अब तो तेरा इन्काउंटर करना पड़ेगा।' और वह कमर में बंधी पुलिसिया पेटी से अपनी बंदूक खोलने लगा।

बच्चे के माँ-बाप के साथ, इस बार, पैसेज में खड़े यात्री भी गलमुच्छड़

की यह मुद्रा देखकर घबरा गए। आखिर इन पुलिसवालों का क्या भरोसा, बच्चा हो या बूढ़ा, इन सालों की आँख में शील और हृदय में रहम या दया नाम की चीज़ तो होती नहीं, कौन ठीक बच्चे को गोली मार ही दे! कह देगा, बच्चा बगल में बैठा बंदूक से खेल रहा था, वहीं जाने कैसे उसका घोड़ा दब गया और गोली बच्चे के सीने में जा लगी। अतः बच्चे का बाप अपने दोनों हाथ जोड़े हुए अपनी शक्ल जितनी भी दयनीय बना सकता था, उतनी दयनीय बनाते हुए गलमुच्छड़ की ओर बढ़ा। गलमुच्छड़ ने, जो पेटी से बंदूक को अलग करने में लगा था, बच्चे के बाप पर एक वक्र दृष्टि डाली और बोला, 'चुपचाप अपनी जगह खड़ा रह। मैं इस साले से निपट लूंगा। पिद्दी न पिद्दी का शोरबा, साला मेरी इज़्ज़त पर हाथ डालेगा। टोपी उछालेगा मेरी। तेरी तो साले...।'

'अबै बच्चा आय। का समझै...।' बच्चे के बाप ने मिमियाते हुए कहा और गलमुच्छड़ की टोपी फर्श से उठाकर अपनी धोती में रगड़कर उसकी धूल झाड़ने के पश्चात अपनी दोनों हथेलियों में उसे इस तरह रखकर उसकी ओर बढ़ाया, जिस तरह द्वारचार के समय बढ़िया कीमती ट्रे में रखा हुआ बढ़िया शॉल या सूट का कपड़ा दोनों पक्षों के बीच पूर्वनिश्चित रकम के साथ, लड़की का बाप लड़के के बाप (बाप न हुआ तो ताऊ या चाचा) की ओर बढ़ाता है।

गलमुच्छड़ ने बच्चे के गावदी बाप की हथेलियों पर रखी उत्तर प्रदेश प्रशासन के मछलियों के जोड़े वाले मोनोग्राम वाली, जिसे उसने आज ही घर से चलने से पहले ब्रासो से रगड़कर चमकाया था, टोपी पर तिरस्कार भरी एक ऐसी दृष्टि डाली, जिसका एक ही अर्थ हो सकता था कि इज़्ज़त तो मेरी मिट्टी में मिल ही गई, अब इसका क्या मैं अचार डालूंगा, तब टोपी को बिना हाथ से छुए बच्चे के बाप से बोला, 'रख दे यहीं। पहले इस साले से निपट लूं।' इतना कहकर उसने बंदूक को, जिसे वह अब तक पेटी से खोल चुका था, एक अजीब भाव से देखा, गोया सोच रहा हो कि बंदूक की बोहनी इस बच्चे के कत्ल से करना कहाँ तक उचित होगा और तब कुछ सोचकर, उसे सीट से टिकाकर रखते हुए बच्चे से बोला, 'तेरे ऊपर एक गोली भी क्यों बरबाद की जाए? तुझे तो मैं वैसे ही गला दबाकर मार डालूंगा।' इसी के साथ वह अपने दोनों हाथ की उंगलियों को मरोड़कर, हाथ के पंजों को अर्धवृत्ताकार फैलाकर होंठों को सिकोड़कर, दांत किटकिटाते हुए बच्चे की ओर बढ़ा। बच्चा, जो अब तक अप्रत्याशित रूप से खामोश था, गलमुच्छड़ की इस प्रकार बिगड़ी हुई मुखाकृति देखकर मुस्कराया। तब सहसा झपटकर अपने ऊपर झुक आए गुलमुच्छड़ की दाढ़ी अपने दोनों हाथों से दबोच ली।

'अबे छोड़, छोड़, छोड़!' गलमुच्छड़ ज़ोर से चिल्लाया और बच्चे के हाथ से अपनी दाढ़ी छुड़ाने का प्रयत्न करने लगा।

अब तो वहाँ खड़े सारे यात्री, (बच्चे के मां-बाप को छोड़कर) जो यह दृश्य देख रहे थे, बेसाख़्ता हँसने लगे। हां, इस बात पर ज़रूर लोगों का अलग-अलग मत था, जिसे उन्होंने एक-दूसरे से व्यक्त नहीं किया कि बच्चा वास्तव में कृष्ण का अवतार है या फिर गलमुच्छड़ केवल बच्चे से खेल रहा है, उसे मारने का उसका कोई इरादा नहीं है। जो भी हो, गलमुच्छड़ जब अपनी दाढ़ी किसी तरह बच्चे के हाथ से छुड़ाने में सफल हुआ तो बच्चे के हाथ में उसकी दाढ़ी के चार-छह बाल दूर से ही झलक रहे थे जो इस बात का प्रमाण थे कि गलमुच्छड़ की दाढ़ी पर बच्चे की पकड़ खासी मज़बूत थी और निश्चय ही उसके द्वारा उसे पकड़ने और गलमुच्छड़ द्वारा उसकी पकड़ से मुक्ति पाने की पूरी प्रक्रिया के दौरान गलमुच्छड़ को खासा कष्ट हुआ होगा।

'हमका दइ देव अब ईका।' इस बार बच्चे की माँ ने गलमुच्छड़ से विनती की।

'तुमको दे दें इसको?' गलमुच्छड़ ने बच्चे की माँ को घूरा, 'ई साला हमारी यह दुर्दशा कर रहा है और हम इसको बिना सज़ा दिए तुमको दे दें! बैठ वहीं अपनी जगह।' कहकर वह फिर बच्चे की ओर मुड़ा, 'चल साले यही सही', उसने कहा, 'तुझको जो करना हो, पहले कर ले। मौत तो तेरी आज मेरे हाथों लिखी ही हुई है। लेकिन चला ले तू जितने दांव-पेंच आते हों तुझे। और यह भी सुन ले, मैं क्या करूंगा तेरे साथ अब। यह गाड़ी देख रहा है न, जिसमें बैठा है तू? इसी चलती गाड़ी से तुझे बाहर नहीं फेंका तो यह समझना, अपने बाप से नहीं पैदा हूँ मैं? हरामी की औलाद हूँ।' (कहना उसे सिर्फ 'हरामी' चाहिए था, लेकिन कहा उसने 'हरामी की औलाद' जिसका अर्थ यह निकलता था कि वह तो जो है सो है ही, उसका बाप भी अपने बाप से पैदा नहीं था।)

जो भी हो, उसकी इस बात से यात्रियों के मन में फिर शंका हुई कि अब जब वह कसम खा चुका है और वह भी ऐसी कसम, जिसका ताल्लुक उसकी माँ के चरित्र से तो है ही, उसकी दादी तक का चरित्र संदेह के घेरे में आ जाता है तो वह अपने कौल को निभाने के लिए कुछ-न-कुछ तो करेगा ही। और अगर चलती ट्रेन से नीचे न भी फेंका तो यह तो कर ही सकता है कि अगले स्टेशन पर या जहां भी गाड़ी रुके, वहाँ इस बच्चे को लेकर उतर जाए और गाड़ी दोबारा चलने पर उसे प्लेटफॉर्म पर या कहीं भी इधर-उधर छोड़कर वापस आ जाए।

यही डर संभवतः बच्चे की माँ के हृदय में भी जागा। अतः उसने अपने

भय को अपनी आँखों से ही व्यक्त करते हुए अपने बौड़म पति की ओर देखा, जो स्वयं काफी डरा हुआ था, और गलमुच्छड़ द्वारा डपट दिए जाने के बाद, उसकी टोपी बगल में रखकर अपने स्थान पर खड़ा, अपनी तलब और अधिक न रोक पाने के कारण या फिर हाई पिच पर पहुँच गए अपने टेंशन को कम करने के उद्देश्य से, बीड़ी जलाकर धकाधक कश मारने में जुटा था। इस बीच बच्चा अपने स्थान पर खामोश बैठा गलमुच्छड़ की ओर न देखकर सामने वाली बेंच पर बैठे उसके दूसरे साथी को निहार रहा था जो किताब के बीच अपनी उंगली फंसाए समुद्र के नीचे बने विलेन के शीशे के महल (जो बुलेटप्रूफ शीशे का बना था और इसीलिए हीरो यानी विश्वविख्यात जासूस अल्फ्रेड दलाल द्वारा विलेन पर गोली चलाए जाने पर निशाना चूक जाने के कारण गोली दीवार में लगने के बावजूद उसमें सूराख नहीं हुआ था) के बारे में सोच रहा था कि भला ऐसा महल समुद्र के नीचे नींव खोदकर बनाया होगा या फिर उसे ज़मीन पर बनाकर बड़े-बड़े क्रेनों की सहायता से समुद्र के तल में उतार दिया गया होगा, क्योंकि पुस्तक के लेखक ने इस बारे में कोई जानकारी नहीं दी थी।

बच्चे द्वारा गलमुच्छड़ के साथी को इस तरह घूरने के साथ ही पैसेज में खड़े यात्रियों का ध्यान भी उधर गया और उनमें कुछ, जो अब तक बच्चे को कृष्ण नहीं तो बलराम का अवतार तो मान ही चुके थे, मन-ही-मन यह सोचने लगे कि गलमुच्छड़ और बच्चे के बीच छिड़े इस युद्ध में जिसे उनके अनुसार अभी अपनी तार्किक परिणति पर पहुँचना बाकी था, गलमुच्छड़ के साथी की क्या भूमिका हो सकती है। शायद बच्चा यदि उसमें सोचने की इतनी क्षमता होती है (मनोवैज्ञानिकों के अनुसार तो नहीं होती, लेकिन इस देश में, जहां बाल कृष्ण ने बड़े-बड़े पराक्रमी राक्षसों को साधारण से साधारण भेष बदलकर आने पर भी दूर से ही उन्हें पहचान कर क्षणांश में ही पछाड़ दिया हो, कुछ भी संभव है) तो वह भी यही सोच रहा था और यह तय नहीं कर पा रहा था कि पहले गलमुच्छड़ की पूरी दुर्दशा वह कर ले, तब उसके साथी से निपटे या साथ-ही-साथ एक-दो हाथ उसके भी लगाता चले। तभी गलमुच्छड़ के साथी ने गलमुच्छड़ से कहा, 'टोपी पहन लो अपनी। इज़्ज़त तो मिट्टी में मिल ही गई तुम्हारी।'

बात इतनी मासूमियत से कही गई थी कि वह व्यंग्य में कही गई है अथवा ललकार-स्वरूप, गलमुच्छड़ के स्वाभिमान को जगाकर उसके अंदर अतिरिक्त शक्ति का संचार कराने के उद्देश्य से, ठीक से नहीं कहा जा सकता था। जो भी हो, गलमुच्छड़ ने सीट पर रखी अपनी लाल पैच वाली खाकी टोपी उठाई और थोड़ा

बांकपन से, जैसा कि पुलिस की टोपियों में या फिर छंटे शातिर खद्दरदारी बदमाशों की टोपियों में देखने को मिलता है, अपने सिर पर लगा ही रहा था कि बच्चा एक हाथ से सीट की दीवार का सहारा लेकर खड़ा हुआ और दूसरा हाथ इतनी ज़ोर से गलमुच्छड़ के सिर पर मारा कि टोपी दोबारा ज़मीन पर आ गिरी। और लोग तो हँसे ही, इस बार बच्चा भी अपनी इस कामयाबी पर ज़ोरों से खिलखिलाकर हँसा, जिससे गलमुच्छड़ ने पहली बार उसके मुँह के ऊपर के चार और नीचे के दो नन्हे, सफेद, चमकदार दांत देखे। साथ ही, यह भी देखा कि ऊपर के किनारे वाले दो दांत कुछ ज़्यादा ही नुकीले हैं।

'अच्छा तो साले, दांत भी निकाल लिए हैं,' गलमुच्छड़ ने कहा, 'यह साला ज़रूर राक्षस का अवतार है। इसके किनारे वाले दांत बता रहे हैं। इतने लंबे दांत आदमी के बच्चे के हो ही नहीं सकते। खोल मुँह खोल, देखें। तेरी तो साले...।' और गलमुच्छड़ एक हाथ से बच्चे का सिर पकड़ कर दूसरे हाथ से उसका मुँह खोलने लगा, जो उसने एक बार दांत दिखाने के बाद दोबारा बंद कर लिया था। लगभग आध-पौन मिनट तक गलमुच्छड़ और बच्चे के बीच मुँह खुलवाने वाला यह संघर्ष चला होगा कि सहसा बच्चे ने अपने दोनों हाथों से गलमुच्छड़ की कलाई पकड़कर, उसकी तर्जनी कसकर अपने दांतों के बीच दबा ली।

'अबे, अबे, अबे मार डालेगा क्या...?' गलमुच्छड़ ज़ोर से चिल्लाया।

बच्चे ने घबराकर उसकी उंगली छोड़ दी, लेकिन इस बीच वह अपने दांतों से उंगली की जितनी भी दुर्गति कर सकता था, कर चुका था और गलमुच्छड़ अपनी तर्जनी दूसरे हाथ की मुट्ठी में लिए उसे अपनी जांघों के बीच दबाकर 'सी-सी' करने लगा। गलमुच्छड़ की इस 'सी-सी' का बच्चे ने, जो अभी भी बर्थ की टेक का सहारा लिए गलमुच्छड़ की ओर मुँह किए खड़ा था और जिसकी लंगोटी इस सारे प्रकरण में कुछ इधर-उधर हो गई थी, कुछ गलत अर्थ निकाला और बाकायदा धार बनाकर मूतने लगा। गलमुच्छड़ की वर्दी को भेदती हुई बालामृत की गरम-गरम धार उसके शरीर तक पहुँची तो उसने चौंक कर उधर देखा।

'अबे, अबे...सरकारी वर्दी पर...तेरी तो...।' उसने कहा और जांघों के बीच हाथ की मुट्ठी में बंद अपनी ज़ख्मी तर्जनी को छोड़कर तुरंत उठकर खड़ा हो गया ताकि बच्चे के इस नए आक्रमण से, जो कुछ-कुछ आज के ज़माने में पुलिस द्वारा भीड़ को भगाने के लिए उस पर छोड़ी जाने वाली पानी की तेज़ धार से मेल खाता था, बच सके और खिड़की के निकट आकर, जहां हवा का झोंका

कुछ तेज़ था, अपनी वर्दी के भीगे हुए हिस्से को चुटकी से पकड़कर तन से अलग करते हुए सुखाने लगा।

इस बीच गाड़ी, जो बच्चे, उसके गावदी बाप और जवान माँ के इस डिब्बे में चढ़ने के बाद तीन-चार स्टेशनों पर सवारी लेने और उतारने के बाद अगले स्टेशन की ओर बढ़ रही थी, सहसा फिर धीमी पड़ने लगी और खिड़की के पार वृक्षों के बीच कहीं-कहीं, कुछ रोशनी-सी दिखाई देने लगी।

'अपन टेसन आएगा जानौ।' बच्चे की माँ ने कहा।

बच्चे के बाप ने थोड़ा टस-मस होकर खिड़की के पार झांका। तब अपने संदूक पर आसन जमाए व्यक्तियों से बोला, 'ए भइया उठौ तनिक, संदूक उठावै देव।'

संदूक पर बैठे दोनों व्यक्ति बच्चे के हाथों गलमुच्छड़ की यह दुर्दशा देखकर हँसने में इतना व्यस्त थे कि उसकी बात को सहसा समझ नहीं सके।

'अरे उठौ भइया, तुमही ते कहि रहे हन।' उसने दोबारा उन लोगों को कोंचा तो वे उठकर खड़े हो गए।

बच्चे की माँ भी सीट से उठकर अपना लहँगा झाड़ने लगी। तब बच्चे की ओर मुड़कर बोली, 'आ अइसी...। मुंसीजी तुइका मारिन नाई, यहै का कम है?'

गलमुच्छड़ ने गुस्से से बच्चे की माँ की ओर घूरा, 'मारिन नाई का मतलब? छोड़ दूंगा क्या मैं इसको ऐसे? इस साले की आज मैं बोटी-बोटी काट डालूंगा। तू बैठ वहीं अपनी जगह।'

'हमार टेसन आएगा है।' बच्चे की माँ ने गलमुच्छड़ की ओर दयनीय दृष्टि से देखते हुए कहा।

'टेसन आएगा? आयँ। इतनी जल्दी टेसन कैसे आ गया? चल, अच्छा नीचे निपटता हूँ तुझसे बेटा।' उसने बच्चे को गोद में उठाते हुए कहा, 'चलती ट्रेन के नीचे न डाला तुझको तो हरामी की औलाद कहना।'

पैसेज में काफी भीड़ थी। इसके बावजूद बच्चे का बाप संदूक ऊपर उठाए डिब्बे के गेट तक पहुँच गया था और पीछे मुड़कर अपनी पत्नी की प्रतीक्षा कर रहा था। तभी उसकी पत्नी और उसके पीछे बच्चे को गोद में लिए गलमुच्छड़ भी गेट पर पहुँच गया। गाड़ी अब बिल्कुल रेंग रही थी। तभी सहसा प्लेटफॉर्म दिखाई देने लगा। स्टेशन के अंदर तथा बाहर प्लेटफॉर्म पर लगभग अँधेरा था।

'इस वक्त रात में तुम लोग जाओगे कहाँ?' गलमुच्छड़ ने बच्चे को गोद में लिए हुए उसकी माँ से पूछा। इस पूरे प्रकरण में यह पहला वाक्य था, जो गलमुच्छड़ सहज ढंग से बोला था।

'जाबै कहाँ! हिऍं टेसन पर रहिबे।' बच्चे की माँ ने उत्तर दिया।

'इस अँधेरी रात में यहाँ टेसन पर कहाँ रहोगी?'

'टेसन पर काहे रहिबे, अपने घर माँ रहिबे। हिऍं तो खलासी हैं ई के बप्पा। टेसन के पाछे सरकारी क्वाटर बना है रेलवई का।'

'अच्छा बेटा, तभी मैं कहूँ इतने शेर क्यों हो रहे हो? अपने घर पहुँच गए हो। अपने घर में तो कुत्ता भी शेर होता है।' गलमुच्छड़ ने बच्चे से कहा।

गाड़ी सहसा एक झटके के साथ रुक गई और बच्चे का बाप संदूक लेकर नीचे उतर गया। उसके पीछे औरत भी नीचे उतर गई और अपने दोनों हाथ गेट पर खड़े गलमुच्छड़ की ओर बढ़ाते हुए बोली, 'मुंसीजी, अब ई का दइ देव हमका। जऊन खता भै तऊन माफ करो।'

'जा साले तेरी तकदीर अच्छी थी, जो तू बच गया आज, नहीं तो मौत ही लिखी थी तेरी मेरे हाथों।' गलमुच्छड़ ने बच्चे से कहा।

बच्चा उसकी इस बात पर हँसा और एक बार फिर उसने गलमुच्छड़ की दाढ़ी अपनी मुट्ठी में भर ली।

'अबे, अबे, साले, चलते-चलते हरामीपन?' गलमुच्छड़ ने कहा और उसके हाथ से अपनी दाढ़ी छुड़ाते हुए ज़ोर से उसका मुँह चूम लिया। तब, 'जा बेटा, तू भी क्या याद करेगा।' कहते हुए उसे उसकी माँ की ओर बढ़ा दिया।

'नमस्ते मुंसीजी!' बच्चे की माँ ने गलमुच्छड़ से कहा और बच्चे को गोद में लिए हुए संदूक सिर पर रखे प्लेटफॉर्म पर आगे बढ़ गए अपने पति के पीछे चल दी।

डिब्बे के गेट पर खड़ा गलमुच्छड़ उन्हें जाते देखता रहा। अँधेरे में उनके सिल्हूट थोड़ी दूर तक दिखाई देते रहे। तब प्लेटफॉर्म पर लगे लोहे के जंगले के बीच सींखचों को तोड़कर बनाए गए रास्ते से बाहर जाकर दोनों अँधेरे में खो गए।

गलमुच्छड़ अपनी सीट पर लौट कर आया तो उसके साथी ने, जो अब तक अपनी बर्थ पर लेट चुका था, उससे पूछा, 'पहुँचा आए?'

'हां।' गलमुच्छड़ ने कहा।

'घर में पोता खिलाने से जी नहीं भरता?' उसके साथी ने प्रश्न किया।

'घर में रहने भी देती है सरकार साली?' उसने कहा और जहां बच्चे ने पेशाब किया था। वहाँ हाथ रखकर देखने लगा कि अब तक सीट पूरी तरह सूख गई है या नहीं।

खलनायक

ऑफिस के काम से बनारस जाना था, एक मुकदमे के सिलसिले में। कचहरी में कागज़ दाखिल करने थे।

चलने लगा तो माँ ने पूछा, ''लौटोगे कब?''

''क्यों?'' मैंने कहा।

''वैसे ही।''

''परसों सुबह आ जाऊंगा।''

मां लिहाफ का खोल सिल रही थीं। चुपचाप मशीन चलाती रहीं। मैं सफर के लिए अपना सामान सहेजता रहा। कपड़े आदि अटैची में बंद करके मैं उठकर खड़ा हुआ तो माँ ने भी मशीन बंद कर दी। मुझे दरवाज़े तक छोड़ने आईं। मैंने मुड़कर उनके पैर छुए तो बोलीं, ''फुर्सत मिले तो बिल्लो के यहाँ हो आना।''

मैंने उनकी ओर देखा। तब सड़क पर आकर रिक्शा खोजने लगा।

गाड़ी सुबह तड़के ही बनारस पहुँच गई। बर्थ सुरक्षित होने के बावजूद मुझे रात ठीक से नींद नहीं आई। स्टेशन पर उतरकर मैंने चाय पी। वेटिंग रूम में नहा-धोकर कपड़े बदले और अटैची क्लॉक रूम में जमा करके बाहर निकल आया।

कोई सात बजे थे। साढ़े आठ पर मुझे अपने ऑफिस द्वारा नियुक्त वकील के घर पहुँचना था। घंटे-डेढ़ घंटे का समय मेरे पास था। मुझे बिल्लो की याद आई। याद तो खैर रास्ते-भर आती रही थी परंतु यह निर्णय मैं अभी तक नहीं ले पाया था कि उसके यहाँ जाऊं अथवा नहीं। आखिर, मैं फिलहाल टाल गया। सोचा, कोर्ट से फुर्सत मिलने के बाद देखा जाएगा। और मैं एक होटल में घुस गया।

नाश्ता करते हुए मुझे ध्यान आया कि लौटने के लिए आरक्षण भी करना है। लौटकर गया तो खिड़की खुल चुकी थी। रात की गाड़ी में मुझे बर्थ मिल गई।

कचहरी से मैं एक बजे ही फुर्सत पा गया। वापसी की गाड़ी नौ बजे रात की थी। समय मेरे पास काफी था। फिर भी मैं तय नहीं कर पा रहा था कि

सुनीता के यहाँ जाऊं या नहीं। हां, 'सुनीता' बिल्लो का ही नाम था। 'बिल्लो' नाम मैंने ही उसे दिया था। बात यह थी कि उसकी आँखें नीली थीं। इसीलिए मैं उसे 'बिल्लो' कहकर चिढ़ाता था। धीरे-धीरे सभी उसे 'बिल्लो' कहने लगे।

लखनऊ में मेरे घर के निकट ही उसका भी घर था कोई दो-तीन मकान छोड़कर। मेरे मकान के सामने वाली पंक्ति में। उसके पिता एक स्कूल में मास्टर थे। तीन बहनों में वह सबसे छोटी थी और सबसे खूबसूरत भी। मुझसे आयु में कोई तीन-चार वर्ष कम।

बचपन में हम सब एक साथ खेलते थे। वह मुझे 'लंबू' कहती और मैं उसे 'बिल्लो'। बहुत ही चंचल थी वह। अक्सर ही मुझे तंग करती। कभी चुटकी काटकर भागती तो कभी पानी से नहला देती। पकड़ पाता तो मैं उसकी खूब कुटम्मस करता। लेकिन पकड़ में वह कम ही आती। भाग कर माँ के पास हो रहती। और माँ सदा उसी का पक्ष लेतीं।

मगर उसकी शोखी बचपन तक ही रही। बड़ी होने पर वह बिल्कुल विपरीत स्वभाव की निकली। इस परिवर्तन के पीछे मुख्य कारण शायद उसके घर की गरीबी थी। मास्टर चाचा को तनख्वाह कम ही मिलती थी। कुछ थोड़ा-बहुत वे ट्यूशनें करके कमा लेते थे। जो कुछ बचाया था, वह बड़ी लड़कियों के विवाह में निकल चुका था। अब उनके पास सुनीता के विवाह पर दहेज देने जैसा कुछ भी नहीं था। यही चिंता उन्हें चौबीस घंटे लगी रहती। जैसे-जैसे सुनीता बड़ी हो रही थी, उनकी यह चिंता भी बढ़ रही थी। सुनीता को शायद इसका आभास था। इसीलिए उसकी बचपन वाली शोखी और चंचलता जैसे पंख लगाकर उड़ गई थी। एक विचित्र प्रकार की सौम्यता और गाम्भीर्य ने उसका स्थान ले लिया था। इससे उसके सौंदर्य में और भी चार चांद लग गए थे।

मेरे यहाँ वह अब भी बराबर आती-जाती। कभी मशीन पर कोई कपड़ा सिलने तो कभी माँ से कोई बुनाई आदि पूछने। मेरे लिए भी दो-एक बार उसने स्वेटर, कंफर्टर आदि बुन कर दिए थे। मैं अब भी उसे बराबर बिल्लो ही कहता लेकिन उसे चिढ़ाने के किसी उद्देश्य से नहीं। यह नाम ही मेरी ज़बान पर चढ़ गया था। हां, उसने मुझे लंबू कहना बंद कर दिया था।

जिस वर्ष मैंने एम. ए. किया, सुनीता ने इंटर की परीक्षा पास की। वह आगे पढ़ना चाहती थी, परंतु उसके पिता इसके लिए तैयार नहीं थे। वह जल्दी-जल्दी उसका विवाह कर देना चाहते थे। मैं मन-ही-मन सुनीता को बहुत चाहने लगा था। मेरी भी यही इच्छा थी कि वह आगे पढ़े। इसीलिए जब मुझे पता चला

कि मास्टर चाचा उसके आगे पढ़ने के पक्ष में नहीं हैं, तो मैंने सुनीता से कहा, ''कहो तो मैं मास्टर चाचा से बात करूं?''

''आपकी बात मान जाएंगे?'' उसने अर्थपूर्ण दृष्टि से मेरी ओर देखा।

''बात करके देखता हूँ।'' मैंने कहा।

शाम को ही मैं मास्टर चाचा के पास गया। ''बिल्लो को आप आगे पढ़ने से मना क्यों कर रहे हैं, मास्टर चाचा?'' मैंने कहा।

वह अखबार पढ़ रहे थे। ''बैठो!'' उन्होंने कहा और चश्मा उतारकर तख्त पर रख दिया। मैं तख्त पर ही एक किनारे बैठ गया।

''जवान बेटी बाप के ऊपर कितना बड़ा बोझ होती है, यह तुम नहीं जानते।'' उन्होंने कहा, ''मुझे उसकी पढ़ाई से ज़्यादा उसके विवाह की चिंता है। जहां भी जाता हूँ, बीस-पच्चीस हज़ार से कम की बात कोई नहीं करता।''

''अभी उसकी उमर ही क्या है!'' मैंने कहा, ''और फिर ज़माना बदल रहा है मास्टर चाचा! ऐसे लोग भी हैं आजकल जो दहेज लेने-देने के खिलाफ हैं।''

उन्होंने एक चुभती हुई दृष्टि मेरे ऊपर डाली। ''मुझे तो नहीं मिले।'' उन्होंने कहा।

''बिल्लो जैसी सुशील (मैं सुंदर कहने जा रहा था) लड़की से तो कोई भी लड़का विवाह करने को तैयार हो जाएगा,'' मैंने कहा। ''आप उसे और पढ़ाइए। उसका मन भी है पढ़ने का। और मास्टर चाचा, आजकल लड़के पढ़ी-लिखी लड़की ही पसंद करते हैं। कम-से-कम ग्रेजुएट तो होनी ही चाहिए।''

''तुम कहते हो तो सोचूंगा।'' उन्होंने कहा।

''इसमें सोचना क्या है!'' मैंने कहा और वहीं बैठ-बैठे आवाज़ लगाई, ''बिल्लो!''

सुनीता आस-पास ही कहीं थी। मेरी आवाज़ सुनकर वह बैठक में आ गई।

''सब्जेक्ट क्या लोगी?'' मैंने पूछा।

उसने मेरी ओर देखा। तब मास्टर चाचा की ओर। मास्टर चाचा खामोश रहे।

''और जो भी हो, इंग्लिश ज़रूर लेना।'' मैंने कहा।

''मुझसे चलेगी?'' उसने कहा।

''मैं पढ़ा दिया करूंगा।''

मास्टर चाचा मान गए। लेकिन यूनिवर्सिटी में नाम लिखाने के लिए वे फिर भी तैयार नहीं हुए। इससे कोई अंतर नहीं पड़ा। कुछ ही दिनों में सुनीता लड़कियों के एक कॉलेज में जाने लगी। इंग्लिश भी उसने मेरे कहने से ले ली और कभी-कभार मेरे पास कुछ पूछने भी आ जाती।

जाने क्यों मेरे मन में यह धारणा घर कर गई थी कि सुनीता की माँ किसी-न-किसी दिन ज़रूर मेरी माँ से मेरे साथ उसके विवाह की बात करेंगी। इसीलिए जब भी वह मेरे यहाँ आतीं, मैं इस बात की टोह लेने की कोशिश करता कि माँ से उन्होंने क्या बात की। ऐसा होना अवश्यम्भावी है, मैं यह माने बैठा था और इसीलिए मन-ही-मन सुनीता को भावी पत्नी के रूप में देखने लगा था। सुनीता भी मेरे खयाल से अकेले मेरे सामने आने में लजाने-सी लगी थी। फिर भी वह मेरे यहाँ बराबर आती रही। शायद ही कोई दिन ऐसा होता जब चौबीस घंटों में कम-से-कम एक बार मैं उसे न देखता होऊँ।

आर्थिक दशा मेरे घर की भी अच्छी नहीं थी। पिता को नौकरी से रिटायर हुए तीन-चार वर्ष हो चुके थे। घर का खर्च बस किसी तरह घिसट रहा था। एम. ए. का रिज़ल्ट निकलने के पहले से ही मैं बराबर इधर-उधर अर्ज़ियां भेज रहा था। रिज़ल्ट निकलने के बाद यह सिलसिला और तेज़ हो गया। दो-एक जगह साक्षात्कार के लिए भी जा चुका था। प्रतियोगिताओं में भी बराबर बैठ रहा था। एम. ए. करने के बाद कोई तीन-चार महीने मैं खाली बैठा रहा। तभी मध्य प्रदेश में जबलपुर के एक कॉलेज में मुझे प्राध्यापक की जगह मिल गई। मैं वहाँ जाना नहीं चाहता था लेकिन पिता ज़िद करने लगे। उन्होंने कहा, ''खाली बैठने से तो अच्छा ही है। वहाँ अकेले रहकर कम्पीटीशन्स की तैयारी भी होती रहेगी। कोई दूसरी नौकरी मिल जाए तो छोड़ देना।''

मुझे मानना पड़ा। मन में सोचा कि जैसे भी होगा, जल्दी-से-जल्दी वापस आ जाऊंगा।

सुनीता को पता चला तो वह काफी उदास हो गई। कहा केवल इतना, ''मुझे अंग्रेज़ी दिलाकर अब आप खुद बाहर जा रहे हैं?''

''फिक्र मत करो,'' मैंने कहा, ''तुमसे जो बन पड़े, करना। बड़े दिनों की छुट्टियों में आकर मैं तुम्हारा सारा कोर्स पूरा करवा दूंगा।''

वह चुप रही।

''जाना मुझे अच्छा थोड़े लग रहा है बिल्लो'', मैंने कहा, ''लेकिन क्या करूं? नौकरी की बात है। वैसे जल्दी-से-जल्दी वापस आने की कोशिश करूंगा। कोई गुलामी तो लिख नहीं रहा हूँ। दूसरी नौकरी कहीं-न-कहीं मिलेगी ही। लखनऊ में ही कई जगह अप्लाई कर रखा है। और न होगा तो वैसे ही छोड़कर चला आऊंगा।''

सुनीता के आंसू आ गए। उसने आँखों में आंचल दे लिया।

जिस दिन मुझे जाना था, वह लगभग सारा दिन मेरे ही घर में बनी रही। मेरे सफर में ले जाने के लिए खाना बनाया। माँ के साथ मिलकर और सारा सामान भी सहेजा। बराबर याद दिलाती जाती कि कोई सामान छूट न जाए। चलने लगा तो माँ के साथ वह भी बाहर तक आई। मास्टर चाचा और मौसी को भी बुला लाई। मैंने माँ के पैर छुए तो वह उनकी बगल में ही खड़ी थी। खामोश।

नमस्ते आदि की औपचारिकता हमारे बीच कभी नहीं रही। अटैची-होल्डॉल रिक्शे पर रखकर मैं गद्दी पर बैठ गया। रिक्शा गली के बाहर निकलने लगा तो मैंने मुड़कर देखा। वह उसी तरह माँ की बगल में खड़ी थी।

जबलपुर मैं चला तो आया, लेकिन मेरा मन यहाँ बिल्कुल नहीं लगा। रह-रहकर सुनीता की याद आती रहती। जाड़ों की छुट्टियों के लिए कॉलेज बंद होने में लगभग दो महीने थे। यह दो महीने मुझे दो साल से भी अधिक लगे। दो-एक बार मन में आया, सुनीता को पत्र लिखूं। लेकिन एक तो आज तक कभी उसे पत्र लिखा नहीं था और दूसरे यह सोचकर कि मास्टर चाचा पता नहीं क्या सोचें, मैंने ऐसा नहीं किया। हां, माँ को जब भी पत्र लिखता, उसमें यह लिखना कभी न भूलता कि मास्टर चाचा और मौसी को मेरा नमस्ते कहिएगा। सुनीता के लिए बस एक बार इतना ज़रूर लिखा कि बिल्लो से कहिएगा, और विषय मन लगाकर पढ़े, अंग्रेज़ी की चिंता छोड़ दे। बड़े दिनों की छुट्टियों में मैं आऊंगा तो सब तैयार करवा दूंगा।

तभी क्रिसमस के पहले ही मुझे एक बैंक में प्रोबेशनरी ऑफिसर की नियुक्ति का पत्र मिल गया। परीक्षा और साक्षात्कार मैं पहले ही दे चुका था। नतीजा अब निकला था। पत्र लखनऊ के पते पर था जिसे पिता ने अपने पत्र के साथ मुझे भिजवाया था। पत्र मिलते ही मेरा मन हुआ कि मैं तुरंत त्यागपत्र देकर यहाँ से रवाना हो जाऊं लेकिन उसमें ज्वाइन करने की तारीख क्रिसमस के बाद की थी। फिर पिता ने अपने पत्र में यह भी लिखा था कि मैं इस संबंध में वहाँ किसी को न बताऊं ताकि क्रिसमस की छुट्टियों का वेतन भी मुझे मिल जाए।

बहुत खुशी हुई मुझे। बैंक में अफसरी मिलने की खुशी तो थी ही, अतिरिक्त खुशी इस बात की थी कि पोस्टिंग भी लखनऊ में ही होनी थी। मैं दिन गिनने लगा।

छुट्टियां हुई। चलते समय अपना अधिकतर सामान मैंने साथ ले लिया। लौटकर महज त्यागपत्र देने ही तो आना था।

घर पहुँचा तो माँ और पिता—दोनों ही बहुत प्रसन्न दिखे। बिल्लो को मेरे घर पहुँचने की खबर न मिली हो, ऐसा हो नहीं सकता। मैं जानता था वह माँ

से मेरे बारे में सारी खबर लेती रही होगी। इसीलिए मैंने काफी पहले ही लिख दिया था कि अमुक दिन अमुक गाड़ी से आ रहा हूँ। मुझे पूरी उम्मीद, बल्कि उम्मीद शब्द यहाँ गलत है, पूरा विश्वास था कि जब घर पहुँचूँगा तो बिल्लो घर पर ही मिलेगी। लेकिन मुझे पहुँचे कोई एक घंटा हो रहा था और वह कहीं नज़र नहीं आ रही थी। क्या हो सकता है, मन-ही-मन मैंने सोचा। माँ से पूछूं क्या? लेकिन मैं टाल गया। शाम को तो मैं पहुँचा ही था। एक-दो घंटे में अँधेरा हो गया। मैं दोस्तों से मिलने बाहर निकला तो देखा, मास्टर चाचा का दरवाज़ा बंद था। कुंडी खटखटाना मैंने उचित नहीं समझा।

रात मुझे ठीक से नींद नहीं आई। कहीं बीमार तो नहीं है वह? ऐसा होता तो माँ बतातीं। या फिर छुट्टियों में सब लोग कहीं बाहर तो नहीं चले गए? लेकिन रात मास्टर चाचा के मकान पर ताला तो था नहीं। फिर? देर तक मैं यही सब सोचता रहा। कोई तीन बजे मुझे नींद आई। फिर भी सुबह जल्दी ही उठ गया। माँ पहले ही से जाग रही थीं। कपड़े बदल कर मैं बाहर जाने लगा तो माँ ने कहा, ''चाय चढ़ा दी है। पीकर जाओ।''

''बनाकर रखो। अभी लौटकर पीता हूँ।'' मैंने कहा और बाहर आ गया।

मास्टर चाचा की बैठक खुली थी। तख्त पर कम्बल ओढ़े बैठे वे अखबार पढ़ रहे थे।

''नमस्ते मास्टर चाचा!'' मैंने कहा।

''कहो, कब आए?'' उन्होंने पूछा।

''कल शाम।'' मैंने कहा, ''अब तो यहीं नौकरी मिल गई है।''

''बैंक में ना?'' उन्होंने कहा।

इसके मायने वह पहले से जानते है। ''जी हां।'' मैंने कहा।

''अच्छा है, घर के घर में रहोगे।''

मैं बाहर गली में खड़ा था। मास्टर चाचा अंदर कमरे में थे। बाहर खासी ठंड थी। लेकिन मास्टर चाचा ने मुझे अंदर आने के लिए नहीं कहा। जान-बूझकर मैं ज़ोर से बोल रहा था। आवाज़ ज़रूर अंदर जा रही होगी। लेकिन न बिल्लो ही बाहर निकली और न ही मौसी।

''बिल्लो की पढ़ाई कैसी चल रही है?'' मैंने पूछा।

'' ठीक ही है।'' उन्होंने कहा।

''अभी तक सो रही है क्या?''

''कह नहीं सकता।''

“ठंड काफी पड़ रही है यहाँ। जबलपुर में इतनी नहीं थी”, मैं सर्दी में ठिठुरने लगा था।

“हांऽऽ।”

मास्टर चाचा ने फिर भी मुझे अंदर आने को नहीं कहा। बावजूद इसके कि मास्टर चाचा ऐसे ही बात करते थे, मुझे लगा उनकी बातों में कुछ रूखापन-सा है। मैं चला आया। लेकिन चीज़ें मेरी समझ में नहीं आ रही थीं। दो-ढाई महीनों में क्या इतना कुछ बदल जाता है?

“मास्टर चाचा के घर से कुछ लड़ाई-वड़ाई तो नहीं हुई?” माँ चाय लेकर आई तो मैंने पूछा।

“नहीं तो।” माँ ने कहा।

यह कैसा षड्यंत्र है! माँ भी बस “नहीं तो” कहकर रह गईं। यह भी नहीं पूछा कि आखिर मैं यह क्यों पूछ रहा हूँ। क्या वह जानती नहीं?

“बिल्लो कहाँ है?” मैंने पूछा।

“अपने घर में होगी।”

फिर वही बेहूदापन। अपने घर में होगी, यह तो मैं भी जानता हूँ।

“यहाँ नहीं आती क्या?”

“आती क्यों नहीं।”

मुझे गुस्सा आने लगा। “मैं पूछ रहा हूँ कल से आज तक क्यों नहीं आई? उसे मालूम नहीं मैं आ गया हूँ?”

मां ने मेरी ओर देखा। “उसकी शादी तय हो गई है।”

ज़मीन पैर के नीचे से निकलने वाला मुहावरा मैंने कितनी ही बार सुना था। अनुभव पहली बार हुआ। मुझे लगा, जैसे मेरे दिल ने धड़कना बंद कर दिया हो। मेरा सारा शरीर कांप गया।

मां मुझे बराबर देखे जा रही थीं। “कहाँ?” मैंने पूछा।

“बनारस में।”

“कब है शादी?”

“अगले सोमवार को।”

मेरी आँखों के सामने अँधेरा-सा छाने लगा। मैं चुपचाप अपने स्थान पर बैठा रहा। कई मिनट निकल गए।

“और चाय लोगे?”

“नहीं।”

मां उठकर चली गई।

यह क्या हो गया! सुनीता का विवाह किसी और से! और इतनी जल्दी! मुश्किल से चार महीने तो उसे कॉलेज जाते हुए होंगे। ऐसा ही था तो मास्टर चाचा ने उसका नाम क्यों लिखाया? मेरे जाने से पहले तो ऐसी कोई बात थी नहीं।

आज बुधवार था। बृहस्पति, शुक्र, शनि, इतवार, सोम। मैंने उंगलियों पर गिना। प्रलय हो सकती है क्या इन पांच दिनों में?

लगभग सारा दिन मैं बिस्तर पर पड़ा रहा। थोड़ी-थोड़ी देर बाद माँ चाय के लिए पूछ जातीं। कोई बारह बजे उन्होंने कहा, ''नहाओगे-धोओगे नहीं? खाना तैयार है।''

''भूख नहीं है।'' मैंने कहा।

मां ने ज़िद नहीं की।

शाम को मैं बाहर निकला तो मास्टर चाचा का दरवाज़ा बंद था। दिन में दो-एक बार छज्जे पर निकलकर भी देखा था। तब भी बंद था।

''निमंत्रण नहीं आया मास्टर चाचा के घर से?'' रात मैं देर से घूमकर आया तो माँ से पूछा।

''आया है।'' उन्होंने कहा और निमंत्रण लाकर मेरे हाथ में दे दिया।

बहुत सादा-सा निमंत्रण-पत्र था। ऊपर गणेश जी के चित्र के नीचे 'शुभ विवाह' छपा था। पूजन, द्वारचार, विदाई आदि का समय और तिथियां थीं। सुनीता के होने वाले पति और उसके पिता का नाम दर्ज था—'वाराणसी निवासी स्वर्गीय श्री जगन्नाथ प्रसाद के सुपुत्र चि. विश्वनाथ...।'

कार्ड लिए मैं देर तक उसे देखता रहा। तब बालकनी पर आ गया। गली में कोहरा छाया था। मास्टर चाचा की बैठक बंद थी। रोशनदान से बिजली का प्रकाश आ रहा था। अंदर औरतें कोई मंगल गीत गा रही थीं।

बिल्लो को तो प्रतिवाद करना चाहिए था, मैंने सोचा। कौन जाने किया भी हो! लेकिन मैं पूछता किससे? एक बार मन में आया, जाकर सीधे बिल्लो से ही क्यों न पूछूं कि उसने अपनी स्वीकृति क्यों दी। या फिर मौसी से ही बात करूं। कुछ भी हो, बिल्लो को एक बार देखने की मन में बड़ी लालसा थी, लेकिन मास्टर चाचा का जो रुख मैंने सुबह देखा था, उससे उनके यहाँ जाना मुझे उचित नहीं लग रहा था। फिर और मेहमान भी तो होंगे उनके यहाँ। उनके सामने...?

ये चार दिन मैंने किस तरह काटे, शब्दों में बता पाना कठिन है। समय मेरे लिए ठहर-सा गया था। नहाना-धोना, शेव करना—सब भूल गया था। दिन

भर रोगियों की तरह बिस्तर पर पड़ा रहता। ठंड के बावजूद रात देर तक सुनसान स्थानों पर घूमता रहता। न खाना अच्छा लगता, न पीना। सांस ज़रूर लेता था। इसलिए कहा जाएगा कि ज़िंदा था। वर्ना मुर्दों से भी बदतर था।

इस बीच बिल्लो को मैंने केवल एक बार देखा। दोपहर के समय मैं छज्जे पर खड़ा था। तभी उसके घर से ढेर सारी औरतें उसे लेकर किसी देवी-देवता की पूजा के लिए गाती-बजाती निकलीं। वह उनके बीच घिरी हुई थी। जाते समय तो नहीं, हां, लौटते समय मैंने उसे ठीक से देखा। उसने भी मुझे देख लिया था और जब तक सारी औरतें उसे अपने साथ घर के अंदर ढकेल नहीं ले गईं, वह एकटक मुझे देखती रही। मुझे लगा, अधिक देर उसकी ओर देखूंगा तो रो पड़ूंगा। मैं दूसरी ओर देखने लगा।

जिस दिन बारात आनी थी उस दिन अपराह्न माँ मेरे पास आई। उनके हाथ में सौ रुपये का एक नोट था।

"न हो तो तुम ही साड़ी ले आओ।" उन्होंने मुझसे कहा।

"साड़ी?"

"हां! बिल्लो के लिए। शादी पर देनी होगी न।"

बिल्लो की शादी पर देने के लिए साड़ी? यानी उपहार? मुझे लाना होगा? "मैं नहीं जाऊंगा।" मैंने कहा।

"मेरे साथ ही चले चलते। नए-नए चलन की साड़ियां मेरी समझ में तो आती नहीं।"

"साड़ियां खरीदता फिरता हूँ मैं जो नए चलन की साड़ियां मेरी समझ में आ जाएंगी? मैं कहीं नहीं जाऊंगा।" मैंने कहा।

मां चली गई।

क्या मुझे भी उसके विवाह पर कोई उपहार देना चाहिए? मैंने सोचा। सहसा मुझे लगा, मैं यह सब कर क्या रहा हूँ? आखिर सुनीता है कौन मेरी? खामख्वाह मैं उस पर अपना अधिकार समझे बैठा हूँ। अकारण ही तो सोचता था मैं कि उसका विवाह मुझसे ही होगा। उसके मां-बाप हैं। जहां चाहेंगे उसका विवाह करेंगे। और फिर मुझमें कौन-से सुर्खाब के पर लगे हैं! इंटर कॉलेज का एक मामूली अध्यापक। या अधिक-से-अधिक बैंक का एक प्रोबेशनरी अफसर! वह भी मैं था नहीं, होने वाला था। सुनीता! उससे भी तो प्रत्यक्ष मेरा कोई संबंध रहा नहीं। बचपन से मेरे घर आती-जाती रही। बाल-नुचव्वल, चुटकी-मुक्का किया हमने। बड़ी हुई तो कभी चाय लाकर रख गई मेरे कमरे में या अखबार दे गई। या

फिर कभी कुछ पढ़ने-लिखने के सिलसिले में पूछ लिया। मात्र इसी से क्या मेरा उसके ऊपर कोई अधिकार बन जाता है? कितना मूर्ख हूँ मैं भी!

यह सब सोचकर कुछ हल्का अनुभव किया मैंने। जब माँ लौटकर आई, मैं काफी सहज हो चुका था। नहा-धोकर कपड़े बदल लिए थे। माँ ने साड़ी लाकर मुझे दिखाई। मुझे अच्छी लगी।

''बिल्लो पर फबेगी।'' मैंने कहा।

मां प्रसन्न हो गई।

कोई पांच बजने वाले थे। मैं बाहर निकला तो देखा, मास्टर चाचा के दरवाज़े तंबू-कनात लग रहे थे। बिजली वाला बिजली की झालर सेट कर रहा था। बच्चे कुर्सियों पर धमाचौकड़ी मचा रहे थे। दो-तीन घंटे बाद लौटकर आया तो सारी गली जगमग-जगमग कर रही थी। लाउडस्पीकर पर फिल्मी गाने बज रहे थे। मुहल्ले के तमाम लोग बारात की अगवानी के लिए मास्टर चाचा के दरवाज़े पर लगी कुर्सियों पर बैठे थे। मेरे पिता भी उनमें थे। मैं भी एक किनारे बैठ गया। यह मैं अब तक निर्णय नहीं ले सका था कि सुनीता को कोई उपहार मुझे भी देना चाहिए या नहीं? और यदि हां, तो क्या?

कोई दस बजे बारात आई। दूल्हा कार में था। दो-तीन महिलाएं और ढेर सारे बच्चे भी उसमें ठुंसे थे। सुनीता को उसकी सहेलियां द्वार पर लिए खड़ी थीं। खूब सजाया था उन्होंने उसे। बहुत सुंदर लग रही थी वह। वैसे भी थी। लेकिन दुल्हन के शृंगार में उसका रूप देखते ही बनता था। उसके हाथों में जयमाला थी जिसे वह बस किसी तरह पकड़े थी। आँखें उसकी बंद थीं।

बारात निकट आई तो लाउडस्पीकर बंद करा दिया गया। औरतें सेहरा गाने लगीं। लोगों ने दूल्हे को कार से उतारा। सूट, टाई पहने वह सिर पर पगड़ी बांधे था। चेहरे पर बेले की कलियों का सेहरा था। लोग उसे बढ़ा कर मास्टर चाचा के द्वार तक ले आए। तभी फोटोग्राफर भीड़ से निकलकर अपना कैमरा सेट करने लगा। किसी ने उसका सेहरा हटाया तो पहली बार दूल्हे का चेहरा ठीक से नज़र आया। सांवला रंग, साधारण चेहरा, पतली-पतली मूंछें। आयु लेकिन चालीस से कम नहीं लगी मुझे।

सहसा मेरा मन अंदर से बहुत ही उत्तेजित हो उठा। अधिक देर मैं वहाँ रुक नहीं सका। घर आया और साइकिल लेकर बाहर निकल गया। लगभग रात भर ठिठुरती हुई ठंड में मैं गोमती के किनारे बैठा रहा। अंदर-ही-अंदर रोता रहा और सोचता रहा कि यदि मैं नदी में फांद पड़ूं तो क्या सुनीता मेरे लिए रोएगी? शायद हां, शायद नहीं।

सुबह कोई छह बजे गली में घुसा तो विदाई की रस्में पूरी हो रही थीं। कुछ महिलाएं सुनीता को लिए हुए गली के मुहाने पर खड़ी कार की ओर बढ़ रहीं थीं। पीछे-पीछे महरी या शायद नाइन लोटे में पानी लेकर चल रही थी। सुनीता लंबा घूंघट डाले थी। मुझे लगा, उसने मेरी साइकिल से ही मुझे पहचान लिया और घूंघट थोड़ा ऊपर उठाकर मेरी ओर देखा। दूसरे ही क्षण किसी ने उसका घूंघट नीचे खींच दिया।

मास्टर चाचा को विवाह वाले दिन ही बुखार हो आया था। उन्होंने किसी से कहा नहीं। सारे काम बदस्तूर अंजाम देते रहे। लेकिन सुनीता के चले जाने के बाद उन्होंने बिस्तर पकड़ लिया। मेहमान सब दो-चार दिन में ही चले गए। दवा के बावजूद मास्टर चाचा की हालत बिगड़ती चली गई। डबल निमोनिया था उन्हें। सुनीता को तार दिया गया। लेकिन वह उनकी मृत्यु के बाद ही आ सकी। बल्कि दाह-संस्कार भी हो चुका था। उसके पति भी साथ थे। दो-एक दिन बाद ही वे उसे लेकर वापस चले गए। सुनीता की दोनों बड़ी बहनें भी दो-एक सप्ताह रहकर चली गईं। वे मौसी को अपने साथ ले जाने को तैयार थीं, परंतु मौसी ने अपने पति की देहली छोड़ने से इनकार कर दिया।

नतीजा यह हुआ कि मौसी बिल्कुल अकेले रह गईं। कुछ दिन तो वह ठीक-ठाक रहीं। सुबह उठकर सारा घर झाड़ती-बुहारतीं। पूजा करतीं। मास्टर चाचा का फोटो भी उन्होंने भगवान के चित्रों की बगल में लगा दिया था। उस पर फूल आदि चढ़ातीं। भोजन पकाने से लेकर कपड़े धोने तक का सारा काम स्वयं करतीं। हां, बाहर वे कम ही निकलतीं। मैं अक्सर ही उनके यहाँ जाता रहता, घर का राशन-सब्ज़ी आदि मैं ही लाकर देता। मुझसे वे मास्टर चाचा के बारे में या फिर वैसे ही अपने अतीत के बारे में देर तक बातें करती रहतीं। ज़ोर देकर चाय आदि भी पिलातीं। लेकिन वह उनका बाह्य रूप ही था। अंदर से वे बराबर टूटती जा रही थीं। तभी दो-तीन महीनों बाद उन्होंने भी बिस्तर पकड़ लिया।

मौसी की बीमारी लंबी चली। कोई छह महीने वे खाट से लगी रहीं। सुनीता की दोनों बहनें बारी-बारी से आकर सेवा करके चली गईं। सुनीता भी आई। लेकिन उसके पति ने उसे आठ-दस दिन से अधिक यहाँ रहने नहीं दिया। इस बीच कभी ऐसा अवसर नहीं आया कि मैं उससे अकेले कुछ देर के लिए मिल सकूं। एक तो उसका पति साथ था। दूसरे, वह बहुत ही शक्की और ईर्ष्यालु स्वभाव का था। मेरे बारे में उसने खासी पूछताछ की कि मैं कौन हूँ और क्यों यहाँ आता-जाता हूँ। हां, इस बीच सुनीता एक बार मेरे घर ज़रूर आई और देर

तक माँ के पास बैठी रही। उसे देखकर मुझे मन में काफी क्लेश हुआ। शादी के बाद लड़कियां अपने घर लौटने पर जिस तरह खिली-खिली रहती हैं ऐसी कोई बात मुझे उसमें नहीं दिखी। साधारण वस्त्र और ज़ेवरों के नाम पर गले में एक माला या फिर कान में बुंदे। बस। जो वह पहले से ही पहनती थी। माँ उससे देर तक उसकी ससुराल के बारे में पूछताछ करती रहीं। मेरी बस थोड़ी ही बात हुई उसकी पढ़ाई के सिलसिले में। मैंने कहा, रेगुलर संभव न हो तो प्राइवेट बी. ए. वह अब भी कर सकती है।

“क्या करूंगी करके?” उसने संक्षिप्त-सा उत्तर दिया।

मैं चुप हो गया।

इस बीच मुझे यह पता चल गया था कि सुनीता के पति का यह दूसरा विवाह है। उसकी पहली पत्नी विवाह के छह-सात वर्षों बाद ही मर गई थी। एक लड़की थी जो अपने नाना-नानी के पास रहती थी। क्यों ऐसा घर मास्टर चाचा और मौसी ने सुनीता के लिए चुना, मैं समझ नहीं पा रहा था। सीधे-सीधे तो पूछ नहीं सकता था लेकिन घुमा-फिराकर कई बार मैंने यह बात मौसी से जाननी चाही। तभी एक दिन सुनीता के चले जाने के बाद बिस्तर पर लेटे-लेटे ही उन्होंने कहा, “मेरी तो बड़ी इच्छा थी कि सुनीता तुम्हारे घर जाती लेकिन...।” उन्होंने बात पूरी नहीं की।

मुझे एक क्षण लगा, कहीं मैंने गलत तो नहीं सुना है। तभी उन्होंने “भगवान की मर्ज़ी!” कहकर बात समाप्त कर दी।

मुझे लगा, मैं रो पड़ूंगा। बलपूर्वक मैं अपने को संयत बनाए रहा।

“भाभी से मैंने बात भी की थी।” उन्होंने आगे कहा। मेरी माँ को वह ‘भाभी’ ही कहती थीं।

“कब?” मुझसे रहा नहीं गया।

“तुम्हारी बैंक वाली नौकरी का कागज़ आया है, उसी के दूसरे-तीसरे दिन। तुम्हारे मास्टर चाचा तो तुम जानते हो। बिल्लो को आगे पढ़ाने के लिए तैयार नहीं थे। तुम्हारे कहने से ही मान गए थे। मैं तो पहले ही जानती थी कि हमारी सामर्थ्य के बाहर की बात है। मगर उन्होंने ही कहा, एक बार भाभी से बात करके देखो।”

“क्या कहा अम्मा ने?”

“जाने दो। अब क्या धरा है इन बातों में! जो होना था वह हो गया। लेकिन जब से तुम्हारे घर से बात टूटी है, तुम्हारे मास्टर चाचा को जाने क्या झक सवार हो गई। एक दिन के लिए भी बिल्लो बोझ हो गई उनके लिए। कहने लगे, हटाओ इसको घर से।”

मेरे अंदर भीषण तूफान उठ रहा था। "कहा क्या अम्मा ने, यह तो बताइए।"

"उन्होंने ठीक ही कहा बेटा। मेरी ही मति मारी गई थी जो अपनी हैसियत से बढ़कर बात करने गई थी। हमें पहले ही जान लेना चाहिए था हमारी औकात क्या है।"

"आखिर बिल्लो में नुक्स क्या निकाला उन्होंने?" बात की तह तक गए बिना मुझे चैन नहीं था।

"बिल्लो में नुक्स की बात नहीं, बेटा। वह तो उन्हें भी बहुत पसंद थी। लेकिन तुम्हारे बाबूजी की मांग पूरी करने की हमारी सामर्थ्य नहीं थी।"

"क्या मांगा था उन्होंने?"

"वही जो सब मांगते हैं।"

"लेकिन क्या?"

"टी. वी., स्कूटर और क्या कहते हैं उसे, पानी ठंडा करने वाली मशीन।"

टी. वी., स्कूटर और फ्रिज। किसके लिए? जीवन-भर नलके का या सुराही का पानी पिया था बाबूजी ने। सवारी के नाम पर पहली साइकिल मैंने एक दोस्त से उधार ली थी। वह भी पुरानी। और माइनस नौ का चश्मा लगाकर टी. वी. देखेंगे? मुझे लगा, मेरा सारा बदन जल रहा है।

"आपने मुझे क्यों नहीं लिखा?" मैंने कहा।

"मैंने तुम्हारे मास्टर चाचा को कहा था कि राजू के आने तक इंतज़ार कर लो। लेकिन उनके सिर पर न जाने कैसा भूत सवार हो गया था कि धोती-कुर्ता पहन कर घर से निकले तो रिश्ता तय करके ही लौटे।" मौसी कह रही थीं और मेरे शरीर के अंदर का ताप बढ़ता जा रहा था।

"तुम्हें बहुत चाहती थी बिल्लो। तुम जब से गए हो, बराबर रोती रहती थी।" उन्होंने कहा।

मैं डरा कि कहीं मौसी के सामने ही मैं रोने न लगूं। अतः मैं उठकर खड़ा हो गया।

"घर में कुछ न कहना बेटा! मेरी इज़्ज़त रखना।" मौसी ने कहा।

ठीक ही कह रही थीं मौसी। मैं घर गया भी नहीं। घर मेरे लिए अब नरक से भी बदतर था। लेकिन कब तक न जाता? बहरहाल, मैंने निश्चय कर लिया कि घर में किसी से भी इस संबंध में बात नहीं करूंगा। न माँ से न ही पिता से।

मौसी कुछ ही दिन और ज़िंदा रहीं। इस बार तीनों लड़कियां उनकी मृत्यु से पहले ही पहुँच गई थीं। मरने से पहले कोई चार-पांच दिनों तक वे बेहोश रहीं।

एक अजीब तनाव-भरा वातावरण घर में फैल गया था जैसे साक्षात मृत्यु आकर घर में बैठ गई हो और सब लोग सांस रोके उसके जाने की प्रतीक्षा कर रहे हों।

मास्टर चाचा का मकान किराए का था। मौसी की मृत्यु के बाद उसे रखने का औचित्य नहीं था। तीनों लड़कियां बाहर थीं। और कोई था नहीं जो घर में रहता। मकान मालिक भी मकान खाली कराना चाहता था। वैसे भी उसे छोड़ना ही था। समस्या सिर्फ सामान की थी। आखिर तीनों दामादों ने उसका बंटवारा कर लिया और जो जिसके हिस्से में आया, अपने साथ लेकर चला गया। कुछ सामान, जो आसानी से नहीं जा सकता था, बेच दिया गया। या फिर महरी, महराजिनों को दे दिया गया। मौसी की मृत्यु के आठ-दस दिनों के अंदर ही मकान पर उसके मालिक का ताला पड़ गया।

जब से मौसी ने मेरे साथ सुनीता के विवाह के संबंध में माँ से हुई अपनी बात के बारे में बताया था, माँ और पिता—दोनों से ही मुझे घृणा हो गई थी। मैं घर में रहता ज़रूर था, खाना भी खाता था, लेकिन बात दोनों में से किसी से नहीं करता था। पिता से तो कदापि नहीं, क्योंकि मैं अच्छी तरह जानता था कि इस घर में उन्हीं की चलती है और जो भी हुआ है, उसके लिए वही ज़िम्मेदार हैं। माँ का कभी साहस नहीं हुआ जो उनकी बात काट सकें।

मेरी इस खामोशी के बावजूद या शायद इसी कारण माँ को सारी बात समझने में ज़्यादा देर नहीं लगी। मौसी की मृत्यु के पंद्रह-बीस दिन बाद ही एक दिन वह रोने लगीं। ''मेरी कोई गलती नहीं बेटा!'' उन्होंने कहा, ''मैं तो खुद ही चाहती थी कि बिल्लो इस घर की बहू बने लेकिन तुम्हारे बाबूजी माने नहीं। और उनका भी क्या कसूर! पेट काटकर तुमको पढ़ाया-लिखाया। उनका भी हौसला है कि तुम्हारी शादी खानदान में सबसे बढ़-चढ़कर हो। और फिर ऐसा भी नहीं कि हमारी कुछ मांगने की हैसियत न हो। अपना निजी मकान है। कहने को गांव में ज़मीन भी है। दो बीघा ही है तो क्या हुआ, कुछ राशन-पानी आता ही है। फिर टिंकी के विवाह पर हमने सब कुछ दिया नहीं क्या? ज़माने का चलन ही है यह। हमारे-तुम्हारे बदले तो बदलेगा नहीं।''

मैं चुपचाप सुनता रहा।

''और फिर मास्टर ने भी तो दोबारा बात नहीं चलाई। कुछ दिन रुक जाते तो कौन जाने बात बन ही जाती।''

मैं फिर भी कुछ नहीं बोला।

''तुम्हारे बाबूजी से भी मैंने कहा कि न हो तो राजू से लिख कर पूछ

लो। लेकिन उनका मिज़ाज़ तो तुम जानते हो। कहने लगे कि लड़के का बाप मैं हूँ कि वह।''

''कह चुकीं सब?'' माँ चुप हुई तो मैंने कहा।

वह मेरा मुँह देखने लगीं। ''आइन्दा इस बारे में मुझसे बात न करना।'' मैंने कहा और उठ कर बाहर चला गया।

पिता इस संबंध में पूर्णतया आश्वस्त थे। मेरी भावनाओं से अनभिज्ञ तो नहीं ही रहे होंगे। मगर मेरा खयाल है सोचते होंगे कि दो, चार, दस, दिनों में सब ठीक हो जाएगा। इसीलिए निश्चिंत थे। मेरे विवाह के संबंध में उन्होंने बड़े ऊंचे सपने संजो रखे थे। टी. वी., स्कूटर, फ्रिज आदि तो मामूली बात थी। उनका खयाल था कि पच्चीस-तीस हज़ार रुपये नकद भी वे खींच लेंगे। आखिर मैं बैंक में प्रोबेशनरी अफसर था। खासी तनख्वाह पाता था। और फिर हमारा अपना मकान था। उस पर मैं अकेला बेटा। पूरी ज़मीन-जायदाद का वारिस। बैंक में मेरी नौकरी लगने के बाद से मेरे विवाह के प्रस्ताव भी तेज़ी से आने लगे थे। एक सधे हुए व्यापारी की भांति पिता ग्राहकों से बड़ी होशियारी से डील कर रहे थे। बाहर की बैठक पुतवा कर उन्होंने उसे अपने ढंग से सजा लिया था। पुराने सोफे पर नए कवर लग गए थे। तख्त पर हमेशा साफ धुली हुई चादर बिछी रहती। अच्छे किस्म की कुछ क्रॉकरी भी वह ले आए थे। साथ में एक ट्रे भी, जिसमें विवाह के संबंध में आए हुए लोगों को चाय आदि पेश की जाती। कुछ-न-कुछ नमकीन और दालमोठ वगैरह भी घर में हमेशा बनी रहने लगी थी। विशेषकर छुट्टियों वाले दिन पिता सुबह से ही नहा-धोकर धुले हुए कपड़े पहनकर बाहर बैठक में जम जाते। एक मंजे हुए खिलाड़ी की तरह वह एक ही समय में तीन-तीन, चार-चार ग्राहकों से निपट रहे थे। बातों-ही-बातों में वह यह अनुमान लगाने की कोशिश करते कि कौन किस सीमा तक बढ़ने को तैयार है। इसीलिए वह किसी को आसानी से 'हां' या 'ना' नहीं कह रहे थे। मुझसे इस संबंध में उन्होंने कभी कोई बात करने की आवश्यकता नहीं समझी। जैसा कि माँ ने कहा था, वे अपने आप को 'लड़के' का बाप समझ रहे थे और इसीलिए मेरे विवाह के संबंध में वह जो भी स्याह-सफेद करें, उसे अपना पूरा अधिकार समझते थे। मैंने भी उनके इस क्रिया-कलाप में कभी कोई हस्तक्षेप नहीं किया। लेकिन मन-ही-मन मैंने निश्चय कर लिया था कि विवाह नहीं करूंगा।

आखिर एक दिन पिता ने मुझे बुलाया। बोले, ''तुम्हारी शादी के कई प्रोपोज़ल आए हैं। लड़कियों के फोटो तुम्हारी माँ के पास हैं। देखकर बताना कौन तुम्हें पसंद है?''

''मुझे शादी नहीं करनी'', मैंने कहा, ''और आइन्दा इस विषय पर मुझसे कोई बात भी न कीजिएगा।''

वे सन्नाटे में आ गए। दो-एक दिन खाना-वाना भी नहीं खाया। डांट-डपट से भी काम लेना चाहा। लेकिन मेरे ऊपर कोई असर नहीं हुआ। मैंने इस विषय पर उनसे बात करने से कतई इनकार कर दिया।

दो-एक महीने में ही उनका अहम् टूट गया और एक दिन मेरे सामने हाथ जोड़कर खड़े हो गए। ''तुमसे माफी मांगता हूँ।'' उन्होंने कहा, ''तुम्हारा बाप होकर भी तुम्हारे सामने हाथ जोड़ रहा हूँ। जो गलती हुई हो उसे माफ करो।''

मैं खामोश रहा।

''देखो, ज़्यादा दिन की ज़िन्दगी मेरी नहीं है,'' उन्होंने आगे कहा, ''बासठ पूरे हो चुके हैं। दो-तीन वर्ष शायद और चलूं। तुम्हारी माँ की भी तंदुरुस्ती ठीक नहीं रहती। कब तक वह गृहस्थी संभालेंगी?'' वह एक क्षण रुके तब बोले, ''न मेरे कहने से शादी करो तो जहां तुम्हारी इच्छा हो वहाँ कर लो। दहेज से तुम्हें चिढ़ है तो नहीं लूंगा दहेज। एक पैसा भी लूं तो सौ जूते मार लेना।''

'तुम मरो या जियो—मुझसे कोई मतलब नहीं है। वैसे भी तुम्हें जीने का कोई अधिकार नहीं है। कब्र में पैर लटके हैं तुम्हारे और तुम नवयुवकों की ज़िन्दगी का सौदा करना चाहते हो। तुम सड़ चुके हो। समाज का कोढ़ हो तुम। मैं तुमको कभी माफ नहीं कर सकता, मैंने मन-ही-मन कहा। प्रत्यक्ष केवल इतना ही बोला, ''मैंने आपसे एक बार कह दिया, आप चाहेंगे तो सौ बार कह दूंगा, हज़ार बार कह दूंगा—मुझे शादी नहीं करनी।''

पिता ने फिर भी हथियार नहीं डाले। रिश्तेदारों से मेरे ऊपर दबाब डलवाया। बहन-बहनोई को विशेषकर इसीलिए बुलवाया गया कि वे आकर मुझे इस बारे में समझाएं। जाप और पूजा-पाठ भी करवाया कुछ। लेकिन मेरे ऊपर असर नहीं पड़ा। मैं अपने निर्णय पर दृढ़ था।

आखिर पिता बिल्कुल टूट गए। उनका स्वास्थ्य बराबर गिर रहा था। हो सकता है, वह एक-दो वर्ष और चलते। लेकिन मेरे इस निर्णय ने उनकी मृत्यु के दिन को कुछ और नज़दीक कर दिया। अचानक ही एक दिन सुबह उनको दिल का दौरा पड़ा। जब तक डॉक्टर बुलाया जाए, उनका अंत हो गया।

कोई विशेष रंज मुझे इस बात का नहीं हुआ। हां, माँ को ज़रूर गहरा सदमा पहुँचा। लेकिन इतनी तारीफ मैं उनकी करूंगा कि अपने मुँह से उन्होंने मुझसे शादी करने के लिए फिर भी नहीं कहा। हां, दूसरों से ज़रूर अपनी तकदीर

का रोना रोती रहतीं। मेरे दोस्तों के सामने भी दो-एक बार अपना दुखड़ा रोया। लेकिन मेरी उपस्थिति में कभी ज़बान नहीं खोली। वे मुझे अच्छी तरह समझती हैं, बल्कि वही सबसे अधिक समझती हैं कि इस मामले में मेरा इरादा कभी बदल नहीं सकता।

जैसा कि मैंने कहा, कोर्ट में मेरा काम लंच से पहले ही निपट गया था। इस समय मैं कोर्ट कम्पाउंड के बाहर सड़क पर एक होटल में बैठा चाय पीते हुए यह सब सोच रहा था। यह निर्णय मैं अभी तक नहीं ले पाया था कि सुनीता के यहाँ जाऊं या नहीं। उसका पता मुझे अच्छी तरह याद था। माँ के पास कभी-कभी उसके पत्र आ जाते थे। उन्हीं के माध्यम से मुझे उसका पता ज्ञात था। वैसे उसके पत्रों में कुछ खास नहीं होता था। विशेषकर मेरे बारे में शायद ही कभी कुछ होता हो। हां, एक बार यह ज़रूर पूछा था उसने कि मेरा विवाह कहीं तय हुआ या नहीं। साथ ही, माँ से अनुरोध भी किया था कि इस अवसर पर उसे ज़रूर बुलाएं। हां, इधर काफी दिनों से उसका पत्र नहीं आया था। एक वर्ष से ऊपर मुझे उसे देखे बीत चुका था। अकेले उससे बात हुए तो और भी काफी समय हो चुका था। शायद जबलपुर जाने के बाद से ऐसा अवसर नहीं आया था। मास्टर चाचा की मृत्यु और फिर मौसी के देहांत पर वह आई ज़रूर थी। कुछ क्षणों के लिए अकेले आमना-सामना भी हुआ था। लेकिन कोई बात हो सके, इतना समय हमें नहीं मिला था। इस समय घर पर वह अवश्य ही अकेली होगी। कैसी होगी भला वह?

तभी चाय का बिल देते हुए सामने खड़े रिक्शेवाले से मैंने पूछा, ''गोदौलिया चलोगे?''

''आइए बाबू साहब।'' उसने कहा।

मैं रिक्शे पर बैठ गया। काफी देर तक विभिन्न सड़कें काटते-घुमाते कुछ ऊबकर उसने पूछा, ''कहाँ जाओगे बाबूसाब?''

''गोदौलिया आ गया?'' मैंने पूछा।

''कब का आ गया।''

मैंने रिक्शा रुकवाकर एक व्यक्ति से गली का पता पूछा। रिक्शा कुछ आगे निकल आया था। मैंने उसे वापस मुड़वाया। गली के मुहाने पर ही मैंने उसे छोड़ दिया।

गली काफी संकरी थी और सूनी भी। थोड़ी दूर चलकर एक मकान के चबूतरे पर दो व्यक्ति बैठे थे। उनमें से एक रोगी-सा लग रहा था। दूसरा व्यक्ति काफी वृद्ध था। वह रोगी जैसे लगने वाले व्यक्ति की कनपटी अपने दोनों हाथों में पकड़े होठों-ही-होठों में कुछ बुदबुदा कर उसके माथे पर फूंक मार रहा था।

मैं रुक कर उसे ऐसा करते देखता रहा। ''विश्वनाथ जी का मकान कौन-सा है?'' झाड़-फूंक समाप्त कर चुका तो मैंने उससे पूछा।

''आप कहाँ से आए हैं?'' उसने प्रश्न किया।

''लखनऊ से।''

''कौन हैं आप उनके?''

''आप मुझे मकान बता दीजिए।'' मैंने कहा।

''विश्वनाथ बाबू घर में नहीं हैं।''

''और कोई तो होगा।'' मैंने कहा, ''आप मुझे मकान बता दें, बस।''

''उनकी औरत है।'' उसने कहा।

सुनीता के लिए 'औरत' शब्द का प्रयोग मुझे अच्छा नहीं लगा। ''आप मकान बताइए न।'' मुझे खीज-सी होने लगी।

''क्या कह दूं जाकर?''

''यही मकान है क्या? कह दीजिए, लखनऊ से राजू आया है।'' मैंने कहा।

घुटनों को दोनों हाथों से दबा कर वह मुश्किल से खड़ा हुआ और मकान के अंदर चला गया। दूसरे ही क्षण सुनीता द्वार पर आ गई।

''अंदर आइए न।'' उसने कहा।

मैं अंदर चला गया।

दालान में स्टील की दो-तीन कुर्सियां, एक मेज़ और चारपाई पड़ी थी। उसी से मिला हुआ एक कमरा था। बगल में आंगन और उसके पार रसोई।

सुनीता ने मुझे वहीं दालान में बिठा दिया। ''कब आए?'' उसने पूछा।

''आज सुबह। ऑफिस का एक केस था। कचहरी में कागज़ दाखिल करने थे।'' मैंने कहा, ''तुम बैठोगी नहीं?''

''पहले आपके लिए चाय बना लाऊं।'' उसने कहा।

''अभी तुम्हारे यहाँ आते समय ही कोर्ट में चाय पी थी। आधा घंटा भी नहीं हुआ।''

उसने मेरी बात सुनी नहीं। रसोई में जाकर स्टोव जलाने लगी। स्टोव जल गया तो चाय का पानी चढ़ाकर वह वापस दालान में आ गई और चुपचाप एक कुर्सी पर बैठ गई।

तभी बाहर वाला बूढ़ा पुनः अंदर आ गया। ''कुछ मंगाना तो नहीं बहू?'' उसने सुनीता से पूछा।

सुनीता अपने आंचल में बंधे रुपये खोलने लगी।

''मैं कुछ खाऊंगा नहीं।'' मैंने कहा।

सुनीता ने आग्रह नहीं किया। बूढ़ा वापस चला गया।

''अम्मा तो अच्छी हैं?'' कुछ देर की खामोशी के बाद उसने पूछा।

''हां।'' मैंने कहा।

फिर खामोशी। इस बार पहले से कहीं ज़्यादा लंबी। सिर्फ रसोई में स्टोव के जलने की आवाज़। मैंने देखा, घर में दिन के इस समय भी अँधेरा था। दालान की दीवार पर दो-एक कैलेंडर टंगे थे। सुनीता के पति का उसकी पहली पत्नी के साथ विवाह के अवसर पर लिया गया एक चित्र भी शीशे के फ्रेम में मढ़ा हुआ लगा था। दीवारें धुएं से जगह-जगह काली हो रही थीं। पूरे वातावरण में कब्र के अंदर जैसा सन्नाटा और अँधेरा था।

''यह आदमी जो अभी आया था, कौन है?'' मैंने पूछा।

''बाहर के कमरे में किराए पर रहता है।'' सुनीता ने उत्तर दिया।

फिर खामोशी।

''एक बात पूछूं?'' इस बार सुनीता ने खामोशी भंग की।

''क्या?''

''आप शादी क्यों नहीं करते?''

मैं चुप रहा।

''अम्मा को कितना कष्ट होता होगा, आप यह क्यों नहीं सोचते?'' उसने आगे कहा।

मैंने उसे घूर कर देखा। ''यह तुम कह रही हो बिल्लो!''

''क्यों?'' उसने कहा। तब खुद ही बोली, ''एक बार मन में आया था कि आपको पत्र लिखूं। फिर सोचा, कभी आप मिलेंगे तो खुद ही कहूँगी आपसे।''

चाय का पानी शायद काफी देर से खौल रहा था। वह उठ कर चाय बनाने चली गई। प्यालियां लाकर उसने मेज़ पर रख दीं और पूर्ववत कुर्सी पर बैठ गई।

फिर खामोशी।

''मेरा तो जो होना था हो गया।'' इस बार भी सुनीता ही बोली, ''आप क्यों अपना जीवन नष्ट कर रहे हैं? मेरे भाग्य में शायद यही था।''

मैंने उसकी ओर देखा। ''भाग्य में विश्वास करती हो तुम?'' मैंने कहा।

उसने कोई उत्तर नहीं दिया।

''मैं नहीं करता।'' मैंने कहा।

वह चुपचाप चाय पीती रही। मैं भी।

''मैं तो लड़की थी। लेकिन आप तो कुछ कर सकते थे।'' कुछ क्षणों बाद सुनीता ने कहा। वह चाय की प्याली में देख रही थी।

''देर नहीं हो चुकी थी बिल्लो?'' मैंने कहा, ''पांच दिन पहले ही तो मुझे पता चला था।

''यह आप कह रहे हैं?'' उसने मेरी ओर देखा, ''और कहते हैं भाग्य में विश्वास नहीं करते।'' वह एक क्षण रुकी तब बोली, ''पांच दिनों में तो दुनिया इधर-से-उधर हो सकती थी।''

मैंने उसकी ओर देखा। सुनीता इतनी दृढ़ भी हो सकती है, यह मैंने कभी नहीं सोचा था।

''तुम्हारी ओर से भी तो...'' मैंने कहा।

''सब कुछ शब्दों में ही कहा जाता है क्या? आप जानते नहीं थे?''

मैंने उसकी ओर देखा। उसकी आँखें डबडबा रही थीं। गहरी शिकायत का भाव था उनमें। मैं एक क्षण उसे ऐसे ही देखता रहा। उसने निगाह दूसरी ओर मोड़ ली। सहसा मोती जैसे दो आंसू उसके गालों पर लुढ़क आए। उसने आंचल से उन्हें पोंछा और चाय की खाली प्यालियां उठाकर उन्हें रखने चली गई।

पहली बार मुझे एहसास हुआ कि स्थितियों के आकलन में मैंने कितनी गंभीर भूल की थी। इस सारी त्रासदी में मैं अपने आपको एक अपकृत नायक माने बैठा था जिसके साथ सभी ने अन्याय किया था। लेकिन इस दुखांत का खलनायक भी तो मैं ही था। मैंने ही तो मास्टर चाचा के दिमाग में इस बात का बीज डाला था कि सुनीता जैसी लड़की से कोई भी लड़का खुशी-खुशी विवाह करने को तैयार हो जाएगा। यह भी कहा था कि ज़माना बदल रहा है। ऐसे लोग भी आज दुनिया में हैं जो दहेज लेने-देने के खिलाफ हैं। क्या अप्रत्यक्ष रूप से मेरा यह मतलब नहीं था कि मैं स्वयं बिना कोई दहेज लिए बिल्लो से विवाह करने को तैयार हूँ? सुनीता भी उस समय कमरे में नहीं तो आड़ में कहीं थी ही। उसने भी निश्चय ही सब सुना होगा। और फिर साफ-साफ शब्दों में न सही, परोक्ष रूप से तो मैंने उसे यह विश्वास दिलाया ही था कि मैं उसे बहुत चाहता हूँ। मैं स्वयं तो उसे अपनी भावी पत्नी के रूप में देखने ही लगा था। लेकिन जब मेरे कुछ करने और कहने का समय आया तो मैं बिल्कुल अकर्मण्य हो गया। पिता, मास्टर चाचा और मासी तो अपने मूल्यों को जिए थे। माँ का प्रश्न ही नहीं उठता। उनके लिए तो पिता की आज्ञा शिरोधार्य करना ही उनका परम

कर्तव्य था। उनकी मर्ज़ी के खिलाफ वे ज़बान भी खोल सकें, इतना साहस उनमें कभी नहीं रहा। सभी ने अपनी मान्यताओं के अनुसार ही कार्य किया था। उनसे आज की बदली हुई अथवा युवा मानसिकता की आशा करना उनके प्रति अन्याय नहीं तो कम-से-कम उनसे कुछ अधिक अपेक्षा की बात तो थी ही। सुनीता तो लड़की थी। विशुद्ध मध्यवर्गीय परिवार की लड़की। कुसूर यदि किसी का था तो मेरा ही। क्या किया था मैंने अपने मूल्यों की रक्षा के लिए? कुछ भी तो नहीं। मन-ही-मन सबको दोषी करार देकर एकतरफा फैसला सुना दिया था। बल्कि अपने ढंग से उन्हें सज़ा भी दी थी। माँ को तो अब भी दे रहा था। इसके विपरीत, यदि मैं स्थितियों से समझौता न करके अथवा प्रतिकूल स्थितियों के समक्ष समर्पण न करके, उनके खिलाफ संघर्ष करता, विद्रोह करता, तो क्या कुछ नहीं हो सकता था? जैसा कि सुनीता ने कहा, पांच दिनों में तो दुनिया इधर-से-उधर हो सकती थी।

सुनीता लौट आई थी। शायद उसने मुँह धोया था। जल के कुछ कण अब भी उसके बालों में उलझे हुए थे।

अब कुछ नहीं हो सकता क्या? मैंने सोचा और उसकी ओर देखा। वह काफी कुछ सहज हो गई थी। पहले जैसी सौम्यता आंखों में लौट आई थी। पहले से कहीं अधिक सुंदर भी लगी वह मुझे।

''अब कुछ नहीं हो सकता बिल्लो?'' मैंने कहा।

''नहीं। बहुत देर हो गई अब।'' उसने कहा। ''आइंदा ऐसी बात दिमाग में भी न लाइएगा।''

मेरे अंदर अचानक कहीं कुछ टूट-सा गया। सारी जीवनी-शक्ति ही जैसे एक क्षण में कहीं तिरोहित हो गई हो। शरीर एकदम निष्प्राण-सा लगा मुझे।

पल-भर मैं वैसे ही बैठा रहा तब उठकर खड़ा हो गया। ''चलूंगा,'' मैंने कहा।

सुनीता भी मेरे साथ ही उठकर खड़ी हो गई। मुझे द्वार तक छोड़ने आई। वह बूढ़ा अभी भी चबूतरे पर बैठा था। मुझे बाहर आया देख वह भी उठकर खड़ा हो गया।

''नमस्ते बाबूसाब!'' उसने कहा।

मैं चुपचाप गली पार करने लगा। परास्त और निढाल।

सोवियत संघ का पतन क्यों हुआ

जिस समय की यह बात है, उस समय तक इतिहास की दो महत्त्वपूर्ण घटनाएँ नहीं घटी थीं। पहली यह कि उस समय तक किसी ने 'ग्लास्नोस्त' अथवा 'पेरेस्त्रौयका' का नाम नहीं सुना था और दुनिया में रूस की धाक अमेरिका से उन्नीस नहीं थी, बल्कि अमेरिका अगर किसी की धौंस खाता था तो वह रूस की ही धौंस थी और यह बात जगज़ाहिर नहीं हुई थी कि एक साधारण रूसी को डबल रोटी के लिए डेढ़ घण्टे लाइन लगानी पड़ती है और बोफोर्स जैसे नहीं तो शक्कर, चारे जैसे घोटाले वहाँ भी होते रहते हैं। बहरहाल, यह वह वक्त था, जब रूसी दूतावास में वोद्का उसी तरह बहती थी, जिस तरह अमेरिकी दूतावास में स्कॉच, जो आज भी बहती है और जिसे पीकर भारतीय पत्रकार स्वयं को धन्य मानते हैं और इस धन्य मानने की प्रक्रिया में कभी-कभी उलटी भी कर देते हैं। दूसरी घटना जो उस समय तक नहीं घटी थी, वह यह कि मैंने उस समय तक दिल्ली नहीं देखी थी। अब अगर आप यह सोच रहे हों कि मेरे दिल्ली देखने या न देखने का इतिहास से क्या लेना-देना तो मैं आपकी सेवा में निवेदन कर दूँ कि इतिहास से सीधे भले न हो, लेकिन हिन्दी साहित्य के इतिहास से इस बात का बहुत गहरा रिश्ता है कि किसी लेखक ने दिल्ली देखी है या नहीं, क्योंकि दिल्ली इस देश ही नहीं, हिन्दी साहित्य की भी राजधानी है और चूँकि ज़माना अब काफी बदल चुका है, लिहाज़ा 'सन्तन को कहाँ सीकरी सो काम' वाली बात आज लागू नहीं होती, बल्कि आज के साहित्यिक सन्त ज़्यादातर सीकरी में ही निवास करते हैं। अतः अगर आप हिन्दी के लेखक हैं और आपने दिल्ली नहीं देखी है तो आपके लेखक होने की स्थिति थोड़ी संदिग्ध हो जाती है। लेकिन दिल्ली देखने की मेरी उत्कट इच्छा के पीछे यह कारण नहीं था। दिल्ली तो मैं इसलिए देखना चाहता था कि वह युगों-युगों से इस देश का गौरव रही है। और

फिर जिस देश के नागरिक आप हैं, उस देश की राजधानी आपने नहीं देखी तो यों समझिए कि कुछ नहीं देखा।

हो सकता है कि आपको इस बात पर भी आश्चर्य हो रहा हो कि दिल्ली देखने में क्या जाता है, टिकट कटाइए और देख आइए। लेकिन साहब, हर आदमी के लिए यह इतना आसान नहीं है। फिर मैं ठहरा विशुद्ध मध्यमवर्गीय परिवार का आदमी, जहाँ घूमने-फिरने को भी एक तरह की लक्ज़री या अय्याशी समझा जाता है। मेरी एक नानी ने तो, जिनकी उम्र नब्बे के आसपास होगी, आज तक रेलगाड़ी भी नहीं देखी। और मैं आपको बता दूँ कि मैं पूरी तरह मैदानी आदमी हूँ। पहाड़ से मेरा केवल इतना रिश्ता है कि मेरे बाबा किसी ज़माने में बद्री-केदार गए थे और आज तक वहाँ से लौटकर नहीं आए, जिससे यह बात भी सन्देहात्मक हो जाती है कि वे पहाड़ गए भी थे या नहीं।

इससे पहले कि आप यह सोचें कि यह पहाड़ बीच में कहाँ से आ गया, मैं आपसे अर्ज़ कर दूँ कि पहाड़ों पर, मेरा मतलब हिन्दुस्तानी पहाड़ों से है, ऐसे लोग भी रहते हैं, जिन्होंने सारे जीवन रेलगाड़ी तो क्या, रिक्शा भी नहीं देखा होगा। हाँ, शेर-भालू ज़रूर देखे होंगे, बल्कि पुरानी पीढ़ी के लोग तो इनसे लड़े भी होंगे, क्योंकि उस ज़माने में पहाड़ों पर शेर-भालू इस तरह टहलते थे, जैसे बन्दर। और अगर आप मेरी बात नहीं मानते तो जिम कॉर्बेट की 'मैन ईटर्स ऑफ कुमाऊँ' पढ़ लीजिए।

बन्दरों की बात आई है तो इस बारे में भी मैं आपका ध्यान आकृष्ट कर दूँ कि एक ज़माना था, जब बन्दर सुबह-शाम (और यह बात मैं लखनऊ शहर की कर रहा हूँ, किसी गाँव-देहात की नहीं) आपके कमरे में टहलते थे। आपसे मेरा मतलब आप विशेष, स्त्री या पुरुष जो भी आप हों, से नहीं, बल्कि यह तो बात करने का एक ढंग है कि उस ज़माने में बन्दर इस तरह घरों में टहलते थे जैसे आज कौऐ या गौरैया। लेकिन आज? आज का हाल यह है कि अभी पन्द्रह-बीस दिन पहले मेरा पोता, जो अभी मुश्किल से ढाई-तीन साल का होगा, अपनी पोथी में 'एम' से 'मंकी' देखकर मुझसे बोला, "बाबा, आपने मंकी देखा है?" मैंने कहा, "हाँ, देखा है," तो उसने कहा, "हमको भी दिखाओ।" "दिखाऊँगा," मैं जोश में कह तो गया, लेकिन यह काम कितना कठिन था, यह मुझे बाद में पता चला, क्योंकि लगातार तीन-चार दिन सुबह-शाम घण्टों छत पर बैठे रहने के बावजूद बन्दर तो क्या, बन्दर का बच्चा भी कहीं दिखाई नहीं दिया। लेकिन मैंने हिम्मत नहीं हारी। सोचा, एक अदद बन्दर तो इतने बड़े शहर में कहीं-न-कहीं

दिख ही जाएगा और मैं उन स्थानों के बारे में सोचने लगा, जहाँ बन्दरों के होने की सम्भावना हो सकती थी।

इस सिलसिले में सबसे पहले मंकी ब्रिज का खयाल आया, तो हज़रतगंज से यूनिवर्सिटी के रास्ते पर गोमती पर बना था और जिस पर से गुज़रते हुए लड़कियाँ अपना दुपट्टा अपनी कमर में कसकर लपेट लेती थीं और अपने प्रेमपत्र, यदि वे किताबों में दबे होते तो उनसे निकालकर अपने वस्त्रों में कहीं सुरक्षित कर लेती थीं, क्योंकि डेढ़-दो दर्जन से कम बन्दर उस पुल पर नहीं होते थे और जैसा कि रेल के महकमे ने स्टेशनों पर जगह-जगह लिख रखा है कि 'सावधानी हटी, दुर्घटना घटी' सो ज़रा-सी असावधानी पर कितने ही विद्यार्थियों की पुस्तकें गोमती के हवाले हो चुकी थीं और लड़कियों के दुपट्टे पुरानी भारतीय फिल्मों में दर्जनों बार दोहराए गये दृश्य की तरह हवा में लहराते हुए गोमती में गिरकर उसकी लहरों पर तैरते नज़र आते थे। अब इसे वक्त की मार कहिए या प्रगति की रफ्तार कि यह ऐतिहासिक पुल, जिस पर से सरदार जाफरी से लेकर चन्द्रजीत यादव और एस.एस. बरनाला से लेकर अपने राष्ट्रपति डॉ. शंकर दयाल शर्मा तक अपने विद्यार्थी जीवन में अनगिनत बार गुज़रे होंगे, अब नहीं रहा। उसकी जगह 'हनुमान सेतु' बन गया है, जो नाम से कुछ ऐसा आभास देता है कि आप गोमती न पार करके पॉक स्ट्रेट यानी रामेश्वरम् और लंका के बीच राम के लंका पर चढ़ाई करते समय वानरों द्वारा बनाए गए पुल पर से गुज़र रहे हों। गोमती अवश्य आज भी वही है, लेकिन उसका रोमांच इस पुल के टूटते ही जाने कहाँ बिला गया। जहाँ उस ज़माने में उसके किनारे फिल्मों की शूटिंग हुआ करती थी (शीशमहल पिक्चर की शूटिंग देखने तो मैं खुद गया था और पुलिस द्वारा दौड़ाए जाने पर गिरा भी था, जिससे घुटना तो छिला ही छिला था, नई पतलून फट गयी थी सो अलग) वहाँ आज धोबी घाट लगता है और भैंसें कमर तक कीचड़ से भरे गड्ढों में कुलेलें करती हैं। हाँ, एक मन्दिर ज़रूर सड़क के किनारे बन गया है, जिसकी शुरुआत में मात्र एक बुर्जी थी, लेकिन अब उसके अगल-बगल दसियों बुर्जियाँ उग आयी हैं और मन्दिरों का समूह या कॉम्प्लेक्स बन गया है। सड़क के किनारे प्रसाद, भोग, पुष्पों और मालाओं की दुकानें लगती हैं तथा शहर भर के सारे नहीं तो पन्द्रह-बीस प्रतिशत फकीरों की जमात बैठती है, जिसके कारण थोड़ा-बहुत ट्रैफिक तो हर रोज़ गड़बड़ाता ही है, लेकिन मंगल को निश्चित रूप से ट्रैफिक जाम होता है, जिससे सरकारी दफ्तरों में मंगल को देर से पहुँचने वाले लोगों की संख्या दूनी नहीं तो ड्योढ़ी तो ज़रूर हो ही जाती होगी। वैसे तो इस विषय पर शोध का काफी सम्भावना है कि विज्ञान की प्रगति के साथ

मन्दिरों में भीड़ क्यों बढ़ती जा रही है, लेकिन मेरे एक मित्र के अनुसार इसकी एक वजह यह है कि मन्दिर जाने वाले नम्बे प्रतिशत लोग पाप की भावना से पीड़ित होते हैं और चूँकि विज्ञान की प्रगति के साथ-साथ पाप-कर्म में भी बढ़ोतरी हो रही है, अतः मन्दिरों में भीड़ का बढ़ना स्वाभाविक है।

बहरहाल, यह सोचकर कि पुल के अपनी जगह से थोड़ा इधर-उधर खिसकने या नए बनने से बन्दरों की उपस्थिति पर कोई प्रभाव पड़ने से रहा, बल्कि मन्दिर बन जाने तथा हनुमान भक्तों द्वारा प्रसाद चढ़ाने और उसे वहाँ जमा फकीरों में वितरित किए जाने से वानर सेना की उपस्थिति तथा उत्साह में वृद्धि ही हुई होगी, मैं अपने पोते को बन्दर दिखाने की गरज से वहाँ नज़र नहीं आया। हाँ, भैंसें ज़रूर गोमती के किनारे खासी तादाद में विश्राम करती दिखाई दीं। दो-चार खच्चर और गधे भी नज़र आए तथा हनुमानजी के मन्दिर के ठीक सामने कुछ कुत्ते भी दृष्टिगोचर हुए और एक साँड़ महाराज पुल के बीचोबीच आराम से खड़े डकरते दिखे, लेकिन बन्दर कहीं भी नज़र नहीं आया। मुझे काफी निराशा हुई, मगर मैंने हथियार फिर भी नहीं डाले और पोते को लेकर चिड़ियाघर पहुँचा कि वहाँ तो बन्दर दिखेगा ही दिखेगा, लेकिन साहब या तो मेरी किस्मत फूटी थी या फिर चिड़ियाघर के अधिकारियों के अनुसार बन्दर वन्य जन्तुओं की उस श्रेणी में नहीं आता, जिन्हें चिड़ियाघर में रखा जा सके, क्योंकि वहाँ बन्दर प्रजाति के और सब जानवर जैसे बैबून, चिम्पैंजी, ऊराँग-ऊटाँग आदि तो मिले, अपना देसी बन्दर वहाँ भी नहीं मिला। सो साहब, मेरे लिए अपने उस ढाई साल के पोते के सामने हार मानने के अलावा कोई चारा नहीं रह गया। लेकिन तभी खुशकिस्मती से एक दोपहर मुझे अपने घर के सामने वाली सड़क पर डुगडुगी की आवाज़ सुनाई दी। मैंने भागकर देखा तो एक बन्दर नचाने वाला अपने साथ रस्सी में एक बन्दर और एक बन्दरिया बाँधे चला जा रहा था। मैंने उसे आवाज़ देकर रोका और अपने पोते को, जो स्कूल से लौटकर खा-पीकर अभी-अभी सोया था, जगाकर बन्दर के साक्षात् दर्शन ही नहीं कराए, उसका नाच भी दिखाया। साथ ही, मन-ही-मन इस बात से आश्वस्त भी हुआ कि इलेक्ट्रॉनिक मीडिया के ज़बरदस्त आक्रमण के बावजूद हमारी संस्कृति अभी भी किसी हद तक बन्दर-भालू नचाने वालों के हाथों में सुरक्षित है, हालाँकि यह भी धीरे-धीरे लोप होती जा रही एक प्रजाति है।

इसे कहते हैं, बात-से-बात निकलना यानी कहाँ से बात शुरू हुई थी और कहाँ जा पहुँची। खैर, इस बन्दर प्रकरण को यहीं समाप्त करते हैं और अपने असली मुद्दे पर वापस आते हैं कि उस समय तक मैंने दिल्ली नहीं देखी थी,

जिसका एक कारण तो मैं आपको बता चुका हूँ कि मैं एक विशुद्ध मध्यवर्गीय व्यक्ति हूँ, जिसका एक अर्थ यह भी होता है कि अभाव ज़िन्दगी का दूसरा नाम है। दूसरा कारण भी इससे जुड़ा हुआ था। वह यह कि दिल्ली में मेरे ठहरने का कोई माकूल सुभीता नहीं था यानी कोई ऐसा दोस्त या रिश्तेदार नहीं था, जिसके घर जाकर दो-चार दिनों के लिए डेरा डाल सकूँ। होटल में ठहरने का सवाल ही नहीं उठता। एक तो पैसों का अभाव और दूसरे मध्यवर्गीय संस्कार, जो बहुत दूर तक गए तो भी धर्मशाले से आगे नहीं पहुँचते और धर्मशाले दिल्ली में हैं, इसमें मुझे सन्देह है। हाँ, सरायें ज़रूर होंगी, क्योंकि सरायों के नाम पर पूरे मुहल्ले के मुहल्ले आबाद हैं, जैसे 'सराय रोहिल्ला' या 'यूसुफ सराय'। लेकिन एक तो ये सराय कम, मुहल्ले ज़्यादा लगते हैं और दूसरे, सरायों की भठियारिनों के इतने खतरनाक किस्से मैं सुन चुका हूँ कि उधर मुँह करने का साहस भी मुझमें नहीं है।

अतः दिल्ली देखने की अपनी हसरत को दिल-ही-दिल में लेकर इस जहान-ए-फ़ानी से जुदा होने की अपनी मजबूरी पर कुढ़ना मेरी फ़ितरत का हिस्सा बनता जा रहा था कि तभी एक शादी में मेरा परिचय एक ऐसे व्यक्ति से हो गया जो दिल्ली में तो रहता ही था, मेरा दूर का रिश्तेदार भी लगता था। रिश्ता वाकई दूर का था, मेरी बहन के ममिया ससुर की लड़की की ननद का दामाद। लेकिन रिश्ता था और जैसा कि मेरे एक मित्र कहा करते थे कि अगर हिन्दी के रिश्ते का अनुवाद आसानी से अंग्रेज़ी में हो जाए तो दूर का रिश्ता भी दूर का नहीं रहा। अतः मैंने मन-ही-मन इस रिश्ते का अनुवाद अंग्रेज़ी में करना शुरू कर दिया और दो-तीन प्रयास में ही सफल भी हो गया। वैसे कोई खास मुश्किल भी नहीं था—सन-इन-लॉ ऑफ़ द सिस्टर-इन-लॉ ऑफ़ द डॉटर ऑफ़ अंकल-इन-लॉ ऑफ़ माई सिस्टर। सो, जब मैं मन-ही-मन रिश्ते का अनुवाद करने में कामयाब हो गया तो मैंने उनसे मित्रता प्रगाढ़ करने की गरज़ से उससे जान-पहचान बढ़ानी शुरू की, जिसमें उनके साथ बैठकर जिस बारात में मैं गया था, उसके लड़के वालों की तरफ़ से मुहैया कराई गई शराब के दो-चार-दस घूँट पीना भी शामिल था। यह मैंने जान-बूझकर किया ताकि हम-प्याला और हम-निवाला हो जाऊँ क्योंकि मैंने सुन रखा था कि दोस्ती के रिश्ते में सबसे बड़ी अहमियत इसी की होती है। और सही भी है। अगर ऐसा न होता तो कृष्ण और सुदामा की दोस्ती भी कच्ची ही रहती। हम-प्याला दोनों ज़रूर नहीं थे, लेकिन हम-निवाला तो थे ही और अगर शराब की जगह दही या मट्ठे को मान लिया जाए तो दोनों हम-प्याला

भी थे। सो हम-प्याला और हम-निवाला होने के बाद मैंने उनसे उनकी रिहाइश के बारे में पूछा कि साहब, दिल्ली में आपका दौलतखाना कहाँ है? वे ठहरे दिल्ली के पुराने बाशिन्दे। तहज़ीब में कहाँ मात खाने वाले! बोले, ''खाकसार का गरीबखाना बाज़ार सीताराम में है।''

मन-ही-मन उनकी इस खाकसारी पर दाद देते हुए मैंने मुहल्ले का नाम अपने ज़ेहन में बिठाकर उनसे आगे पूछा कि मकान किराये का है या खुद का? यह सवाल मैंने इस गरज़ से किया कि अगर मकान किराये का हुआ तो गुनताड़ा भिड़ना मुश्किल हो सकता है, क्योंकि ज़ाहिर है, जगह कम होगी और अगर अपना हुआ तो मेहमानों के लिए एक कमरा न सही, एक चारपाई भर की जगह तो निकल ही आएगी। सो, जब उन्होंने कहा कि ''अपना ही समझिए,'' तो मन-ही-मन मेरी बाँछें खिल उठीं कि दिल्ली देखने की अपनी तमन्ना शायद इसी जन्म में पूरी हो जाए।

मैं और कुछ कहता, इससे पहले ही उन्होंने अपना पैग ढालते हुए कहा, ''दिल्ली गए हैं कभी आप?''

अब मैं सनका कि कहीं ये मेरे मन की बात भाँप तो नहीं गए कि मैं इस फिराक में हूँ कि इनका मेहमान बनूँ जाकर। अंत मैं सरासर झूठ बोल गया, ''एक बार गया था यूनियन पब्लिक सर्विस कमीशन में इण्टरव्यू देने। सुबह गया, शाम को लौट आया।'' अन्तिम वाक्य मैंने इसलिए जोड़ा कि कहीं वे यह न पूछ बैठें कि वहाँ क्या देखा, कहाँ ठहरा आदि।

''किस पोस्ट का इण्टरव्यू था?'' उन्होंने आगे पूछा।

मैंने सोचा, अब जब झूठ बोला ही हूँ तो शान से बोलूँ। अतः मैंने अकड़कर सिगरेट सुलगाते हुए कहा, ''आई.ए.एस. का था। रिटन क्वालीफाई कर लिया था। इण्टरव्यू भी ठीक ही हुआ था, लेकिन बिना सोर्स के तो आप जानते हैं इस देश में कुछ होता नहीं।''

मेरी बात का वांछित प्रभाव पड़ा। उन्होंने तुरन्त कहा, ''अब कभी आइए तो तशरीफ लाइए, बल्कि मेरे साथ ही ठहरिए।''

मैंने सोचा, अब मौका है अंग्रेज़ी झाड़ने का। सो मैंने तुरन्त कहा, 'इट विल बी माई प्लेज़र,' (कहना मुझे 'प्रिविलेज' चाहिए था, लेकिन 'प्लेज़र' मुँह से निकल चुका था) मैं एक क्षण रुका, तब बोला, 'लेकिन आपका पूरा ऐड्रेस?'

उन्होंने इधर-उधर देखा तो मैंने तुरन्त लड़कीवालों की तरफ से आई सिगरेट की डिब्बी में बची तीन-चार सिगरेटें निकालकर जेब के हवाले कीं और डिब्बी

फाड़कर बिना डिजाइन वाली साइड ऊपर करके उनकी ओर बढ़ा दी। उन्होंने उस पर लिखा, ''मक्खन लाल मरवाहा, तीन सौ तेरह बटे तीन सौ सत्ताईस, कूचा मीर मुअन्नस, बाज़ार सीताराम, दिल्ली'' और कागज़ मेरी ओर बढ़ा दिया।

मैंने कागज़ लेकर पढ़ा और हालाँकि एक बार मन में यह शंका जागी कि उन्होंने मकान नम्बर लिखा है या भारतीय दण्ड संहिता की कोई धारा लिखी है, फिर भी मैंने कागज़ इत्मीनान से जेब के हवाले किया। उसके बाद तो मैं सारे समय, बारात के जनवासे से बाहर निकलने से द्वारचार, विदाई और बारातियों के लड़केवाले के घर पर वापसी तक उनसे बराबर चिपका रहा और अन्ततः विदा लेते समय ''आपसे परिचय प्राप्त कर बहुत-बहुत प्रसन्नता हुई'' वाला वाक्य दो-तीन बार दोहराकर उनसे दोबारा यह कहलवाने में सफल हो गया कि ''आप (यानी मैं) जब भी दिल्ली आएँ, मेरे साथ ही ठहरें।''

''ज़रूर! ज़रूर,'' कहते हुए मैं उनके हाथ का पंजा देर तक अपने दोनों हाथों के बीच दबाए रहा। तब मन-ही-मन पक्का इरादा और दृढ़ निश्चय कर कि पहले अवसर पर ही दिल्ली जाकर उनके घर जा धमकूँगा, घर आकर दिल्ली जाने की तैयारी शुरू कर दी। दो जोड़ी कपड़े सिलवाए। नयी बनियाइन, जाँधिया, तौलिया, मोज़े और जूते खरीदे। जूते वैसे अभी चल सकते थे, लेकिन जब ऊपर से नीचे तक सब कुछ नया हो रहा था तो जूतों के मामले में कंजूसी करना मैंने मुनासिब नहीं समझा। रास्ते में सफर के लिए नया होल्डाल और रबड़ की फुलाने वाली तकिया भी खरीदी और हालाँकि कपड़े होल्डाल की जेब में घुस सकते थे। लेकिन रुआब कम न हो, इसलिए वी.आई.पी. का एक नया सूटकेस भी ले ही डाला। दाढ़ी बनाने के बाद चेहरे पर लगानेवाला ऑफ्टर शेव लोशन ज़िन्दगी में पहली बार खरीदा। उसी के साथ पाउडर का एक छोटा डिब्बा भी ले लिया ताकि किसी तरह की कोई कमी न रहे और कहीं से भी अपनी असली औकात का अन्दाज़ा उन्हें न लगने पाए।

मेरी यह तैयारी देख बीवी-बच्चे भी साथ चलने की ज़िद करने लगे, लेकिन मैंने किसी तरह उन्हें समझा-बुझाकर राज़ी कर लिया कि एक बार मुझे हो आने दो, राह-रस्म बन जाएगी तो बाद में तुम लोगों को भी घुमा दूँगा। और फिर खर्चे का भी सवाल था। अपना सामान जुटाने में ही मुझे तीन महीने लग गए थे।

अपनी तैयारी के साथ-साथ इन तीन महीनों के दौरान मैं अपने हर ऐसे मिलने वाले से, जो दिल्ली हो आया था, या कुछ दिन दिल्ली रहा था, सीधे या घुमा-फिराकर यह पूछता रहता कि भाई यह 'बाज़ार सीताराम' दिल्ली में कहाँ

है, मगर हर बार यही जवाब मिलता कि बाजार सीताराम दिल्ली में कहाँ से आया? नयी दिल्ली में तो होने का सवाल ही नहीं पैदा होता। वहाँ तो आप यह समझिए कि कनाट प्लेस, सरोजनी नगर, सफदरजंग इंक्लेव, नेहरू इंक्लेव और खुदा जाने क्या-क्या है। हाँ, पुरानी दिल्ली में हो तो मैं कह नहीं सकता। और तभी मुझे पता चला कि दिल्ली दो हैं। एक नयी और एक पुरानी। पुरानी दिल्ली में लाल किला और जामा मस्जिद है, जबकि नयी दिल्ली में इण्डिया गेट, संसद और राष्ट्रपति भवन है, जिसके अन्दर मुगल गार्डन भी है। और हालाँकि कुतुबमीनार, लाल किले और जामा मस्जिद दोनों से पुराना है, लेकिन है नयी दिल्ली में। इसे कहते हैं विरोधाभास! साथ ही, यह भी पता चला कि स्टेशन भी दोनों के अलग-अलग हैं। पुरानी दिल्ली का रेलवे स्टेशन अलग है और नयी दिल्ली रेलवे स्टेशन अलग। और हालाँकि नयी दिल्ली से पुरानी दिल्ली या पुरानी दिल्ली से नयी दिल्ली जाने में किसी प्रकार का टोल टैक्स नहीं देना पड़ता। फिर भी अक्लमन्दी इसी में है कि पुरानी दिल्ली के किसी मुहल्ले में जाना हो तो उस गाड़ी से जाएँ जो पुरानी दिल्ली जाती हो, और नयी दिल्ली के किसी क्षेत्र में जाना हो तो उस गाड़ी से जो नयी दिल्ली जाती हो, अन्यथा गाड़ी से ज़्यादा भाड़ा तिपहिए स्कूटर का देना पड़ सकता है। वैसे कुछ गाड़ियाँ ऐसी भी हैं, जो दोनों स्टेशनों को छूती हैं, लेकिन गाड़ी तो मैं तब चुनता, जब मुझे पता होता कि मुझे जाना कहाँ है। बहरहाल, लोगों के बताने और अपनी अक्ल लगाने से मैं इस नतीजे पर पहुँचा कि हो न हो, बाज़ार सीताराम पुरानी दिल्ली में ही होगा, नाम से ही पुराना लग रहा था। सो, मैंने यह तय किया कि और कुछ पूछने से पहले मैं लोगों से यह पूछूँगा कि आप पुरानी दिल्ली में रहे हैं या नयी दिल्ली में। इसके बावजूद लोग बाज़ार सीताराम का नाम सुनकर बगलें झाँकने लगते। दो-एक लोग तो मेरे इस प्रश्न का ही कि पुरानी दिल्ली में रहते हैं या नयी दिल्ली में, बुरा मान गए और बिगड़कर बोले, ''आपको क्या लगता है, मैं पुरानी दिल्ली का हूँ या नई दिल्ली का?''

संक्षेप में, मुझे कोई माई का लाल ऐसा नहीं मिला जो, 'बाज़ार सीताराम' के बारे में कोई जानकारी दे सकता और मुझे ऐसा लगने लगा कि मक्खन लाल नाम का वह आदमी मुझे सरासर बेवकूफ बना गया। फिर भी मैंने सोचा कि क्यों न उसे किसी बहाने एक पोस्टकार्ड भेजकर इस बात की पुष्टि कर लूँ। इत्तिफाक से उन्हीं दिनों दीवाली का त्यौहार आने वाला था। सो, मैंने तुरन्त साढ़े तीन रुपये खर्च करके दीपावली की शुभ-कामनाओं वाला एक खूबसूरत कार्ड खरीदकर

उसे चलता किया और जवाब में उसके कार्ड या पत्र की प्रतीक्षा करने लगा, लेकिन साहब दीवाली तो दीवाली, क्रिसमस भी निकल गया और उसका जवाब नहीं आया।

बाद में मुझे पता चला कि 'बाज़ार सीताराम' नाम एक मुहल्ला वास्तव में दिल्ली में है, लेकिन तब तक मेरे नए खरीदे हुए कपड़े पुराने पड़ चुके थे और मैं दिल्ली देखने के अपने सपने को तह करके दिमाग के कबाड़खाने में कहीं रखकर भूल चुका था।

तभी अचानक मेरी तकदीर ने दोबारा ज़ोर मारा। हुआ यह कि एक दिन मैं हज़रतगंज में टहल रहा था। वैसे टहलने लायक जगह वह अब रही नहीं, क्योंकि जहाँ पहले आप खरामाँ-खरामाँ टहलते हुए पूरे माहौल का मज़ा लेते चलते थे और जहाँ उन दिनों हज़रतगंज में टहलने को 'गंजिंग' कहा जाता था। यशपाल, भगवतीचरण वर्मा और अमृतलाल नागर (मुँह में पान की गिलौरी दबाए, जिसे दबाए-दबाए वह ठहाकेदार हँसी भी हँस लेते थे) जहाँ टहला करते थे, वहाँ अब हाल यह है कि सड़क पार करने में तो जान का खतरा है ही, फुटपाथ पर चलने में भी कन्धे से कन्धा छिलता है। वैसे कन्धा छिलने की यह प्रक्रिया किसी हसीन मोहतरमा के सुवासित शरीर से रगड़ खाने से भी हो सकती है। लेकिन खुदा गारत करे इस टेम्पो और बस की सवारी को, जिसके होते वह रोमांच जो आपको एक कुँआरी (कुँआरी न भी सही) जवान लड़की का आँचल छू जाने से होता था, अब उसके शरीर से रगड़ जाने से भी नहीं होता, क्योंकि बस और टेम्पो में इस तरह के अनुभव अब रोज़मर्रा की बात होकर किसी नायाब मुगलिया डिश की तुलना में अरहर की दाल जैसे हो गए हैं। बहरहाल, मैं आपको बता रहा था कि एक दिन मैं हज़रतगंज में टहल रहा थ कि किसी ने पीछे से मेरे कन्धे पर हाथ रखा। मैंने पलटकर देखा तो एक स्वस्थ गोरा, गोल चेहरा मुस्कराते हुए पाया। एक सेकेण्ड मुझे पहचानने में लगा। तब तक वह मुझसे बाकायदा चिपट चुका था। वास्तव में वह मेरा सहपाठी और पुराना लँगोटिया यार गुणानन्द उर्फ गुणी था, जो लगभग पन्द्रह-बीस बरसों बाद मुझसे मिल रहा था।

''अरे गुणी, तू कहाँ था इतने दिनों?'' वह मुझसे अलग हुआ तो मैंने उससे पूछा।

''कहाँ था, यह बाद में बताऊँगा। पहले चल, कहीं बैठते हैं,'' उसने कहा और मुझे बाँह से पकड़कर 'कपूर्स' में ले आया।

'कपूर्स' उन दिनों भी बार हुआ करता था। सो, मैंने चलते-चलते ही अनुमान लगाया कि मेरी जेब में कितने पैसे हैं। आखिर यह सरासर गलत होता कि मेरा

इतना पुराना दोस्त मेरे शहर में आए और हम कहीं बैठकर कुछ खाएँ-पिएँ तो बिल वह अदा करे। गनीमत थी कि उसी दिन मुझे ऑफिस से चार-पाँच सौ के आसपास एरियर मिला था, जिसमें से दोस्तों और पानवाले का पुराना उधार चुकाने के बाद दो-ढाई सौ रुपये अभी भी मेरी जेब में थे। सो, इस तरफ से मैं आश्वस्त हो गया, लेकिन इसके बावजूद किसी बड़े होटल में घुसने का पहला मौका होने के कारण मैं अन्दर-ही-अन्दर कुछ अटपटा-सा अनुभव कर रहा था, जबकि गुणानन्द इस शान से अन्दर घुसा जैसे लंच, डिनर वह रोज़ यहीं करता हो। एक क्षण के लिए इधर-उधर निगाह दौड़ाकर वह एक खाली केबिन की ओर बढ़ गया और मुझे सामने बिठाकर खुद भी आराम से सोफे पर पसर गया। तभी बैरे ने केबिन में प्रवेश कर पहले से मेज़ पर पड़ा हुआ मीनू उठाकर उसे पकड़ा दिया।

गुणी ने मीनू बिना देखे ही मेज़ पर रख दिया और बैरे से बोला, "दो अरिस्टोक्रेट। बड़े।" तब मेरी ओर देखकर मुझसे पूछा, "ड्रिंक तो लेते हो न?"

"हाँऽऽ," मैंने उत्तर दिया और मीनू उठाकर उससे इस प्रकार खेलने लगा जैसे वह वास्तव में खेलने की कोई चीज़ हो, जबकि मेरा इरादा केवल इस बहाने उसमें छपे दामों को देखने का था।

अब आज तो मुझे ठीक से याद नहीं कि अरिस्टोक्रेट के बड़े पैग का उस समय क्या दाम था, लेकिन मुझे इतना याद है कि जल्दी-जल्दी जो हिसाब मैंने मन में लगाया, वह यह था कि यदि हम लोग दो-दो पैग लें, या फिर मैं दो, जिसका इरादा मैं होटल में घुसते ही बना चुका था, और गुणी तीन तो थोड़े-बहुत स्नैक्स समेत सौ रुपये में मामला निपट जाना था।

तब तक बैरा ड्रिंक लाकर मेज़ पर रख चुका था और जेब से बॉटल ओपेनर निकालकर सोडा खोलने की प्रक्रिया में था। तभी एक सोडा खोलने के बाद गुणी ने उसे दूसरा सोडा खोलने से मना कर दिया और उससे बोला, "पापड़ होगा?"

"जी, सर" बैरे ने उत्तर दिया।

"ठीक है, ले आओ। लेकिन तला हुआ नहीं, भुना हुआ।"

बैरा चला गया तो मैंने अपना प्रश्न दोहराया, "हाँ भाई, यह तो तुमने बताया नहीं कि इतने दिनों कहाँ रहे और आजकल क्या कर रहे हो?"

"बताता हूँ यार, एक पैग तो पेट में उतरने दो।"

सो साहब, मैं उसके पेट में पैग उतरने की प्रतीक्षा करने लगा। उसके बाद उसने जो बताया, उसका सार-संक्षेप कुछ इस प्रकार था कि इधर-उधर बहुत हाथ मारने के बाद जब उसे कहीं कोई कायदे की नौकरी नहीं मिली (कायदे से उसका

मतलब चार अंकों वाली नौकरी से था) तो वह भाग्य आज़माने दिल्ली चला गया। (इस स्टेज पर मैं ज़रा सँभलकर बैठ गया और पहले शायद मैं आज के इस बिल का पेमेण्ट न भी करता, लेकिन अब मैंने पक्का इरादा बना लिया कि बिल मैं ही दूँगा। फिर भले वह सौ के ऊपर ही क्यों न निकल जाए।) ''और दिल्ली तो तुम जानते हो,'' उसने आगे कहा, 'किस्मत आज़माने की जगह है। अब हुसैन को लो। अगर दिल्ली की बजाय लखनऊ में होते तो आज बिष्ट की तरह आर्ट कॉलेज की प्रिन्सिपली कर रहे होते या नेहरू यू.पी. असेम्बली में मुख्यमन्त्री होते तो ज़्यादा से ज़्यादा पन्त की तरह डिप्टी प्राइम मिनिस्टर होते, वह भी मरने के वक्त (आपकी सूचनार्थ नेहरू उस समय तक मर चुके थे) या फिर,'' उसे कोई उपयुक्त उदाहरण नहीं सूझा तो बोला, 'खैर छोड़ो। बस, यह समझ लो कि इस मुल्क में अगर कुछ करना है, तो बस दिल्ली चले जाओ। एक से एक ओपेनिंग है वहाँ। अब आजकल फिल्म लाइन में ही लो, सब दिल्ली के प्रोडक्ट हैं, चाहे फिर नसीरुद्दीन शाह हो या ओमपुरी, और एक्टर तो साले यही दो हैं (मुझे उसका 'साले' का यह कॉम्प्लीमेण्ट्री प्रयोग भा गया और मैंने दिमागी नोट ले लिया कि इस तरह का प्रयोग अवश्य बोलने में किया करूँगा।) सो भाई, तीन साल मैंने दिल्ली में भाड़ झोंका। उसके बाद काफी सोच-समझ कर मैंने जर्नलिज़्म की लाइन पकड़ ली। मैंने देखा, राजनीतिज्ञों के अलावा अगर पॉवर किसी के पास है तो जर्नलिस्टों के पास ही है। बल्कि एक तरह से समझो कि राजनीतिज्ञ भी अगर किसी से घबराता है तो जर्नलिस्टों से ही। जिसको चाहें उसको रातोंरात उठा दें, जिसको चाहें रातोंरात गिरा दें।'' इस बीच उसने दो बड़े पैग और मँगवा लिए थे। पापड़ अब तक खत्म हो चुके थे, लिहाजा मैंने खुद से कहा कि अब पैसे की चिन्ता न करो तुम, इससे ज़्यादा सुनहरा मौका हाथ लगने वाला नहीं है। सो मैंने पापड़ मना करते हुए पूछा और क्या है स्नैक्स में, जिसके जवाब में बैरे ने पूरे फिल्मी अन्दाज़ में ''चिकेन टिक्का, चिकेन-कबाब, फिश कटलेट, फिश कबाब, मटर टिक्का, शामी कबाब, चिकेन काली मिर्च, चिकेन फ्राइड...।'' शायद वह रटता ही चला जाता लेकिन मैंने उसे बीच में ही रोक दिया और कहा, ''एक प्लेट चिकन टिक्का ले आओ।''

बैरा चला गया तो मैं फिर गुणी की ओर मुखातिब हुआ। ''हाँ, तो मैं कह रहा था,'' उसने आगे कहा, ''कि पॉवर तो साली जर्नलिज़्म लाइन में ही है। सब थर्राते हैं। पुलिस कमिश्नर तक कुर्सी से उठकर सलाम करता है। डरता है कि अगर कहीं और कुछ नहीं सिर्फ यही छाप दिया कि उसका बिहेवियर रूड

है पब्लिक से, तो बेटा से जवाब-तलब हो जाएगा। सो, तीन साल लगे मुझे सब स्टडी करने में और तब मैं धीरे-से इस लाइन में घुसा। तीन साल तुम और समझ लो, छुटभइए अखबारों में झक मारते। फिर तो साहब मैंने बड़े अखबारों पर निगाह जमाई और धीरे से एक अखबार में रिपोर्टर बन गया। फिर क्या था, तीन साल और लगे और अब तो समझो कि अपना फ्लैट है हौज-खास में, टेलीफोन है, गाड़ी है।'' इतना कहकर उसने मेज़ पर रखे खाली गिलास की ओर देखा। मैंने तुरन्त बैरे को बुलाकर ऑर्डर दिया कि दो बड़े और ले आए और मन-ही-मन सौ की तय की हुई रकम को बढ़ाकर डेढ़ सौ कर दिया।

''लेकिन मैंने देखा कि अब तो यहाँ स्टैगनेट कर जाऊँगा,'' उसने अपनी कथा जारी रखी, ''और तब तक यह एहसास मुझे हो चुका था कि दुनिया बहुत बड़ी है और मैंने कहा बेटा गुणी, दिल्ली तो तुमने फतेह कर ली, अब विदेशी अभियान पर निकलो जिसके लिए मैंने तय किया अब मैं किसी एम्बेसी में घुसूँगा।''

उसकी बातें सुनकर मुझे लगा कि मैं भी कहाँ इस चपरकनाती ज़िन्दगी में फँसकर रह गया। एक यह है कि भरपूर अय्याशी कर रहा है और एक मैं हूँ ज़िन्दगी गारत कर रहा हूँ। शादी को ठीक ही बेड़ी कहा गया है। सो, मेरे मन में यह जिज्ञासा उठी कि यह साला (मैंने इस शब्द का प्रयोग मन-ही-मन प्रैक्टिस करने से उद्देश्य से शुरू कर दिया) शादीशुदा है या कुँआरा? अतः मैंने बीच में ही उसकी बात काटकर पूछा, ''शादी-वादी हो गई तुम्हारी?''

''वही तो बता रहा हूँ। एम्बेसी में घुसने का मेरा इरादा यह था कि शादी करूँगा तो किसी फॉरेन लौंडिया से ही करूँगा। सो साहब, मैंने इस इरादे से चीज़ों को नापना-तौलना शुरू किया। काफी सोच-विचार कर मैंने तय किया कि दुनिया तो ज़रूर बड़ी है, लेकिन देश इस दुनिया में दो ही हैं, यानी जिन्हें वर्ल्ड पॉवर कहा जाता है, एक अमेरिका और दूसरा रूस। सो पक्का इरादा मैंने बना लिया कि इन्हीं दो मुल्कों में से एक की नौकरी करूँगा। वह कहावत है न, थोड़ी भदेस ज़रूर है, लेकिन है बड़ी मौजूँ कि गू खाना है तो हाथी का खाओ और किसी का क्या खाना! यानी ट्रिनीडाड-टुबैगो या फिर ग्रीस कि साइप्रस की एम्बेसी में नौकरी की तो क्या की! यह तो वैसे ही हुआ जैसे खुद अपना बिजनेस करने की सामर्थ्य न होने पर किसी परचून की दुकान में नौकरी कर ली या फिर डॉक्टरी पास करने की तमन्ना अधूरी रह जाने पर किसी डॉक्टर के यहाँ मिक्सचर बनाने में लग गए।'' वह एक क्षण रुका तब बोला, ''अब इसमें एक चीज़ मेरे आड़े आ गई। वह थी मेरी कम्युनिस्ट बैक-ग्राउण्ड।''

मैंने उसकी ओर गौर से देखा कि यह बैक-ग्राउण्ड यहाँ कहाँ से ले आया।

"कम्युनिस्ट तुम कब थे?" आखिर मैंने पूछ ही लिया।

"लो भाई, अब यह भी बताना पड़ेगा तुमको? स्टूडेण्ट फेडरेशन में था मैं कि नहीं? भूल गए तुम? जूनियर लाइब्रेरियन का चुनाव भी लड़ा था मैंने स्टूडेण्ट फेडरेशन से।"

"हाँ-हाँ," मुझे ठीक से याद तो नहीं आया, लेकिन हामी भर दी।

"सो भइया यह जो दो संस्थाए हैं, सी.आई.ए. और के.जी.बी. इनकी फाइलों में हिन्दुस्तान के हर आदमी का रिकॉर्ड है।"

"मेरा भी होगा?" मैंने पूछा।

वह हँसा। "अरे भाई, मेरा मतलब उन लोगों से है जो राजनीति में हैं या फिर किसी और क्षेत्र में सक्रिय हैं। वैसे अगर आज किसी ने तुमको देख लिया मेरे साथ तो समझो कि तुम्हारा रिकॉर्ड भी दर्ज हो जाएगा।" इस बार वह इतनी ज़ोर से हँसा कि हॉल में बैठे सभी लोग चौंक पड़े। बैरा भी तुरन्त भागकर वहाँ आ गया, लेकिन जब उसने हमें आराम से व्हिस्की सिप करते देखा तो एक क्षण वहाँ खड़ा रहकर अपने आप चला गया।

"सो भाई, मेरे भाग्य का फैसला हो गया," उसने आगे कहा, "और मैंने तय कर लिया कि बेटी गुणी, अमेरिका तो तुम जा नहीं सकते सो उसे मारो गोली। अब तुम्हारा निर्वाण रूस में ही होना है। सो, मैंने उसी दिन से गिरह बाँध ली और अखबारों में छपने वाले लेखों में रूस की तारीफ करनी शुरू कर दी। अब साहब, तारीफ से कौन खुश नहीं होता! देवी-देवता तक इसके अपवाद नहीं हैं। किसी भी देवी-देवता की स्तुति की आरती देख लो। हनुमान चालीसा को ही लो। तारीफों के पुल बँधे हैं हनुमानजी के। बहरहाल, मुझे मुश्किल से डेढ़ साल और लगे और मैं रूस के सांस्कृतिक विभाग में काम करने लगा। फिर क्या था? हर छठे महीने रूस का चक्कर लगाने लगा।"

"शादी?"

"अरे यार, वह भी बताता हूँ।" उसने कहा, "रूस गए हो कभी तुम?"

मुझे लगा इसे चढ़ गई है। "मैं कैसे रूस जाने लगा?" मैंने कहा।

"मेरा यह मतलब नहीं यार। गलत कह गया मैं। मेरा मतलब था कि रूसी औरतें देखी हैं तुमने? यहाँ रूसी डेलीगेशन आते तो होंगे ही। सांस्कृतिक विभाग के। कल्चरल डेलीगेशन? उनकी सारी इटीनरगी मैं ही तो बनाता हूँ। लखनऊ को तो हमेशा कोशिश करता हूँ उसमें शामिल करने की।"

"हाँ, आए तो हैं। कई बार इश्तहार भी देखे हैं मैंने। लेकिन देखने नहीं गया।"

"जाना चाहिए था यार तुमको। रूसी बैले तो दुनिया-भर में मशहूर हैं। बहरहाल, मैं जो बात बताना चाहता था तुमको वह यह कि रूसी औरतें बड़ी मर्दमार होती हैं। तुम्हें एक तमाचा मार दें तो यह समझ लो डेढ़ घण्टे होश न न आए तुमको।

"सो यार, शुरू में तो मैं डर ही गया। लेकिन फिर मैंने रिसर्च करनी शुरू की और यह पता लगाते मुझे देर नहीं लगी कि हुस्न के मामले में कज़ाकिस्तान की औरतें अपना सानी नहीं रखतीं। कोहे-काफ का नाम तुमने सुना होगा, जहाँ सुर्खाब पाया जाता है। वह कज़ाकिस्तान में ही है। वहाँ की लड़कियाँ हुस्न के मामले में पूरी तरह मुकम्मल होती हैं। हिन्दुस्तान में भी कुछ ऐसी जगहें हैं, जहाँ की औरतें काफी खूबसूरत होती हैं, जैसे कश्मीर या फिर असम में बसी खासी और जयन्ती जनजातियों की लड़कियाँ। लेकिन हिन्दुस्तानी औरतें टुकड़ों-टुकड़ों में ही हसीन होती हैं। तुमने सुना होगा आँख पंजाब, जुल्फ बंगाल, हुस्न कश्मीर और नज़ाकत लखनऊ। सो कोई दवा की पुड़िया तो है नहीं कि सारे हिस्से अलग-अलग लिए और खरल में घोटकर पी गए।

"लिहाज़ा, मैंने तय किया कि कज़ाकी लड़की से ही शादी करूँगा और अपने अगले ही टूर में कज़ाकिस्तान को अपनी इटीनररी में शामिल कर लिया और छाँटकर वहाँ के एक किसान परिवार की लड़की से शादी रचाकर उसे अपने साथ ले आया।"

मैंने सोचा, यह आदमी है? बताइए, एक-एक कदम कितना सोच-विचार कर रखा। शादी करने से पहले औरतों की खूबसूरती पर रिसर्च की। कहाँ हिन्दुस्तान और कहाँ कज़ाकिस्तान! और एक मैं हूँ जो लड़की माँ-बाप ने गले बाँध दी, उसी में उलझकर रह गया। लेकिन एक बात मेरी समझ में नहीं आई कि इसने किसान परिवार की लड़की क्यों चुनी। अतः मैंने उससे पूछा, "किसान क्यों?"

"किसान इसलिए," उसने उत्तर दिया, "कि एक तो किसान परिवार की लड़कियाँ मेहनती होती हैं। और फिर दूसरी पूरी वर्जिन होती हैं। और फिर तुम अपने हिन्दुस्तान का किसान न समझो उन्हें। वहाँ किसान की समाज में जो इज़्ज़त है, वह किसी और वर्ग की क्या होगी, आखिर वह पूरे राष्ट्र के लिए भोजन उपलब्ध कराता है। अन्नदाता है वह। कम्युनिस्ट कण्ट्रीज़ में यही तो खास बात है। और एक बात बताऊँ तुमको, यहाँ की तरह वहाँ के किसान जाहिल नहीं होते। पढ़े-लिखे होते हैं। लड़कियाँ तो खास तौर से। इसके अलावा भी हुनर होते हैं उनमें। डान्स

वह करें, वायलिन वह बजाएँ और ज़रूरत पड़े तो बन्दूक भी चलाएँ। बल्कि शिकार के लिए तो लिण्डा ही अकसर जाती थी।''

''यह लिण्डा कौन?''

''अरे भाई, मेरी पत्नी। किसान परिवार की वह लड़की, जिससे शादी की मैंने।''

''उसके माता-पिता ने आपत्ति नहीं की?''

''क्या बात करते हो यार! हिन्दुस्तानियों को तो रूस के लोग खास मेहमान समझते हैं अपना। उनसे अपनी बेटी ब्याहना तो उनके लिए फख्र की बात है और वहाँ की लड़कियाँ भी जान छिड़कती हैं हिन्दुस्तानियों पर। अपने वह लेखक थे न हिन्दी के। क्या नाम है उनका? अरे जिन्होंने 'गंगा से वोल्गा' किताब लिखी है।''

''राहुल सांकृत्यायन!'' मैंने कहा, ''गंगा से वोल्गा नहीं वोल्गा से गंगा।''

''हाँ-हाँ, वही। रूसी लड़की से ही तो शादी की थी उन्होंने'' वह एक क्षण रुका, तब बोला, ''तुम्हारी शादी हो गई?''

''हाँ।'' मैंने कहा और पहली बार मुझे अफसोस हुआ कि इससे मिलने से पहले मैंने शादी क्यों कर ली।

''खैर, कोई बात नहीं। वैसे ही घूम आओ तुम। तमाम डेलीगेशन तो जाते रहते हैं। एक से एक अहमक साले चले जाते हैं। तुम तो फिर पढ़े-लिखे समझदार आदमी हो। कभी दिल्ली आओ तो मुझे कॉन्टैक्ट करना। मेरा नम्बर नोट कर लो।''

मैंने तुरन्त जेब से कलम और कागज़ निकाला और मन-ही-मन निश्चय किया कि खाना भी इसको यहीं खिला दूँगा। न सही, पचास रुपये और।

फोन नम्बर नोट करने के बाद जिसमें घर और दफ्तर—दोनों का ही नम्बर शामिल था, मैंने उससे कहा, ''खाने का ऑर्डर दिया जाए या एक-आध पैग और लोगे?''

''नहीं यार, बहुत हो गई। पीने का अब क्या सवाल पैदा होता है, लेकिन खाना तो यार मैं जहाँ ठहरा हूँ...।''

''अरे अब वहाँ जाते-जाते देर हो जाएगी, यहीं कुछ मँगा लेते हैं।'' और मैंने बैरे को इशारे से बुलाया।

बैरा आया तो गुणी ने उससे पूछा, ''लाइट क्या है खाने में?'' और उसके द्वारा ढेर सारी चीज़ें गिना देने के बाद बोला, ''ऐसा करो, तुम एक चिकेन ले आओ। रोस्टेड और तन्दूरी रोटी और हाँ, दही या फिर रायता।'' तभी बैरा जाने लगा तो उसने उसे रोक लिया, ''एक पैग और ले ही लेते हैं।'' उसने मुझसे कहा। तब बैरे को ऑर्डर देकर बोला, ''दिल्ली की बात दूसरी है। वहाँ ज़्यादा लेने से घबराता

हूँ। सभी तो जानते हैं। कहीं कुछ बवाल हो गया तो मेरी तो कोई बात नहीं, एम्बेसी की बहुत बदनामी होती है। और इस मामले में रूसी बहुत सख्त हैं कि जितनी चाहे पियो, वोद्का तो वहाँ पानी की तरह बहती है। लेकिन बस यही कि पी के बहको नहीं। और फिर मुझे गाड़ी ड्राइव करनी होती है, इसलिए मैं थोड़ा सतर्क रहता हूँ। यहाँ साली कौन गाड़ी चलानी है? रिक्शे पर बैठकर जाना है।''

किस्सा-कोताह, जब हम वहाँ से निकले तो मेरी जेब में मुश्किल से रिक्शे-भर के पैसे बचे थे, लेकिन मन-ही-मन मैंने सोचा कि इन्वेस्टमेण्ट बुरा नहीं है।

खैर, होटल से निकलते ही वह रिक्शे पर बैठ गया। चलना उसके लिए थोड़ा मुश्किल हो रहा था, लेकिन रिक्शे पर बैठकर वह तुरन्त गया नहीं। पहले मुझसे वादा लिया कि मैं दिल्ली ज़रूर आऊँगा।

''हाँ, यार, दिल्ली तो आना ही है। मैं आज तक कभी गया भी नहीं... ।''

''अरे, तब तो तुम ज़रूर आओ। बल्कि चल सकते हो तो कल मेरे साथ चलो। एक-दो दिन की मैं छुट्टी ले लूँगा ऑफिस से। और तुमको सारी दिल्ली घुमा दूँगा। कैबरे भी दिखा दूँगा तुमको। पहले कभी कैबरे देखा है?''

''नहीं। यह क्या होता है?'' मैंने कहा।

''कैबरे नहीं जानते तुम? फिर दुनिया में तुमने किया क्या अभी तक? कैबरे यह होता है कि लड़की नाचती है होटल में और एक-एक कर अपने कपड़े उतारती जाती है। चोली और चड्ढी तक।''

मैंने सोचा, इसे अपने घर ही क्यों न लेता जाऊँ, लेकिन फिर यह सोचकर कि इसे वहाँ रुकने में तकलीफ हो सकती है, मैं चुप रह गया।

''खैर, कल न चल सको तुम,'' उसने आगे कहा, ''तो ऐसा करना कि जब भी आओ, आते ही स्टेशन से मुझे टेलीफोन कर देना। मैं तुम्हें लेने आ जाऊँगा।''

''और हाँ, तुम एक काम और करो,'' उसने चलते-चलते कहा, ''अपना पासपोर्ट बनवा लो। किसी-न-किसी डेलीगेशन में तुम्हारा नाम डलवा दूँगा। घूम आओ जाकर। असली ज़िन्दगी तो यही है। नहीं तो वही सुबह से शाम दफ्तर और बाकी वक्त घर।''

मुझे फिर अफसोस होने लगा कि अभी तक कहाँ पड़ा था। अगर ऐसे लोग मुझे पहले मिले होते तो आज क्या नहीं होता मेरे पास।

बहरहाल, वह चला गया। मैंने भी आगे बढ़कर रिक्शा किया और अपने घर आ गया। उस रात या तो उम्दा किस्म की शराब पीने के कारण या फिर जो भी

हो, मैंने बहुत ही सुहाने सपने देखे, जिनमें दिल्ली का लाल किला, जामा मस्जिद, कुतुबमीनार और इण्डिया गेट तो था ही, कज़ाकिस्तान के पहाड़, आसमान में उड़ते सुर्खाब और वायलिन की धुनों पर नाचती-थिरकती जवान लड़कियाँ भी शामिल थीं।

दूसरे दिन सुबह उठकर मैंने पत्नी को चूल्हे में खटते देखा तो मुझे और अफसोस हुआ कि मैंने हर काम में जल्दी की। पढ़ने के बाद सीधे नौकरी कर ली। जो पहली नौकरी मिली। और तब माँ-बाप के कहने से जो पहली लड़की उन्होंने बताई, उससे शादी कर डाली। मुश्किल से बाईस बरस का रहा हूँगा मैं तब। और अट्ठाईस-तीस का होते-होते तीन बच्चों का बाप बनकर बैठ गया। ज़िन्दगी में कुछ भी तो नहीं किया। दिल्ली तक नहीं देखी। खैर, बेटर लेट दैन नेवर। मैंने पक्का इरादा बना लिया कि जो भी हो, दिल्ली तो अब देखकर ही रहूँगा और अगर भाग्य ने साथ दिया, यानी गुणी ने डेलीगेशन वाली जो बात कही थी, वह नशे में नहीं कही थी तो विदेश भी घूम लूँगा।

किसी बात का योग बनता है तो फिर बनता ही चला जाता है। सो हुआ यह कि गुणी के साथ कटी उस शाम के कुछ ही दिनों पश्चात् देश की तमाम वामपन्थी तथा अन्य धर्मनिरपेक्ष पार्टियों ने महँगाई या फिर ऐसे ही किसी मुद्दे पर दिल्ली में संसद भवन के समक्ष प्रदर्शन का अपना कार्यक्रम बना डाला, जिसके लिए हर पार्टी की तरफ से जनता से 'दिल्ली चलो' का आह्वान किया जाने लगा और इस सिलसिले में मेरे एक पड़ोसी ने, जिनके साथ मेरी कभी-कभार उठक-बैठक होती रहती थी और मेरी ही तरह जिन्होंने भी अभी तक दिल्ली नहीं देखी थी, मुझसे इस बारे में ज़िक्र किया कि उनके किसी रिश्तेदार ने, जो किसी वामपंथी अथवा किसी अन्य धर्मनिरपेक्ष प्रजातान्त्रिक पार्टी के सदस्य थे, उनसे दिल्ली चलने की बात कही है। मेरे पड़ोसी ने मुझे यह भी बताया कि पूरी बस जा रही है जो ऐसे मौकों पर जाती ही है, क्योंकि वामपंथी पार्टी हो या दक्षिणपंथी, अपना पैसा लगाकर प्रदर्शन के लिए इतनी दूर जाने के लिए आज इस देश में लोग मिलते कहाँ हैं। और यही नहीं, प्रदर्शन तो एक बहाना होता है, लोग जाते तो वास्तव में फोकट में घूमने के इरादे से हैं। लखनऊ में ही मैं कितनी बार देख चुका हूँ कि जब भी विरोधी या सत्ताधारी पार्टी (क्योंकि आजकल तो सत्ताधारी पार्टी के भी प्रदर्शन होने लगे हैं, बल्कि कुछ ज़्यादा ही होते हैं) का प्रदर्शन होता है तो सभास्थल से कहीं अधिक लोग सड़कों पर और सभा के बाद या पहले चिड़ियाघर या भूलभुलैया में दिखाई देते हैं। सो साहब, मेरे पड़ोसी ने जब यह बात बताई कि फ्री की बस जा रही है और इनका इरादा भी बन रहा है जाने

का, तो मेरे शरीर में भी सुरसुरी-सी हुई और जब उन्होंने मुझसे कहा कि न हो तो तुम भी चलो, एक दिन की ही तो बात है, ऑफिस से बीमारी का बहाना बनाकर छुट्टी ले लेना तो साहब मेरा पूरा शरीर रोमांचित हो उठा। फिर भी इसलिए कि वह मुझे पूरा फोकटिया न समझ लें, मैंने कहा, सोचकर बताऊँगा। लेकिन सोचना क्या था, दूसरे ही दिन मैंने 'हाँ' कर दी कि कहीं ऐसा न हो कि वह कहें तुम्हें सोचने में देर लगी, इस बीच बस की सवारियाँ पूरी हो गईं।

बीच में इतना समय नहीं था मैं गुणी को पत्र लिखता। सो सोचा, वहाँ चलकर ही उससे सम्पर्क करूँगा और प्रदर्शन तो अपनी जगह है, जमकर दिल्ली घूमूँगा। आखिर गुणी ने वादा किया ही था कि वह अपनी गाड़ी से घुमाएगा। सो, मैंने दिल-ही-दिल में तय किया कि न होगा तो एक-आध दिन और रुक जाऊँगा। ज़्यादा-से-ज़्यादा यही तो होगा कि अपना किराया खर्च करके लौटना पड़ेगा। जब से गुणी ने कैबरे वाली बात बताई थी, तब से मैंने लाल किला, जामा मस्जिद, कुतुबमीनार, इण्डिया गेट, मुगल गॉर्डेन्स के साथ-साथ दिल्ली में देखने वाली चीज़ों में कैबरे भी जोड़ लिया था। बल्कि इसे प्रायर्टी पर रखा था। और चूँकि कहावत कही गई है कि एक से दो अच्छे, सो मैंने पड़ोसी को भी टटोलना शुरू किया कि उनकी पार्टी अथवा प्रदर्शन के प्रति प्रतिबद्धता किस सीमा तक है ताकि अगर वह इसमें अधिक रुचि न रखते हों तो हम लोग प्रदर्शन या जुलूस के बीच से ही खिसक लेंगे। आखिर जहाँ लाखों आदमी होंगे (प्रचार और पार्टियों के दावे के अनुसार कम-से-कम दस लाख लोगों के जुटने की सम्भावना थी) वहाँ हाज़िरी तो ली जाने से रही।

मेरे पड़ोसी की नीयत भी ज़रूर पहले से ही गड़बड़ रही होगी, क्योंकि मुझे उन्हें ज़्यादा टटोलना नहीं पड़ा। हल्की-सी बात चलाने पर ही वह खुल गए कि प्रदर्शन कौन करने जा रहा है, मतलब तो दिल्ली घूमने से है। मैंने भी सोचा कि जब यह खुल ही गए हैं, तो मैं भी इनसे क्यों छिपाऊँ। सो, मैंने भी उनसे साफ कह दिया कि गुरू, सारा इन्तज़ाम है तुम फिकर न करो। घूमने के लिए गाड़ी भी रहेगी और पीने के लिए वोद्का। (कभी-कभार वह भी मेरी तरह थोड़ी-बहुत लगाते रहते थे, बल्कि दो-एक बार हमारी मिली-जुली बैठकें भी हो चुकी थीं) इसी के साथ मैंने उन्हें कैबरे वाली बात भी बताई कि बड़े-बड़े होटलों में स्टेज पर लड़की आकर नाचती है और नाचते-नाचते एक-एक कर अपने सभी वस्त्र उतार देती हैं।

"क्या कह रहे हो?" उनकी आँखें फैलीं तो फैली ही रह गईं।

''बिलकुल सही कह रहा हूँ गुरू! अंगिया, चोली, चड्ढी तक।''

यह सुनकर तो मेरे पड़ोसी इस तरह फड़क उठे कि अगर यह देख लिया तो समझो जीवन धन्य हो गया।

बहरहाल, जिस शाम को बस चलनी थी, उस दिन हमने अपना-अपना झोला-झण्डा सँभाला और बस छूटने से एक-डेढ़ घण्टे पहले ही निश्चित स्थान पर पहुँच गए, तब कहीं बस जाकर चली। लेकिन बस चलाने वाला भी गज़ब का था। सुबह सात बजते-बजते बस दिल्ली लाल किले के मैदान में पहुँच गई। सो साहब, वहीं जमुना किनारे निवृत्त होकर हमने पहले तो गाँधीजी की समाधि देख डाली। यह आइटम हमारी लिस्ट में था नहीं, लेकिन जब पता चला कि समाधि यहाँ पास में है तो हमने सोचा, चलो इसको भी निबटा ही दें। क्यों कहने को रह जाए कि दिल्ली गए और राष्ट्रपिता की समाधि नहीं देखी। उसके बाद मैंने सोचा, गुणी को फोन करूँ लेकिन साहब उस जमावड़े में कोई माई का लाल यह बताने वाला नहीं मिला कि फोन कहाँ से हो सकता है। सो, यह आइटम भी फिलहाल टला। सोचा, जब जुलूस शहर से होकर निकलेगा, तब देखा जाएगा। इसके पीछे एक कारण यह भी था कि लाल किला सामने था। और अपनी पूरी भव्यता के साथ सामने था। और, उसे देखते ही मुगलिया सल्तनत की पूरी गौरव-गाथा मस्तिष्क के सामने उजागर हो गई। सुभाषचन्द्र बोस का आज़ाद हिन्द फौज को दिया गया 'दिल्ली चलो' आह्वान भी याद आया और जवाहरलाल नेहरू से लेकर वर्तमान प्रधानमन्त्री यानी इन्दिरा गाँधी (जो उस समय जीवित थीं) तक के लाल किले के प्राचीर पर तिरंगा फहराने वाले दृश्य भी याद आए। शर्मा को तो 'मुगलेआज़म' पिक्चर का दिलीप कुमार द्वारा मधुबाला को कबूतर पकड़ाने और उसके द्वारा उड़ा दिए जाने वाला दृश्य भी याद आया। हालाँकि मैंने उससे लाख कहा कि वह किला तब तक नहीं बना था, लेकिन वह इस बात को मानने को तैयार नहीं था। खैर, टेलीफोन वाली बात स्थगित करके हम दोनों किले में घुस गए। टिकट भी नहीं लेना पड़ा। इतनी भीड़ में कौन टिकट लेता है और कौन देता है? सो साहब, जल्दी-जल्दी किला भी घूम लिया। घूम क्या लिया, एक चक्कर लगा आया और दीवाने-आम और दीवाने-खास, जिसमें लिखा है, 'गर बहिश्त बखुल्दे जमीं अस्त, हमीं अस्तो हमींअस्तो हमीं-अस्त' भी देख लिया। म्यूज़ियम अभी खुला नहीं था। सो, सोचकर कि उसे दोबारा फुर्सत से देखेंगे, जुलूस में आकर शामिल हो गए।

करीब दस बज रहे होंगे, जब जुलूस वहाँ से चला। सो, जैसे ही जुलूस

सड़क पर आया और दरियागंज से गुज़रा तो हम दोनों उससे कटकर टेलीफोन की फिराक में लग गए। लेकिन साहब, गज़ब है दिल्ली शहर भी। जिस दुकान में घुसा, जवाब मिला, फोन खराब है। एक दुकानदार तो बाकायदा बात कर रहा था फोन पर। इसके बावजूद उसने कह दिया कि फोन खराब है। ''आप अभी बात तो कर रहे थे,'' मैंने कहा तो बोला, ''बाहर से कॉल आ जाती है, इधर से नहीं जाती।'' मैंने कहा, ''दीजिए ट्राई करके देखता हूँ,'' तो वह कुछ बिगड़ गया। ''झूठ बोलूँगा क्या मैं आपसे?'' लिहाजा साहब, फोन न होना था सो न हुआ। मजबूर होकर सोचा कि अब सीधे उसके ऑफिस ही जाऊँगा। फोन-वोन को मारता हूँ गोली। सो जुलूस से थोड़ा कटकर हम दोनों बारहखम्भा रोड का पता पूछने लगे, क्योंकि गुणी ने बताया था कि उसका ऑफिस उसी रोड पर है। बारहखम्भा पता चलने में हमें देर नहीं लगी और हम दोनों जुलूस को डॉज देकर कनाट प्लेस से बाहरखम्भा की तरफ मुड़ गए।

गुणी का ऑफिस खोजने में हमें बिल्कुल भी परेशानी नहीं हुई। हाँ, अन्दर घुसने में थोड़ी कठिनाई ज़रूर हुई, क्योंकि गेट पर खाकी वर्दी पहने दरबान ने हमारी हुलिया, खासतौर से कन्धों पर लटके झोले को देखकर या इसके पीछे जो भी कारण हो, रोक दिया। लेकिन ज़्यादा परेशानी हमें नहीं उठानी पड़ी। दरबान ने अन्दर फोन से बात करने के बाद हमें रिसेप्शन रूम का रास्ता बता दिया और हम वहाँ जाकर बढ़िया गद्देदार सोफे पर बैठे गए।

मुश्किल से बीस मिनट हमें बैठे हुए होंगे कि गुणानन्द वहाँ आ गया। मुझे लगा वह मुझे देखकर कुछ चौंका। चौंकने वाली बात भी थी कि बिना चिट्ठी-पत्री या टेलीफोन के मैं इस तरह अचानक आ धमका था।

लेकिन दूसरे ही क्षण वह मुस्कराता हुआ मेरी तरफ बढ़ आया। मैं उठकर खड़ा हुआ तो उसने मुझे गले लगा लिया और मेरी बगल में ही सोफे पर बैठ गया। मैंने अपने मित्र से परिचय कराया, ''यह हैं गुणानन्द और यह मेरे पड़ोसी और मित्र राजकुमार शर्मा।''

''आहो, माफ कीजिएगा,'' उसने शर्मा से हाथ मिलाते हुए कहा, ''मैं समझा, आप भी इन्हीं की तरह किसी से मिलने आए हैं।''

''नहीं भाई, मेरे साथ हैं।'' मैंने दोबारा कहा।

''हाँ, वह तो तुमने बताया,'' गुणानन्द फिर मेरी तरफ मुड़ गया, ''और कैसे अचानक प्रोग्राम बना लिया? फोन कर दिया होता...।''

''फोन तो सुबह से ट्राई कर रहा हूँ। लेकिन तुम्हारा शहर तो यह बहुत ही बेमुरौवत है। किसी ने फोन छूने तक नहीं दिया।''

''अरे तो पब्लिक बूथ से कर लेते। स्टेशन पर कई जगह लगा है।''

''स्टेशन कहाँ, हम तो बस से आए हैं।'

''बस से? वह क्यों?''

''यहाँ प्रदर्शन हो रहा है न वामपंथी पार्टियों का आज संसद भवन पर...।''

''उसमें आए हो तुम लोग?'' मुझे लगा कि वह फिर चौंका मेरी बात सुनकर।

''हाँ,'' मैंने कहा, ''मैं तो समझ रहा था कि तुम भी आज कहीं उसी में न हो, जो तुमसे मिलना ही मुहाल हो जाए।'

इस बार तो वास्तव में उसके चेहरे पर हवाइयाँ उड़ने लगीं। उसने चौंककर कमरे में इधर-उधर देखा। तब मेरी ओर थोड़ा सरककर फुसफुसाते हुए बोला, ''जुलूस में आए हो तो तब तो तुमको यहाँ नहीं आना चाहिए था।''

''क्यों?'' मैंने उसकी ओर आश्चर्य से देखा।

''तुमको शायद मालूम नहीं इस देश में जो भी होता है, मेरा मतलब इस तरह की बातों से है, यानी मज़दूरों की मामूली-सी हड़ताल से लेकर इस तरह के जुलूस या बन्द बल्कि संसद में वामपंथी पार्टियों द्वारा उठाए गए सवालों तक के पीछे भारत सरकार रूस का हाथ समझती है। तुम यूँ समझ लो कि 'रॉ' का आधे से ज़्यादा स्टाफ इन्हीं सब बातों की जाँच-पड़ताल में लगा रहता है इसीलिए एम्बेसी के लोग थोड़ा सतर्क रहते हैं। और कोई ताज्जुब नहीं कि तुम लोग यहाँ आए हो तो इसका नोटिस भी उन लोगों ने लिया हो।''

''मैं तो समझता था दोनों देशों में बड़े अच्छे सम्बन्ध हैं,'' मैंने कहा।

''उससे किसने इनकार किया है, लेकिन इस तरह की जासूसी तो मित्र देशों के खिलाफ भी चलती रहती है। और तुम क्या समझते हो, भारत सरकार में सब प्रगतिशील लोग ही हैं? एक से एक रिऐक्शनरी भरा पड़ा है वहाँ।'' वह अचानक उठकर खड़ा हो गया। ''सो यार, इस समय तो माफ करो तुम। बॉस का सख्त आदेश है कि ऐसे मौकों पर हम लोग इन चीज़ों को ज़रा एवॉयड करें।'' वह एक क्षण रुककर कुछ सोचता-सा बोला, ''ऐसा करो कि तुम शाम को मिलो मुझे। कनाट प्लेस जानते हो न? नहीं तो पूछ लेना किसी से। बिलकुल पास में है। संसद भवन से सीधी सड़क आती है। वहाँ मिलो तुम, कॉफी हाउस में। मोहनसिंह प्लेस नाम है कॉफी हाउस का। बहुत मशहूर है। किसी से भी पूछ लेना। ठीक छह बजे पहुँच जाऊँगा मैं वहाँ। फिर शाम को बैठते हैं घर पर।''

तब मेरे निकट आकर मेरे कान में बोला, ‘‘वोद्का का पूरा क्रेट रखा है। कल की नयी सप्लाई आई है। स्कॉच भी है। तुम्हारे मित्र यह ‘मीट’ तो खाते हैं न?’’

मुझे मालूम नहीं था, ‘‘क्यों शर्माजी, आप वेज हैं या नॉनवेज?’’ मैंने उनसे पूछा।

‘‘मैं तो पूरा नॉनवेज हूँ,’’ शर्माजी ने कहा।

‘‘तब क्या। काके की हट्टी का मुर्गा खिलाऊँगा तुम्हें।’’

मैं उठकर खड़ा हो गया। ‘‘और सुनो, दो-चार मिनट की देर हो जाए तो चले मत जाना। मेरा इन्तज़ार करना,’’ उसने आगे कहा।

‘‘ठीक है,’’ मैंने कहा। मुझे लगा, मैंने यहाँ आकर वास्तव में गलती की। उसकी नौकरी का मामला ठहरा! वह जो बता रहा था, उसकी सम्भावना से इनकार नहीं किया जा सकता था।

तभी मैं जाने लगा तो उसने फिर रोक दिया, ‘‘ऐसे कैसे? चाय पीकर जाओ। देखा जाएगा साला। अब जो होना होगा, सो होगा। अन्दर तो तुम आ ही गए हो। सोचने दो, जिसको जो सोचना हो।’’ और वह मेरी बाँह पकड़े हुए वहीं अहाते में बनी कैण्टीन में ले आया। कुर्सियों की जगह तिपाईयाँ पड़ी थीं वहाँ। उन्हीं में से एक पर हम बैठे गए। सेल्फ सर्विस थी। वह जाकर चाय और समोसे ले आया।

‘‘यहाँ रूसी लोग भी तो होंगे?’’ मैंने चाय पीते हुए उससे पूछा।

‘‘लो, रूसी नहीं होंगे तो क्या अमेरिकी होंगे?’’

‘‘वह लोग भी समोसा खाते हैं क्या?’’

‘‘रूसियों में यही तो खास बात है। आपके साथ बैठेंगे तो जो भी आप खाएँ, वह खा लेंगे। कामरेड ठहरे यार!’’ उसने मेरे कन्धे पर हाथ मारा, ‘‘वैसे ज़्यादातर वे अपना लंच घर से लाते हैं।’’

मुश्किल से दस मिनट हम वहाँ रुके। चलने लगे तो उसने कहा, ‘‘देखो भाई, यहीं से विदा करूँगा तुम लोगों को। बाहर नहीं जाऊँगा मैं।’’

‘‘ठीक है यार,’’ मैंने कहा।

‘‘तो फिर शाम को मिलते हैं। ठीक छह बजे पहुँच जाऊँगा मैं। वैसे देर हो तो इन्तज़ार कर लेना तुम। और किसी को साथ लाना चाहो तो उसे भी ले आना।’’

‘‘तुम्हारे घर में रुकने में तकलीफ तो नहीं होगी?’’ मैंने सोचा, यह बात भी साफ कर ही लूँ।

''काहे की तकलीफ यार! हाँ, तुम लोगों को तकलीफ हो तो मैं नहीं कह सकता, क्योंकि चारपाइयाँ तो इतनी हैं नहीं। ज़मीन पर बिस्तर लगाऊँगा। और खुद भी तुम्हारे साथ सोऊँगा। कामरेड ठहरा यार।''

''और भाभी?''

''लिण्डा? वह कम कामरेड थोड़े है? तुमसे मिलकर बहुत खुश होगी। मैंने उसे बताया था तुम्हारे बारे में।'' वह फिर हँसा।

गेट सामने दिखाई देने लगा था। हम लोग टहलते हुए बाहर आ गए।

जिधर से हम लोग आए थे, उधर ही वापस हो लिए। सोचा, चलो जुलूस भी निपटा ही दें। आखिर यह भी एक तरह की बेईमानी थी कि आए जुलूस में और घूम रहे हैं बारह-चौदह खम्भा।

''लौटने का क्या होगा?'' शर्मा ने पूछा।

''कहाँ?''

''लखनऊ, और कहाँ।''

''अरे यार, अब दो-चार दिन रहकर लौटेंगे। आए हैं तो पूरी दिल्ली घूम लेंगे। ऐसा मौका मिलता फिर कहाँ है? कैबरे नहीं देखोगे?''

''देखना तो सब चाहता हूँ लेकिन इतने पैसे मैं लाया नहीं हूँ।''

''चिन्ता क्यों करते हो? पैसे कम पड़ेंगे तो इससे ले लेंगे न।'' मैंने उसे आश्वस्त किया।

थोड़ी दूर ही हम चले होंगे कि हमें जुलूस सड़क से गुज़रते दिखाई दे गया। वास्तव में इतना लम्बा जुलूस मैंने आज तक नहीं देखा था। पूरी सड़क लाल झण्डे-झंडियों में भरी थी। किसी से हँसिया-हथौड़ा—तो किसी में कुछ, कोई पूरा लाल तो कोई लाल के साथ थोड़ा हरा भी। आखिर वामपंथी तथा प्रजातन्त्रीय सभी पार्टियों का जुलूस था। हम लोग भी आगे बढ़कर नारे लगाने में शामिल हो गए :

''लाल किले पर लाल निशान,
माँग रहा है हिन्दुस्तान।''

''टाटा-बिरला की जागीर नहीं है,
हिन्दुस्तान हमारा है।''

एक-से-एक बढ़कर नारे। खून गरमा गया। हम लोगों का भी।

इण्डिया गेट से लेकर संसद भवन तक पूरा मैदान लाउडस्पीकरों और लाल

झण्डों से भरा था। भाषण क्या थे, लोग बाकायदा आग उगल रहे थे। गोया शब्द न निकलकर लोगों के मुँह से दहकते अंगारे निकले रहे हों। बड़े-बड़े सुर्ख, लाल, कि आप छू जाएँ तो जलने लगें। नेहरू युग से लेकर आज तक का पूरा कच्चा चिट्ठा। सरकार की दोगली नीति का ऐसा पर्दाफाश हो रहा था कि क्या कहें। पहली बार मुझे पता चला कि यह देश अमेरिका के पास गिरवी है और सरकार में यह जो सब घुसे हैं इम्पीरियलिस्टों के एजेण्ट हैं। गुणानन्द ठीक ही कह रहा था। इन भाषणों को सुनकर कोई भी यही कहता कि उसकी पीछे हो-न हो, रूस जैसे कम्युनिस्ट मुल्कों का ही हाथ है। मैं तो इतना प्रभावित हुआ कि मन-ही-मन निश्चय किया कि लखनऊ पहुँचते ही कैसरबाग कम्युनिस्ट पार्टी के कार्यालय जाकर मेम्बरशिप का फॉर्म भर दूँगा।

लेकिन सारे जोश और उत्साह के बावजूद हमारी निगाह बराबर घड़ी पर थी कि कहीं ऐसा न हो कि छह बज जाएँ और हम यहीं बैठे रह जाएँ।

सो, चार के आसपास ही हम लोग बराबर खिसक लिए। वैसे खिसकने वाले हम अकेले नहीं थे। कितने ही लोग बराबर खिसकने में लगे थे।

वास्तव में कनाट प्लेस वहाँ से ज़्यादा दूर नहीं था। आधा-पौन घण्टे में हम वहाँ पहुँच गए। मोहनसिंह प्लेस भी खासी मशहूर जगह थी। उसे खोजने में भी हमें दिक्कत नहीं हुई। लेकिन अभी मुश्किल से पाँच बजे थे। फिर भी एक बार सीढ़ियाँ चढ़कर हम ऊपर देख आए। बैठे इसलिए नहीं कि खामख्वाह का खर्चा होगा। आखिर कुछ-न-कुछ तो खाना-पीना पड़ता ही और भूख भी लगी ही थी।

अतः हम कुछ खाने की तलाश में कनाट प्लेस में ही टहलने लगे। तभी एक जगह मद्रास होटल का बोर्ड देखकर उसमें घुस गए। होटल पहली मंज़िल पर था और देखने में महँगा भी नहीं लग रहा था। मद्रासी होटल वैसे भी अधिक महँगे नहीं होते। सो, वहाँ हमने डटकर एक-एक मसाला डोसा और एक-एक प्लेट साँभर-बड़ा चाँपा तब फिर नीचे उतरकर टहलने लगे। लेकिन घूम-फिरकर मोहनसिंह प्लेस के आसपास ही बने रहे। बल्कि पौने छह बजे तो उसी के गेट के सामने खड़े हो गए ताकि सम्भव हो तो गुणानन्द को वहीं पकड़ लिया जाये। खामख्वाह ऊपर बैठने में पैसे क्यों खर्च किये जाएँ, हालाँकि मुझे पूरा विश्वास था कि गुणानन्द हमें किसी भी कीमत पर बिल नहीं देने देगा। फिर भी हम कोई जोखिम नहीं लेना चाहते थे।

तभी शर्मा ने कहा कि ऐसा न हो कि कोई और रास्ता हो ऊपर जाने

का, और तुम्हारा मित्र उधर से ऊपर जाकर हमें वहाँ न पाकर लौट गए। ऐसा कोई रास्ता हमें दिखा नहीं। फिर भी मैंने सोचा कि शर्मा ठीक ही कह रहा है। इस सम्भावना से इनकार भी नहीं किया जा सकता था। अतः ऊपर चढ़कर हमने एक निगाह वहाँ बैठे लोगों पर दौड़ाई, तब ज़ीनेवाले दरवाज़े के पास की एक मेज़ पर बैठ गए, जहाँ से हम ज़ीने से ऊपर पहुँचकर दोनों तरफ फूटनेवाले दरवाज़ों पर निगाह रख सकते थे।

आधा घण्टा तो किसी तरह एक-एक कप कॉफी पीने में कट गया, लेकिन उसके बाद घबराहट शुरू हो गई। हर आने-जाने वाले पर निगाह डालता रहता। एक बार उठकर दूसरी तरफ खुली छत पर तथा दूसरे विंग में भी देख आया, साथ ही मन-ही-मन डरा कि कहीं न आया तो क्या होगा। सुबह गाँधीजी की समाधि और लाल किला घूमने के चक्कर में यह भी नहीं पता कर पाये थे हम लोग कि बस वापस कब होगी। और अगर बस निकल गई और गुणानन्द भी न आया तो क्या होगा। कभी उसके घर टेलीफोन करने की बात सोचता, कभी कुछ। आखिर कोई साढ़े सात बजे जब हमारे सब्र का पैमाना लबरेज़ होकर काफी कुछ छलक चुका था और हमें ऊपर से उतरकर बिल्डिंग में प्रवेश द्वार पर खड़े हुए भी आधा घण्टा से ऊपर हो चुका था और मैं मारे शर्म के शर्मा से आँख मिलाने में भी कतरा रहा था, तभी अचानक मैंने गुणी को किसी के स्कूटर की पिछली सीट से सड़क पर उतरते देखा। मेरी साँस में साँस आई और मेरी इच्छा हुई कि मैं लपककर उसे पकड़ लूँ। लेकिन उसने हमें सड़क से देख लिया था। और रेलिंग फाँदता हुआ हमारे पास पहुँचकर मेरे कन्धे पर हाथ रख दिया, ''माफ करना यार, बड़े झमेले में फँस गया,'' उसने कहा, ''मैं डर रहा था कि कहीं तुम लोग चले न गए हो।''

''नहीं...ऐसा तो...कुछ।'' मेरी समझ में नहीं आया कि क्या कहूँ, ''खैर चलो तुम आ गए। हम लोगों के तुम्हारे ऑफिस पहुँचने की वजह से कुछ गड़बड़ हुई क्या?'' मैंने पूछा।

''नहीं, वह तो कोई खास बात नहीं थी। मामूली इन्क्वायरी हुई थी, सो मैंने सँभाल लिया।'' उसने सड़क पर स्कूटर पर बैठे अपने मित्र को हाथ के इशारे से रुकने को कहा, तब आगे बोला, ''हुआ यह कि मेरे पिताजी आए हैं गाँव से। सो, अचानक उनके पेट का अल्सर फट गया। तुम मेरे ऑफिस से निकले ही होगे कि उसी के एक घण्टा बाद फोन आ गया लिण्डा का। मैं भागा-भागा घर गया तो बेहोश पड़े थे। तुरन्त गाड़ी में डालकर ए.आई.आई.एम.एस. ले के

भागा। अब वह कहते हैं न कि मुसीबतें आती हैं तो इकट्ठे आती हैं। आधे रास्ते में गाड़ी फेल हो गई। सो किसी तरह गाड़ी ढकेलकर किनारे की और उन्हें एक टैक्सी में डाला। एम्स पहुँचे तो डॉक्टरों ने कहा, तुरन्त ऑपरेशन करना पड़ेगा। मैंने कहा, करो भाई। तब तक एम्बेसी वाले भी पहुँच गए। लिण्डा ने उन्हें भी फोन कर दिया था। उन्होंने प्लेन चार्टर कर लिया है फौरन मॉस्को ले जाने के लिए लेकिन डॉक्टरों ने कहा कि इतना स्ट्रेन वह बर्दाश्त नहीं कर पाएँगे और तुरन्त ऑपरेशन न हुआ, तो जान का खतरा है। मजबूरन मानना पड़ा। अब साहब, ट्रेजेडी देखिए। फादर का ब्लड ग्रुप बी-निगेटिव निकला। और उस ग्रुप का खून वहाँ अवेलेबल नहीं था। एम्बेसी वालों ने तुरन्त एम्बेसी फोन किया। वहाँ पूरा रिकॉर्ड रहता है। पता चला कि दो लोगों का बी-निगेटिव ग्रुप है, मगर उनमें में एक मॉस्को गया हुआ है। दूसरा फौरन आ गया। सो, एक बोतल का इन्तज़ाम तो हो गया। लेकिन चाहिए छह बोतल। ऐम्सवालों के पास जो डोनर लिस्ट थी, उससे पते लेकर आया हूँ। दो को तो पहुँचा चुका हूँ अस्पताल। अभी चार-पाँच के पास और जाना है। सो, इनके साथ दौड़ रहा हूँ।'' उसने अपने स्कूटर वाले मित्र की ओर इशारा किया, ''लेकिन तुम घबराओ नहीं। तुम आराम से घर चलो। मैंने नौकर को फोन कर दिया है। उसने तुम लोगों के लिए मुर्गा भी पका लिया होगा। वोद्का की बोतल फ्रिज के ऊपर रखी है। स्कॉच भी बगल में ही अलमारी में है। तुम चलकर नहा-धोकर आराम से शुरू करो। मैं पहुँचता हूँ एक-डेढ़ घण्टे में। और हाँ, तुम्हारा या तुम्हारे दोस्त का ब्लड ग्रुप बी-निगेटिव तो नहीं है? लेकिन नहीं, तुम लोग चलो।'' और वह मुझे घसीटते हुए सड़क तक ले आया। शर्मा भी मेरे पीछे-पीछे आ गया।

''तुम्हारे फादर की कण्डीशन...?'' मैंने कहना चाहा।

''अरे, उसकी तुम चिन्ता न करो। वह सब ठीक हो जाएगा। रात में वहाँ किसी के रुकने की ज़रूरत नहीं है। मैं खून का इन्तज़ाम करके पहुँचता हूँ। तब तक तुम लोग शुरू कर देना। मैं बीच में ज्वाइन कर लूँगा।'' और उसने सड़क से गुज़रते एक खाली तिपहिए को हाथ देकर रोक लिया। ''आओ बैठो,'' उसने कहा और हम दोनों को उसमें ठूँस दिया। तब तिपहिए वाले से बोला, ''सुनो, हौज़खास जाना है। आई.आई.टी. पुलवाली क्रॉसिंग के पास सेण्ट थॉमस पब्लिक स्कूल के आगे जैसे ही बढ़ोगे, मदर डेरी का बूथ है। समझ गए न? वहीं उतार देना इन्हें।'' तब वह मुझसे बोला, ''बूथ के बगल से ही रास्ता है। दस कदम नाप के चलना। बस, बाएँ हाथ पर मकान है, लाल रंग का। अकेला मकान लाल

रंग का है वहाँ। लोहे के फाटक में अपना वह अशोक की लाट वाला चक्र है न, वह बना है दोनों तरफ। नौकर का नाम है राधे। मगर खाली 'राधे' न कहना उसे। 'कामरेड राधे' कहना, नहीं तो वह बुरा मान जाएगा।'' इतना कहकर वह फिर तिपहिए वाले से मुखातिब हुआ, ''और सुनो, ये लोग ज़रूर बाहर के हैं लेकिन मैं यहीं का हूँ। सो, डॉज न करना। नम्बर मैंने तुम्हारा नोट कर लिया है। साढ़े तेरह बनते हैं, सो यह पन्द्रह पकड़ो।''

''अरे यार!'' मैंने उसे पैसों के लिए मना करना चाहा, लेकिन उसने पैसे ड्राइवर की जेब में ठूँस दिए और उसकी पीठ पर हाथ रखते हुए बोला, ''ले जाओ।''

पूरे रास्ते मेरी और शर्मा की कोई बात नहीं हुई। होती भी कैसे? जिस ढंग से स्कूटर वाला स्कूटर चला रहा था, उससे सारा रास्ता मन-ही-मन हनुमान चालीसा का जाप करके बीता।

तभी स्कूटर वाले ने झटके से स्कूटर रोक दिया, ''लीजिए साहब, आ गया।''

''क्या आ गया?''

''आपको जहाँ जाना है और क्या आ गया?''

''लेकिन मदर डेरी का बूथ यहाँ कहाँ है?''

''बूथ जी टैम से होता है। सात बजे गाड़ी लौट जाती है। इस वक्त साढ़े आठ बज रहा है।''

''और पब्लिक स्कूल?''

''वो रहा जी, उत्थे।'' उसने पीछे की ओर इशारा किया।

हम स्कूटर से नीचे उतर आए।

स्कूटर चला गया। तभी मैंने गौर किया कि वहाँ बाएँ-दाएँ कोई मोड़ था ही नहीं। ''हो सकता है, स्कूटरवाले ने कुछ पहले उतार दिया हो।'' शर्मा ने कहा। लेकिन आधा-पौन किलोमीटर चलने के बावजूद हमें कोई मोड़ नहीं मिला। आखिर हम पीछे लौटे। सोचा, पब्लिक स्कूल के पास देखते हैं। तभी स्कूल बिल्डिंग पर लगे बोर्ड पर हमने पढ़ा–'जय माता दी कन्या विद्यालय।'

''यह तो पब्लिक स्कूल नहीं है। तुम्हारे मित्र ने तो कोई अंग्रेज़ी नाम लिया था।''

शर्मा ठीक कह रहा था। गुणी ने 'सेण्ट थॉमस पब्लिक स्कूल' कहा था, मुझे अच्छी तरह याद था। ''लगता है, स्कूटर वाले ने या तो जान-बूझकर बदमाशी की या फिर कुछ कन्फ्यूज़ हो गया वह।'' मैंने कहा और हम लोग लगे सेण्ट थॉमस पब्लिक स्कूल खोजने। साथ ही, हर लाल रंग के मकान के फाटक पर

भी गौर करते जाते। स्कूल तो खैर नहीं ही मिला। हाँ, लाल रंग के मकान कई मिले, मगर उनके फाटकों पर अशोक चक्र नहीं था।

"साढ़े दस बज रहे हैं।" सहसा शर्मा ने मुझे टोका।

"क्यों न हम उसके घर टेलीफोन करें?" मैंने कहा और मुझे लगा, यह काम मुझे पहले ही कर लेना चाहिए था। खैर, एक जगह से हमने फोन मिलाया और एक बार नहीं, कम-से-कम दस बार मिलाया, मगर हर बार फोन इंगेज आया।

अब तो मुझे पसीना आने लगा।

"मेरी मानो तो सीधे लाल किले लौट चलो," शर्मा ने कहा, "हो सकता है, अभी अपनी बस गई न हो।"

मैंने शर्मा की ओर देखा। ज़रूर मेरे चेहरे के भाव या मुद्रा में कुछ ऐसा रहा होगा, जिससे शर्मा इस नतीजे पर पहुँचा कि जो भी निर्णय अब लेना है, उसे ही लेना है। बहरहाल, मुझसे बिना आगे कोई बात किए वह जो भी इक्का-दुक्का लोग इस समय सड़क पर आ-जा रहे थे, उनसे लाल किले जाने वाली बस का नम्बर और स्टैण्ड पूछने लगा। लेकिन लाल किले के लिए बस वहाँ से नहीं मिलती थी। हाँ, कनाट प्लेस के लिए मिल गई। वह भी शायद आखिरी बस थी। कनाट प्लेस से हमने तिपहिया किया और साढ़े बारह बजते-बजते लाल किला पहुँच गए। अधिकांश बसें जा चुकी थीं। अपनी बस भी तब तक निकल चुकी थी, क्योंकि वह हमें कहीं दिखी नहीं। लेकिन गनीमत थी कि लखनऊ लौटने वाली दो बसें अभी थीं और जिसको जिस बस में मर्ज़ी आ रही थी, बैठ रहा था। ज़रूरी नहीं था कि जिस बस में आप आए हों, उसी से लौटें भी। सो, हम लोग लखनऊ जाने वाली एक बस में घुस गए। भूख के मारे बुरा हाल था, मगर बस से उतरने में जगह भर जाने का खतरा था। लिहाजा, हम अपना पेट दबाए बैठे रहे।

"चाहो तो आज रात हम स्टेशन पर काट सकते हैं," शर्मा ने कहा, "एक तो बज ही चुका है। कल तो तुम्हारा मित्र मिल ही जाएगा।"

"नहीं," मैंने कहा, "निकल ही चलते हैं। दिल्ली फिर घूम लेंगे।'

शर्मा कुछ देर चुप रहा। तब बोला, "एक बात समझ में नहीं आई। एम्बेसी वालों ने प्लेन तो चार्टर कर लिया, मगर तुम्हारे मित्र की गाड़ी खराब होने पर उसके लिए एक गाड़ी का प्रबन्ध नहीं कर सके। बेचारा स्कूटर पर मारा-मारा फिर रहा था।"

बात मेरे ज़ेहन में कहीं बहुत गहरे उतर गई। लेकिन मैंने शर्मा को कोई उत्तर नहीं दिया। बस तब तक स्टार्ट हो चुकी थी।

सुबह कोई आठ बजे बस लखनऊ पहुँच गई। हम चारबाग में ही उतर गए। वहाँ से हमारा घर पास पड़ता था। तभी हम रिक्शा कर ही रहे थे कि गुणी का छोटा भाई मुझे दिख गया। उसने मुझे नमस्ते किया तो मैंने पूछा, ''तुम यहाँ कहाँ?''

''गाँव से आ रहा हूँ। ट्रेन एक घण्टा लेट थी,'' उसने उत्तर दिया, ''आजकल यहीं हूँ न एल.आई.सी. में।''

''तुम्हारे पिता बहुत बीमार हैं। पेट का अल्सर फट गया है। दिल्ली में ए.आई.आई.एम.एस. में भर्ती हैं।'' मैंने उसे बताया।

''मेरे पिता?'' उसने कुछ आश्चर्य से कहा, ''मेरे पिता को मरे तो दस साल से ऊपर हो गए।''

''मरे दस साल से ऊपर हो गए? तुम गुणी के भाई हो न?''

''जी। सदानन्द हूँ मैं, गुणानन्द का छोटा भाई। आपने पहचाना नहीं?''

गनीमत थी, शर्मा हमसे कुछ दूर था। उसने हमारी बातें नहीं सुनीं। ''नहीं-नहीं पहचान गया। गुणानन्द को लेकर थोड़ा कन्फ्यूज़न में था। लेकिन ठीक हो गया अब!'' मैंने कहा और शर्मा की ओर बढ़ गया।

सो साहब, यह रहा मेरे दिल्ली देखने का हाल। अब आप पूछ सकते हैं कि मेरी इस कथा से सोवियत संघ के पतन का क्या सम्बन्ध? तो मेरा जवाब होगा कि यदि आप समझते हैं कि इसके लिए मार्क्सवाद के सिद्धान्त ज़िम्मेदार हैं तो आप सरासर गलत समझते हैं। खोट सिद्धान्तों में नहीं, उनके कार्यान्वयन में होती है। गुणानन्द सभी जगह हैं। भारत में भी और रूस में भी। और गुणानन्द तो एक छोटा नमूना है। उसके बड़े संस्करण भी होंगे।

संक्रमण

एक : बयान पिता

कहो तो स्टांप पेपर पर लिखकर दे दूं, यह घर बरबाद होकर रहेगा। कोई रोक नहीं सकता। ज़िंदा हूँ इसीलिए देख-देखकर कुढ़ता हूँ। इससे अच्छा था, मर जाता। या फिर भगवान आँखों की रोशनी छीन लेते। वही ठीक रहता। न अपनी आँख से देखता, न अफसोस होता।

मुझको क्या? मेरी तो जैसे-तैसे कट गई। क्या नहीं किया मैंने इस घर के लिए! बाप मरे थे तो पूरा डेढ़ हज़ार का कर्ज़ छोड़कर मरे थे। और यह आज से चालीस-पैंतालीस साल पहले की बात है। उस ज़माने का डेढ़ हज़ार आज का डेढ़ लाख समझो, लेकिन एक-एक पाई चुकाई मैंने। माँ के ज़ेवर सब महाजन के यहाँ गिरवी थे। उन्हें छुड़ाया। जवान बहन थी शादी करने को। उसकी शादी की। मानता हूँ, लड़का बहुत अच्छा नहीं था। बिजली कंपनी में मीटर रीडर था। लेकिन आज बेटे-बेटियां अच्छे स्कूलों में पढ़ रहे हैं। और बहू की तो पूछों ही मत। फूलकर कुप्पा हो रही हैं। पूरी सेठानी लगती हैं। मकान तो अपना है ही, बिजली फ्री सो अलग। जितना चाहो, जलाओ। तीन-तीन कूलर चलते हैं गर्मियों में। जाड़ों में हर कमरे में हीटर। तनख्वाह से ज़्यादा ऊपर की आमदनी होती है। दो-दो गाड़ियां हैं। एक स्कूटर और एक मोटर साइकिल। शादी हुई थी तो साइकिल भी नहीं थी घर में। इसी को कहते हैं, भगवान जिसको देता है, छप्पर फाड़कर देता है।

बाबू के मरने के बाद माँ दस साल तक और जीं। कभी साल-दो साल में दस-पांच दिनों के लिए बड़े भाई के यहाँ गई हों तो गई हों, नहीं तो मेरे पास ही रहीं। क्या मजाल कि कभी खाने-पहनने की कोई तकलीफ हुई हो। जब तक जीं, साल में एक जोड़ा धोती और घर के खाने के अलावा एक पाव दूध ऊपर

से बंधा था। जब-जब बीमार पड़ीं, हमेशा डॉक्टरी इलाज कराया, वह भी एलोपैथी। यह नहीं कि चार आने की होम्योपैथी की या वैद्यजी की पुड़िया मंगाकर खिला दी हो। मरने से पहले तो पूरे एक महीने अस्पताल में भरती रहीं। बीवी के ज़ेवर तक गिरवी हो गए थे। डेढ़ हज़ार लिए डॉक्टर ने ऑप्रेशन के। बोतलों खून और ग्लूकोज़ चढ़ा, सो अलग, मगर कैंसर का इलाज तो आज तक नहीं निकला, उस ज़माने में भला क्या होता? चाहता तो यहीं रफा-दफा कर देता, लेकिन नहीं। कानपुर ले गया, गंगाजी। पूरी मोटर गाड़ी किराए पर की। पचास कि पचपन आदमी साथ गए थे। दाह संस्कार के बाद सबको चाय-पानी कराया। लौटकर दसवां, तेरहवीं की। ब्राह्मणों को भोज दिया। दान-दक्षिणा दी। एक साल बाद बरसी की, जिसमें सौ आदमियों से कम ने क्या खाया होगा।

कहने को तो बड़े भाई भी थे। रस्म अदायगी के लिए आए भी। लेकिन क्या मजाल कि एक धेला खर्च किया हो, जबकि तनख्वाह मुझसे दूनी नहीं तो ड्योढ़ी तो होगी ही। घर का खयाल तो उन्होंने बाबू के ज़िंदा रहते नहीं किया तो माँ के मरने पर क्या करते!

शादी के छह महीने के भीतर ही घर छोड़कर चले गए थे। बाबू तब तक रिटायर हो चुके थे। कुंवारी बहन थी, जवान। लेकिन बाबू की भी तारिफ करनी होगी। उन्होंने एक ज़बान नहीं कहा कि घर छोड़कर क्यों जा रहे हो। बल्कि भाभी के दहेज का सारा सामान—जेवर-गहना, कपड़ा-लत्ता, बरतन-भांड़ा, एक-एक चीज़ गिना कर सहेजवा दी। माँ ज़रूर कुछ रोई-धोई, लेकिन बाबू ने उन्हें डपट दिया, 'जिस आदमी को अपनी तरफ से मां-बाप का खयाल नहीं, उस पर किसी के रोने-धोने का क्या असर पड़ेगा? मैं अभी ज़िंदा हूँ, एक लड़का भी अभी और है। सो तुम न रांड हुई हो, न निपूती। काहे की चिंता है तुमको?' माँ चुप हो गई। बड़े भाई ने झुककर माँ और बाबू के पैर छुए और सामान से लदे ट्रक पर बैठकर चले गए। क्या मजाल कि बाबू ने कभी उनका नाम भी लिया हो पलटकर।

मैं तो उस वक्त बी. ए. में पढ़ रहा था। बाबू की पेंशन से घर चलता था, लेकिन धीरे-धीरे दिक्कत पड़ने लगी तो वह एक दुकान पर मुनीमगिरी करने लगे। मैंने भी ट्यूशनें शुरू कर दीं। तब कहीं घर का खर्च चल पाया। मैं एम. ए. में था कि बाबू अचानक चल बसे। शाम को दिल का दौरा पड़ा। रात होते-होते प्राण त्याग दिए। पेंशन भी आधी रह गई, लेकिन मैंने हिम्मत नहीं हारी। और ट्यूशनें करने लगा। सुबह निकलता तो रात दस बजे लौटता। छह-छह, सात-सात ट्यूशनें एक वक्त में पढ़ाता था।

जवानी इसी तरह कट गई। जवानी क्या, बचपन में भी कभी कोई सुख नहीं भोगा। बाबू रेलवे में मामूली नौकर थे। तनख्वाह ही इतनी नहीं थी कि अलल्ले-तलल्ले होता। स्कूल जाते समय माँ बासी रोटी में घी-नमक लगाकर दे देतीं। वही खा कर चला जाता। जेबखर्च किस चिड़िया का नाम है, कभी जाना ही नहीं। बस, कभी चौथे-छठे पैसा कि अधन्ना मिल गया, उसी को गनीमत समझा। नहीं तो वही खाली हाथ हिलाते, कंधे पर बस्ता लादे चले जा रहे हैं। शुरू में पाठशाला में पढ़ा। नंगे पांव, बगल में तख्ती और हाथ में बुदक्का। उसके बाद स्कूल जाने लगा। दो मील से क्या कम रहा होगा, मगर किसी सवारी की बात मन में भी नहीं आई। हां, इंटर में पहुँचा, तब ज़रूर डरते-डरते माँ से कहा कि पिता से कहें कि साइकिल दिला दें। कॉलेज जाने में थक जाता हूँ। कॉलेज था भी खासा दूर। शुरू में पिता ने टाल दिया, लेकिन जब खुद देखा कि कॉलेज से आकर निढाल होकर बिस्तर पर पड़ा रहता हूँ तो माँ के बार-बार टोकने पर, साइकिल खरीद कर दी। वह भी सेकेंड हैंड, नीलामी वाली। तभी से इकन्नी तो कभी दुअन्नी मिलने लगी। लेकिन जेबखर्च के नाम पर नहीं बल्कि इसलिए कि रास्ते में कहीं साइकिल पंचर न हो जाए।

अब क्या-क्या बताऊं! कपड़ों का यह हाल था कि हाईस्कूल तक घर के धुले, बिना इस्तरी किए कपड़े पहन कर जाता था। ऊनी पैंट पहली बार बी. ए. में पहुँचने पर पहनी। कोट तब भी नहीं। कोट पहली बार तब बना, जब एम. ए. में था और कॉन्वोकेशन में बी. ए. की डिग्री लेने जाना था। तभी डेढ़ रुपये, कि बीस आने की एक सड़ियल टाई खरीदी। पहली बार। बांधना फिर भी नहीं आता था। एक लड़के से बंधवाकर गले में अटका ली।

सो, इस तरह जवानी कटी लेकिन बच्चों का शुरू से खयाल रखा कि किसी तरह का कष्ट न होने पाए उन्हें। साहबज़ादे की तो हर ज़िद पूरी की। दो-ढाई साल के रहे होंगे, तब से सूट पहन रहे हैं। बाटा के जूते, टाई और हैट। एक बार, मुश्किल से चार-पांच साल के रहे होंगे, एक दुकान पर ज़िद पकड़ ली कि फौजी सूट पहनेंगे जिसमें सीटी और कंधे पर सितारे लगे होते हैं। बेल्ट और नकली पिस्तौल होती है। सौ कि डेढ़ सौ का था। दिया खरीद कर। तीसरे दिन ही खोंच लगा लाए। पत्नी डांटने-डपटने लगी। मैंने कहा, 'जाने दो, बच्चा ही तो है। क्या समझेगा अभी?'

शुरू से अंग्रेज़ी स्कूल में भर्ती कराया। घर पर मास्टर लगाया सो अलग। क्या मजाल खाने-पीने में कोई कोताही रही हो। घी, दूध, मक्खन, अंडा, जैम,

जेली, सब कि भइया इससे ब्रेड खा लो, बेटे उससे खा लो। बेटे ने कहा, गाना गाकर खिलाओ तो गाना गा के खिलाया। बेटे ने कहा मुर्गा बनकर खिलाओ तो मुर्गा बन के खिलाया। जैसे बेटा खाएं, जैसे खुश रहें। के. जी. में भर्ती कराया, तभी से सवारी। पहले रिक्शा, फिर स्कूल की बस, उसके बाद साइकिल। मुश्किल से दो-चार साल चली होगी कि स्कूटर की डिमांड आ गई। नवें कि दसवें में पढ़ रहे थे उस वक्त। बहुत समझाया कि एक-दो साल साइकिल और चला लो तब ले देंगे; मगर नहीं, साइकिल नहीं चलाएंगे, स्कूटर चलाएंगे, वह भी बजाज। चलाओ भाई, काहे को कोई साध रह जाए? दी लाकर। तीन हज़ार कि कितना ब्लैक भरा। मुश्किल से दो साल चलाया होगा कि बोले, मोटर साइकिल लेंगे। 'क्यों भाई, स्कूटर में क्या हो गया?' 'कुछ नहीं, मुझे नहीं पसंद।' तबीयत तो आई कि एक कंटाप दें खींचकर, लेकिन चुप रह गए। जवान लड़के पर हाथ भी तो नहीं चला सकते। ठीक है। लो, मोटर साइकिल लो।

जेबखर्च तो जब से रुपया पहचानना शुरू किया, तभी से ले जाने लगे। शुरू में तीसरे-चौथे दर्जे तक चवन्नी-अठन्नी, तब रुपया। और आठवें कि नवें से तो जो चाहा, माँ से झटक लिया। कभी पांच, तो कभी दस। बी. ए. में तो बाकायदा बैंक एकाउंट खुलवा दिया कि साहबज़ादे बड़े हो गए हैं, हिसाब-किताब रखना, रुपया निकालना, जमा करना—सब सीख लें। कपड़ों का यह हाल कि आठवें दर्जे तक तो स्कूल की ड्रेस चली। दो-दो जोड़ी जूते। एक रेगुलर, काले, रोज़ के लिए। दूसरे सफेद, पीटी शू। उसके बाद तो फिर नवें में पहुँचे हैं कि आज जींस चाहिए, कल जैकेट चाहिए, परसों जूते खरीदने हैं। वह भी मामूली नहीं, बाटा कि लिबर्टी के। यह भी नहीं कि एक जोड़ी। दो-दो, तीन-तीन। गरज़ यह कि हर तरह के नखरे उठाए कि साहबज़ादे को किसी तरह की कमी का एहसास न हो।

अब तो खैर अपनी मर्ज़ी के मालिक हैं। नौकरी करते हैं। शादी होनी थी, सो मैंने कर दी। भगवान की दया से एक बच्चा भी है, लेकिन चाल-ढाल अभी भी वही हैं। कभी मर्ज़ी आई तो हज़ार-बारह सौ रुपए घर में दे दिए। नहीं तो उनकी बला से! उनको तो दो वक्त का खाना चाहिए, बस। घर क्या हुआ, होटल ठहरा। नौ बजे से पहले कभी सोकर नहीं उठे। उठते ही बेड टी और अखबार। उसके बाद साहब बाथरूम में। कंघा, शीशा, क्रीम, पाउडर—सब अंदर निबटाकर निकलेंगे। निकलते ही, 'कपड़े कहाँ हैं? 'जूते किधर हैं।' और साहब तैयार। लाइए, खाना दीजिए। घोड़ा तक रातिब खाता है तो आराम से जुगाली करके खाता है। लेकिन यहाँ? एक निगाह थाली पर, दूसरी घड़ी पर। जो ठूंसते बना, पेट में ठूंसा

और जूता चरमराते बाहर गैलरी में। मोटर साइकिल की गद्दी के नीचे से कपड़ा निकालकर एक हाथ इधर मारा, एक उधर और उसके बाद साहब घोड़े पर सवार, 'भट....भट...भट...' और साहब एक, दो, तीन। अब रात में लौटेंगे, दस किग्यारह बजे।

कितनी बार कहा कि भाई, दफ्तर से एक बार घर आ जाया करो। फिर भले चले जाओ। आजकल का ज़माना देखो। खुलेआम, दिनदहाड़े लूटमार के केस होते रहते हैं। ऐक्सीडेंट का यह हाल है कि कोई दिन ऐसा नहीं होता कि दो-चार मौतें न होती हों। दिमाग में तरह-तरह के डर बने रहते हैं। और फिर, मेरी बात एक बार छोड़ भी दो। कम-से-कम अपनी बीवी और बच्चे का खयाल तो करो। ढाई साल का है और बाप की शक्ल देखने को तरसता रहता है। जब पूछो, 'पापा कहाँ हैं?' कहेगा, 'ऑफिस गए हैं।' ऑफिस न हुआ साला जेल हो गया कि बिना जमानत पर छूटे बेचारे आएँ कैसे!

मेरी तो सारी उम्र किराए के मकान में कट गई। बीवी-बच्चों को मेरे बाद परेशानी न उठानी पड़े, इसलिए रिटायर होने से पहले ज़िन्दगी भर की जमा-पूंजी लगाकर मकान बनाया। दिन-दिन भर ऊंट की तरह गरदन उठाए धूप में खड़े हैं। चेहरा काला पड़ गया था। बालू, मौरंग, गिट्टी, ईंटा, चूना, लोहा, लकड़ी—कभी कुछ तो कभी कुछ। चले जा रहे हैं भागे। क्या भूख और क्या प्यास! शरीर आधा रह गया था। क्या मजाल कि साहब कहीं चले जाएं। क्रीज़ न बिगड़ जाएगी पतलून की? कभी मैंने कहा भी तो पढ़ाई का बहाना कर दिया। ठीक है भाई, मैं हूँ न भाग-दौड़ करने के लिए। तुमको क्या ज़रूरत? तुमको अलग कमरा चाहिए रहने के लिए? लो अलग कमरा। मकान बना ही इसीलिए है। तुम्हीं लोगों का है। लेकिन भाई, मकान भी देखरेख मांगता है। अब दस साल बने हो गए। और फिर आजकल सब सामान तो साला दो नंबर का मिलता है। सीमेंट तक दो नंबर का। मौरंग में मिट्टी। बालू में कचरा। सो भाई, टूट-फूट तो लगेगी ही। अब यह ज़ीने के नीचे जो प्लास्टर निकल रहा है, अभी एक महीने तक बित्ता भर उखड़ा था। अब एक हाथ हो गया। अब मुझसे तो बुढ़ापे में होता नहीं। कितनी बार कहा कि किसी दिन चले जाओ, बाज़ार से एक राज और मजूर पकड़ लाओ। बोरी, दो बोरी सीमेंट, बालू—जो लगे, वह ले आओ। जहां-जहां टूट-फूट है, ठीक करा लो। लेकिन नहीं। साहब बहादुर ने इस कान से सुना और उस कान से बाहर।

चलो भाई, माना इसमें कुछ मेहनत पड़ेगी कि एक आध दिन का वक्त लगेगा। फाटक में ताला मारने में कौन मेहनत लगती है? लेकिन नहीं। यह भी साहब बहादुर की शान के खिलाफ है। आएंगे तो बाहर से ही 'पीं-पीं' करेंगे।

कोई जाकर फाटक खोले तो साहब बहादुर 'फट-फट' करते मोटर साइकिल पर बैठे-बैठे अंदर घुसें। गैलरी से सीधे पोर्टिको में जाकर रुकेंगे। जिसकी गरज़ हो, वह फाटक बंद करे। दो-एक बार तो रात भर खुला पड़ा रहा। गनीमत है कि कोई कुछ उठा नहीं ले गया। और फाटक तो फाटक, एक बार तो कमरे का दरवाज़ा तक रात भर खुला पड़ा रहा। मैं सुबह चिड़ियों को दाना देने उठा तो देखता क्या हूँ कि कबूतर के डैनों की तरह दोनों पल्ले खुले पड़े हैं। मैं तो समझा कि आज लंबी चोरी ही गई। लेकिन ऊपर वाले की मेहरबानी कि कुछ गया नहीं।

पानी की मोटर तो कितनी बार रात-रात भर चलती रही। पूरे आंगन में पानी ही पानी हो गया। यही हाल पंखे-बिजली का है। चल रहा है पंखा तो चल रहा है। जल रही है बत्ती तो जल रही है। कोई वहाँ बैठा है या नहीं, इससे क्या मतलब? कूलर तो गर्मियों में चौबीसों घंटा चलता है। एक बार तो यहाँ तक हुआ कि साहब बहादुर बीवी-बच्चे समेत सिनेमा गए। कूलर चलता छोड़ गए। बाहर से कमरे में ताला। सो यह भी नहीं कि कोई और बंद कर दे। 'क्यों भाई, यह कूलर क्यों चलता छोड़ गए थे?' मैंने पूछा, तो बोले, 'बंद कमरा गरम हो जाता है। फिर कौन घंटा भर इन्तज़ार करे कि ठंडा हो।' ठीक है भाई। जो तुम कहो, सो ठीक। कौन बहस करे तुमसे? मैं तो यह जानता हूँ कि आधी ज़िन्दगी बिना कूलर के काटी है। बिजली ही नहीं थी घर में तो कूलर कहाँ से होता? और अब भी इस कूलर-फूलर से मुझे कुछ लेना-देना नहीं है। मज़े से खरहरी चारपाई पर पानी छिड़क कर सोता हूँ। बस, कलक यह होती है कि बिला वजह बिजली का तिगुना-चौगुना बिल भरा जाता है। वह भी टाइम से आता कहाँ है। अब पिछली बार क्या हुआ? पूरे साल का बिल, बारह हज़ार का, बनाकर भेज दिया। मैंने कहा कि ठीक करा लो नहीं तो बत्ती कट जाएगी। बोले, 'इसमें 'एन. आर.' लिखा है यानी रीडिंग के बिना ही बिल आ गया है। इसलिए बिजली नहीं कटेगी। एक आदमी से कह दिया है। अगली बार ठीक होकर आ जाएगा।' लेकिन अगली बार आया सत्रह हज़ार का। मैंने सोचा, इस तरह तो घर की कुड़की ही हो जाएगी। गया इस बुढ़ापे में बिजली कंपनी। घंटों लाइन में खड़ा रहा। धक्के खाए। इस बाबू के पास नहीं उस बाबू के पास जाइए। जे. ई. साहब से मिलिए। जे. ई. साहब हैं कि गूलर का फूल हो गए। सुबह गए तो शाम को आइए। शाम को गए तो कल आइए। किस्सा कोताह दस- पंद्रह दिन की भाग-दौड़ के बाद साढ़े नौ हज़ार का बिल बना। वह तो दस हज़ार का एक फिक्स्ड डिपॉजिट पड़ा था। उसे तुड़वा कर भरा, नहीं तो बिजली कट ही जाती।

बिजली तो बिजली, नल तक खुला पड़ा रहता है। बेसिन में हाथ धोया और नल खुला छोड़ दिया। बह रहा है साहब। जब तक टंकी खाली नहीं हो जाती, बहेगा। किचेन का नल तो एक महीने से बह रहा है। टोंटी की चूड़ियां मर गई हैं। सो, इस्तेमाल के बाद उसमें कपड़ा बांध दिया जाता है। अब लाख कपड़ा बांधो, पानी की धार भला रुकेगी उससे? यह नहीं होता कि एक नई टोंटी खरीद लाएं और रिंच ले के बदल दें। बेंत की कुर्सियों में कीलें निकल आई हैं। जो बैठता है, उसी के कपड़े फट जाते हैं। सो कपड़े फटना मंजूर, यह नहीं होगा कि प्लास लेकर सारी कीलें निकाल कर फेंक दें। उसकी जगह तार से कसकर बांध दें।

छेनी, हथौड़ी, रिंच, प्लास, पेंचकस—सब लाकर मैंने रखे थे, लेकिन सब पता नहीं कहाँ चले गए। वक्त पर कोई चीज़ मांगो तो मिलेगी ही नहीं। आखिर ढूंढ-ढांढ़कर सब औज़ार बक्से में बंद करके रखे, तब बचे। कम-से-कम डेढ़ दर्जन ताले रहे होंगे घर में, लेकिन एक फाटक का ताला छोड़कर, वह भी इसलिए कि रोज़ बंद होता है और ताले पता नहीं कहाँ गुम हो गए। दो-चार तो मुझे कबाड़ में पड़े मिले। मैंने पूछा, 'कुंजी कहाँ हैं इनकी?' तो जवाब मिला, 'यह तो ऐसे ही कितने दिनों से बिना कुंजी के पड़े हैं।' बहुत हल्ला किया मैंने, लेकिन कुंजी ढूंढे नहीं मिली। आखिर ताले वाले के पास ले जाकर नई कुंजियां बनवाईं मैंने। मुश्किल से पांच रुपयों में सब ताले ठीक हो गए। नया ताला लेने जाओ तो तीस रुपयों से कम में न आएगा, मगर यहाँ एक बार कह दिया गया, ताले खराब हो गए तो हो गए। फेंको सबको। ज़रूरत पड़ेगी तो फिर नए आ जाएँगे। पैसा बरबाद हो तो हो। ताले तो ताले, सिलाई मशीन पड़ी जंग खा रही है। दस-पंद्रह साल से ज़्यादा नहीं हुए होंगे खरीदे। किश्तों पर ली थी मैंने गुड़िया के सीखने के लिए। उसकी शादी हुई तो मैंने कहा, 'दे दो उसको। ले जाए अपने साथ', लेकिन सबने मना कर दिया, 'काहे को दे दो? इतना दहेज तो दिया है। मशीन की बात तय थी क्या पहले से, जो दे दें? घर में रहेगी तो काम आएगी।' सो यह काम आ रही है। पच्चीस बार मैंने कहा, 'ले जाकर दुकान पर दे दो, ठीक हो जाएगी।' लेकिन किसे फुरसत है? ज़रा-सा लिहाफ का खोल सिलवाना है, खिड़की-दरवाज़े के परदे बनने हैं, सोफे के लिए तकिये के खोल सिले जाने हैं, चला जा रहा है सब दरज़ी के यहाँ। दुगने-तिगुने दाम वसूल रहा है वह। लेकिन यहाँ किसको कलक है? यह तो बरतने-व्योपरने वाली चीज़ों का हाल है। अब सुनिए खाने-पीने की चीज़ों के बारे में। महीने भर के राशन की लिस्ट बनिये के यहाँ चली जाती है। वह जैसा उसकी समझ में आता है, घर पर दे जाता

है। तौल में तो पूरा होता ही नहीं होगा, क्वालिटी भी जो उसके पास है, वही मिलेगी। पुराने चावल की जगह नया दे जाएगा। दस मर्तबा टोको कि भाई, इसे वापस भिजवा कर बदलवा लो, तब कहीं बदलेगा, लेकिन इस बीच आधे से ज़्यादा इस्तेमाल हो चुका होगा। मंजन मंगाओ कॉलगेट, दे जाएगा कोई लोकल मेड। साथ में प्लास्टिक का एक सड़ियल मग पकड़ा जाएगा कि इसके साथ यह फ्री गिफ्ट भी है। अब एक तो गिफ्ट किसी मसरफ का नहीं और फिर मसरफ का हो भी तो क्या गिफ्ट के लिए सामान घटिया ले लिया जाएगा?

मेरे हाथों जब तक राशन आया, बाज़ार की मिल का आटा कभी नहीं आया। देख-पसंद करके बढ़िया गेहूँ 'के अरसठ' की किसी और अच्छी क्वालिटी का लाता था मैं। माँ के ज़माने में तो खैर गेहूँ बाकायदा धोया जाता था, लेकिन बीनने-पछोरने का काम उसके बाद तक चला है। इंटर में पढ़ता था, तब तक कंधे पर बोरी रखकर पिसाने ले जाता था। उसके बाद साइकिल पर। पिता की सख्त ताकीद रहती थी कि गेहूँ आँख के सामने पिसे। सो, खड़ा रहता था मैं चक्की के पास। लेकिन जब से साहबज़ादे राशन लाने लगे हैं, तब से गेहूँ देखने को आँखें तरस गईं। पिसा आटा आता है, बोरी में बंद। पता नहीं साला कितने दिनों पुराना हो। पीसने से पहले मशीनों से सब सत खींच लिया जाता है गेहूँ का। तभी तो चमड़े जैसी रोटी बनती है। लेकिन भाई, कौन कहे? एक बार कहा तो बोले, 'आप खाली ही तो बैठे रहते हैं। रिक्शे पर लदवाकर ले आया कीजिए गेहूँ। माँ साफ कर दिया करेंगी। पिसा लाया कीजिएगा।' मैं चुप रह गया।

सब्ज़ी का यह हाल है कि जो दरवाज़े पर बिकने आ गई, ले ली गई। सड़ी हो या गली। दाम ज़्यादा सो अलग। लेकिन साहब बहादुर इतनी तकलीफ गवारा नहीं कर सकते कि बाज़ार से जाकर ले आएं। अरे भाई, कौन रोज़-रोज़ जाना है? घर में फ्रिज है ही। चलता भी बारहों महीने है। सो, एक बार जाकर तीन-चार दिनों के लिए लाकर रख दो। ताज़ा सब्ज़ी, दाल और गरम-गरम फुल्के, घर के पिसे आटे के, उनकी बात ही और होती है। लेकिन नहीं साहब, किसी को फुरसत हो तब तो। बला से किसी के पेट में दर्द हो, अपच हो कि अफरन, पेचिश हो कि डायरिया, खाने-पीने का जो ढंग है, वही रहेगा। बीमार जिसको पड़ना हो पड़े। इलाज कराए, भुगते। एक यह मरा टीवी क्या आ गया है, जिसको देखो, वही उससे चिपका है। दाल चूल्हे पर चढ़ी है, कुकर की सीटी की आवाज़ कान में पड़ गई तो उठकर गैस धीमी कर दी, नहीं तो दाल जल रही है तो जले। दूध उबल रहा है, उबले।

घर की सफाई का आलम यह है कि पूरे घर में मकड़ी के जाले लगे हैं। छिपकलियां अंडे, बच्चे दे रही हैं। जहां देखो, कॉकरोच टहल रहे हैं। झींगुर फुदक रहे हैं। मक्खी-मच्छर तो खैर घर का हिस्सा बन ही गए हैं। महरी आती है, फर्श पर झाड़ू लगाकर चली जाती है। गंदे-संदे पानी से पोंछा मार देती है। लेकिन भाई, फर्श ही तो घर नहीं है। दीवारें और छतें भी तो हैं। यह भी सफाई मांगती हैं। न सही रोज़, हप्ते में एक दिन सही। बांस में ब्रश बांधकर सारे घर के जाले साफ कर डालो। फिनाइल डालकर सारा घर धो-पोंछ डालो। वह क्या होता है डी. डी. टी. कि फिनिट छिड़क दो। घर घर की तरह लगने लगे।

अभी उस दिन टीवी पर दिखा रहा था, धूल में बड़े-बड़े कीड़े होते हैं। 'डस्ट माइट' कि क्या नाम बता रहा था। नंगी आँखों से दिखाई नहीं देते। दूरबीन से देखो तो दिखेंगे। मज़े से सोफे की गद्दी के कवर को कुतर-कुतर कर खा रहा था। मुझे तो बड़ा ताज्जुब हुआ देख के। इसीलिए पहले तीज-त्यौहार, होली-दीवाली पर पूरे घर की लिपाई-पुताई होती थी। लेकिन अब तो त्यौहार के माने और गंदगी जमा होगी घर में। होली हुई तो फर्श और दीवारें सब रंग में पुती पड़ी हैं। दीवाली हुई तो जगह-जगह दीवारों पर मोम चिपका है। दो-चार किलो पटाखों का कचरा फैला पड़ा है। महीनों गंदगी जमा है।

अब देखो, बाथरूम के फ्लश की टंकी तीन महीने से चू रही है। जितनी देर सीट पर बैठो, बगल में पानी टपका करता है। दस मर्तबा टोक चुका हूँ कि किसी प्लंबर को बुलाकर दिखा दो। न हो तो नई टंकी लगवा लो। सीट पर बैठो तो सिर पर तो पानी टपकता ही है, दीवार में पानी भरता है सो अलग। लेकिन किसे फुरसत है?

ठीक है भाई, जो हो रहा है होने दो। कौन मुझे अपने साथ ले जाना है? बरस-दो बरस की ज़िन्दगी और रह गई है। किसी न किसी तरह कट ही जाएगी।

दो : बयान पुत्र

पापा शर्तिया सठिया गए हैं। रिटायर होने के छह-आठ महीने बाद तक तो ठीक रहे। उसके बाद पता नहीं क्या हो गया है, दिन भर, रात भर बड़बड़ाते रहते हैं। ज़रा-ज़रा-सी बात पर गुस्सा करने लगते हैं। कभी किसी पर बिगड़ रहे हैं तो कभी किसी पर। सबसे ज़्यादा नाराज़ तो मुझसे रहते हैं। शायद ही मेरी कोई बात उन्हें पसंद हो, जबकि आज तक मैंने कभी उनकी किसी भी बात पर, चाहे कितनी ही बुरी लगे मुझे, पलटकर जवाब नहीं दिया। सबसे बड़ी नाराज़गी तो

उनकी इस बात से है कि मैं दफ्तर से सीधे घर क्यों नहीं आता। कहते हैं, चिंता होने लगती है। सड़कों पर लूटमार और कत्ल होते रहते हैं, ऐक्सीडेंट होते रहते हैं। अब उन्हें कौन समझाए कि जल्दी आने से क्या बच जाऊंगा मैं? ऐक्सीडेंट होना होगा तो होके रहेगा, बल्कि देर से आने में तो फिर भी ऐक्सीडेंट की संभावना कम हो जाती है। उस समय सड़कों पर ट्रैफिक का इतना रश नहीं रहता, जितना ऑफिस छूटने के समय होता है। रही लूटमार की बात, सो दिन-दहाड़े होती है। रात में तो फिर लूटने वाला सोचेगा कि इस वक्त सन्नाटे में इतनी बेफिक्री से चला जा रहा है, इसके पास क्या होगा, जाने दो।

वैसे भी, आप बताइए, दफ्तर से सीधे घर आकर क्या करूं? इनकी झाड़ सुनूं? आटा पिसाऊं? सब्ज़ी लाऊं? इसी में सारी ज़िन्दगी बिता दूं? दुनिया भर मिल का पिसा हुआ आटा खाती है। आई. एस. आई. ब्रांड। बोरी में सीलबंद होकर आता है, लेकिन इनसे कौन झक लड़ाए? कहते हैं, यह आटा नुकसान करता है। मिलों में पीसने से पहले गेहूँ का सारा सत निकाल लिया जाता है। इसकी रोटी और चमड़े की रोटी में कोई फर्क नहीं होता। आंतों में चिपक जाती है। कई-कई दिन तक चिपकी रहती है। सारी दुनिया खा रही है। उसकी आंतों में नहीं चिपकती। इनकी आंतों में चिपक जाती है। सब्ज़ी दरवाज़े ली जाती है, उस पर भी नाराज़। कहते हैं, ठेले पर बासी सब्ज़ी मिलती है। अब बताइए? भला ऐसा होने लगे कि चार-चार दिन तक वही सब्ज़ी बेची जाए, तो बेचारे सब्ज़ी वाले कर चुके धंधा। हां, यह मानता हूँ कि पिछली शाम की या सुबह की सब्ज़ी हो सकती है। सो, सारी दुनिया खाती है। मैंने तो नहीं देखा कि खेत पर खड़े होकर कोई अपने सामने सब्ज़ी तुड़वाकर लाता हो।

लेकिन नहीं, ज़िद है कि वक्त से घर लौटो। अब मैं कुछ कह दूं तो बुरा मान जाएंगे। खुद घंटों-घंटों, बारह-बारह बजे रात तक शर्मा अंकल के दरवाज़े बैठे शतरंज खेला करते थे, सो भूल गए। तीन-तीन, चार-चार बार बुलाने जाता था मैं, तब उठते थे। बिगड़ने लगते थे, सो अलग। यही नहीं, माँ बताती हैं कि एक ज़माने में तो रात-रात भर गायब रहते थे। कोई भाटिया साहब थे। उनके घर पर पपलू कि फ्लश खेला करते थे। दो-एक बार तो पूरी तनख्वाह हार आए। कितनी बार तो पीकर लौटते थे। बिस्तर पर उल्टी कर देते थे, लेकिन अपना वक्त किसको याद रहता है? अब क्या-क्या बताऊं? माँ तो यहाँ तक बताती हैं कि बरेली ट्रांसफर पर गए थे तो वहाँ बगल में कोई कपूर रहते थे। एल.

आई. सी. में एजेंट थे। उनकी पत्नी पर फिदा थे। जब देखो, तब उनके यहाँ बैठे रहते थे। भाभीजी यह, भाभीजी वह। भाभीजी, आपके हाथ की बनी चाय के क्या कहने! आपके हाथ की तली पकौड़ियां, वाह!

सौ बार अपना हवाला दे चुके हैं कि बचपन में या लड़कपन में पैदल पढ़ने जाया करते थे। कभी कोई जेबखर्च नहीं मिला। बी. ए., एम. ए. तक सूट-टाई नहीं पहनी। जैम-जेली का नाम तक नहीं सुना था। मां, यानी मेरी दादी बासी रोटी में नमक लगाकर दे देती थीं, वही खाकर पढ़ने चला जाता था। तो भाई, आप यह ताना किसे मार रहे हैं? इसमें मेरा कोई कसूर है क्या? सही बात तो यह है कि वह ज़माना ही और था। उस समय जैम-जेली होती ही नहीं थी तो खाते क्या? जींस या जैकट का चलन ही नहीं था, सो पहनते कैसे? यही गनीमत थी कि घर से खा-पीकर जाते थे। न सही ऊनी पतलून, सूती तो पहनते ही थे। और पहले पैदा हुए होते तो गुरुकुल में पढ़े होते। लंबी-सी चुटिया रखे, लंगोटी लगाए, हाथ में डंडा-कमंडल लिए घर-घर भीख मांगकर आटा लाते, तब दो रोटी मिलतीं।

सबसे बड़ी उपलब्धि यह है कि मकान बनवा दिया। सौ बार यह बात कह चुके हैं। मेरा खयाल है, शाहजहां ने भी ताजमहल बनवाने के बाद इतनी बार यह बात न दोहराई होगी। लेकिन भाई, ठीक है। अगर आपको इससे संतोष मिलता है तो जाप कीजिए दिन भर इस बात का। लेकिन उनका महज यह मतलब नहीं है कि मकान बनवा दिया। उनके कहने का तात्पर्य यह है कि मकान बनवाकर मेरे ऊपर एहसान किया। अब अगर मैं पलटकर कह दूं कि मैंने कहा था मकान बनवाने के लिए तो बिगड़ उठेंगे। बाबा तो किराए के मकान में रहते थे। वह तो नहीं बनवा गए आपके लिए। आपने बनवाया ठीक किया। आप भी न बनवाते तो मुझे ज़रूरत पड़ती तो मैं बनवाता। और अगर न बनवाया होता मकान आपने तो क्या सड़क पर रह रहे होते हम लोग? सारी दुनिया क्या अपने बनवाए मकान में ही रहती है?

खैर, अब मकान बन गया तो बन गया। गिर तो जाएगा नहीं। हां, दसेक साल हो गए हैं बने तो थोड़ी-बहुत टूट-फूट ज़रूर लगी रहेगी। सो, हर मकान में होता है। लेकिन नहीं। ज़रा-सा प्लास्टर कहीं उखड़ा देख लेंगे तो सौ बार टोकेंगे। बिजली की रोशनी से लेकर सूरज की रोशनी तक में पच्चीस बार उसका मुआयना करेंगे। यही नहीं, सारे घर का प्लास्टर ठोक-बजाकर देखेंगे कि कहीं पोला तो नहीं पड़ रहा। ज़िद पकड़ लेंगे कि मिस्त्री पकड़ कर लाओ, मज़दूर पकड़ कर लाओ। फौरन ठीक कराओ। गोया कि दुनिया का सबसे ज़रूरी काम बालिश्त भर का

यह प्लास्टर ठीक करना ही है। इतनी फुरती तो, मैं समझता हूँ, पुरातत्व विभाग वाले बड़ी से बड़ी ऐतिहासिक इमारतों को ठीक कराने में भी न दिखाते होंगे।

चलिए साहब, यह तो प्लास्टर है कि जल्दी ठीक न हुआ तो और गिर जाएगा, और उनके तर्क के अनुसार, आज प्लास्टर गिरा है, कल ईंटें गिरेंगी, परसों पूरी दीवार गिर पड़ेगी। लेकिन मकड़ी का जाला लगने से तो मकान नहीं गिर पड़ेगा? मगर नहीं साहब, किसी भी कोने-अंतरे में जाला दिख गया तो पूरा मकान सिर पर उठा लेंगे। अब पत्नी भी क्या करे? सुबह उठते ही खटने लगती है। सबके लिए चाय बनाए, बच्चे की देखभाल करे, खाना पकाए, टिफिन तैयार करे, कपड़े धोए कि बांस लिए जाला साफ करती फिरे। माँ से तो हो नहीं सकता। वह वैसे ही गठिया से मजबूर हैं।

एक बार घर में एक चुहिया दिख गई। फिर क्या था? ज़िद पकड़ के बैठ गए कि चूहेदानी खरीद कर लाओ। लाया भाई मैं। लेकिन पंद्रह दिन तक चुहिया पकड़ में नहीं आई। सोलहवें दिन एक चुहिया फंसी। अब समस्या यह है कि इसे छोड़ा कहाँ जाए? नई कॉलोनी है। किसी के दरवाज़े छोड़ो तो झगड़ा करने लगे। आखिर मोटर साइकिल पर चूहेदानी रखकर चार किलोमीटर दूर रेलवे लाइन के किनारे ले जाकर छोड़ा। दूसरे ही दिन फिर एक चुहिया दिख गई। पता नहीं वही थी या दूसरी। मुझसे बोले, 'कहाँ छोड़ा था?' मैंने खीझकर कहा, 'जहां छोड़ा था, वहाँ छोड़ा था। अबकी पकड़ में आए तो आप खुद छोड़ आइएगा।'

छिपकलियों के पीछे पड़े रहते हैं। शुरू में तो डंडा मारते फिरते थे। उस चक्कर में दीवार पर लगी तस्वीर गिरा दी। हुसैन की पेंटिंग थी। रेअर। पूरे आठ रुपये बारह आने की लाया था। पच्चीस रुपये मढ़ाई दिए थे। छिपकली तो पता नहीं कहाँ चली गई, पूरा शीशा चकनाचूर हो गया। अब कौन इनको समझाए कि छिपकलियां इस देश में हैं तो हैं। ये जाने वाली नहीं हैं। खैर चलिए, मान लिया कि बहुत मेहनत करके छिपकली को एक बार आप भगा भी देंगे। लेकिन झींगुर का क्या करेंगे? वह तो कमबख्त दिखाई भी नहीं देता। किसी दराज़ कि सूराख में बैठा बोल रहा है। लेकिन उससे भी इनको शिकायत। अब कौन बताए इनको कि अमेरिका के व्हाइट हाउस तक में झींगुर घुस चुका है। वह कौन थीं फर्स्ट लेडी उस वक्त मैडम बुश कि रीगन, रात-भर नींद नहीं आई उनको। दूसरे दिन प्रेसीडेंट हाउस का सारा अमला झींगुर ढूंढ़ने में जुटा, तब कहीं तीन-चार घंटे की मुतवातिर मेहनत के बाद पकड़ में आया। सो, इतना प्रबंध तो मैं कर नहीं सकता कि डेढ़-दो सौ आदमी झींगुर पकड़ने में लगा दूं।

इधर कुछ दिनों से एक नया फिकरा ईजाद किया है कि यह घर नहीं है, कबाड़खाना है। अरे भाई, कौन-सा ऐसा घर है, वह भी हिंदुस्तान में, जहां दो-चार इधर-उधर की फालतू चीज़ें न हों। और सबसे बड़ा कबाड़खाना तो खुद खोले हैं। टीन के एक बड़े-से बक्से में पता नहीं क्या-क्या भरे रखे हैं। नट, बोल्ट, कील, पेंच, तार, जाली, पुराने कब्ज़े, बिना ताले की चाभियां और न जाने क्या-क्या। सड़क पर चलते कहीं कोई लोहे का टुकड़ा, छर्रा, गोली—कुछ भी पड़ा दिख गया, उठाकर ले आएंगे और अपने बक्से में बंद कर लेंगे कि कभी काम आएगा। एक और बक्से में हर तरह के औज़ार रखे हैं। स्क्रू ड्राइवर से लेकर रिंच, प्लास, छेनी, हथौड़ी तक। एक छोटी आरी भी ले आए हैं कहीं से। उसे भी उसी में बंद किए हैं।

एक बार सनकिया गए तो घर-भर में खोजबीन कर चार-पांच पुराने ताले निकाल लाए कहीं से। कहने लगे कि इन तालों की चाभियां कहाँ हैं। अब चाभियां कहाँ से आएं? बाबा आदम के ज़माने के ताले! पता नहीं कब से खराब पड़े होंगे। लेकिन नहीं, ज़िद पकड़ गए कि जब ताले घर में आए हैं तो उनकी चाभियां भी आई होंगी। कौन कहता है, नहीं आई होंगी। लेकिन चीज़ें खोती भी तो हैं। कहीं खो गई होंगी, मगर वह ज़िद पकड़े रहे। एक तरफ से सबको हलकान कर डाला। पूरे एक सप्ताह तक 'चाभी खोजो अभियान' चला। लेकिन चाभियां नहीं मिलनी थीं सो नहीं मिलीं। मगर यह कहाँ हार मानने वाले? बाज़ार जाकर चाभी बनाने वाले से चाभियां बनवाकर लाए। तब चैन पड़ी। तब से सारे ताले सहेज कर अपनी अलमारी में रखे हैं। मशीन में तेल डालने वाली कुप्पी पा गए हैं कहीं से। उसमें कड़वा तेल भरे रखे हैं। हर छठे-सातवें दिन सारे तालों में तेल डालकर उन्हें धूप दिखाते हैं। यही नहीं, सारे खिड़की-दरवाज़ों के कब्ज़ों, सिटकनियों और कुंडों में तेल डालते फिरते हैं। जो भी दरवाज़ा खोलता है, उसके कपड़ों में तेल लग जाता है, मगर किसकी मजाल जो कोई इनसे कुछ कह दे? कहे तो सुने, कि सिर पर नहीं उठाकर ले जाऊंगा मैं। मरूंगा तो सब यहीं छोड़ जाऊंगा। तब जो समझ में आए, करना। मुझसे अपनी आँखों बरबादी नहीं देखी जाती। इसीलिए हलकान होता रहता हूँ। सो भाई, किसी ने कहा आपसे हलकान होने को? जब इस बात का एहसास है कि सिर पर उठाकर नहीं ले जाओगे तो क्यों फंसे हो इस माया-मोह में? भगवत भजन में मन लगाओ। सुबह-शाम एक-दो घंटा बैठ के रामायण कि गीता का पाठ करो।

मगर नहीं, रात-रात भर उठकर टहलते हैं। हर खिड़की, दरवाज़ा ठोक-बजाकर देखते हैं कि बंद है कि नहीं। कभी कोई दरवाज़ा खुला रह गया तो दूसरे दिन

सुबह-सुबह सारा घर सिर पर उठा लेंगे, 'चोरी हो जाती तो?' अब उनसे कौन बहस करे कि आजकल चोरी-डकैती दरवाज़ा खुला रह जाने से नहीं होती। आजकल चोर कि डाकू पूरी योजना बनाकर, कॉलबेल बजाकर शान से आते हैं। सीने पर पिस्तौल रखकर सामान ले जाते हैं। अभी एक महीना भी नहीं हुआ इसी कॉलोनी में रात के ग्यारह भी नहीं बजे होंगे, भसीन साहब के यहाँ डकैती पड़ी थी। डाकू पूरा ट्रक साथ लेकर आए थे। रात भर सामान लदता रहा। सुबह चार बजे ट्रक स्टार्ट करके चले गए। भसीन साहब पूरे परिवार सहित घर में थे। सबको रस्सियों से बांधकर मुँह में कपड़ा ठूंस दिया था। सुबह जब महरी आई, तब चिल्ल-पों मची। लेकिन इनको कौन समझाए? इनका बस चले तो रोशनदान तक में ताला डलवा दें।

इधर पिछले कुछ दिनों से चिड़ियां चुगाने की आदत डाल ली है। सुबह उठते ही रसोई में घुस जाएंगे। रोटी वाला डिब्बा खोलकर उससे रोटी निकालकर मीस-मीस कर पूरे लॉन और गैलरी में फैला देंगे कि चिड़ियां आकर खाएंगी। चलिए भाई, खिलाइए रोटी। इसमें किसी को क्या एतराज हो सकता है? लेकिन इसमें भी फजीहत खड़ी होने लगी। रोटी अगर एक से ज़्यादा बची तो यह कि इतनी सारी रोटियां क्यों बरबाद की जा रही हैं। और अगर एक भी नहीं बची तो यह कि चिड़ियों को खिलाने तक के लिए रोटी नहीं बचती। अब बताइए साहब, इसका कोई इलाज है? इसी को कहते हैं चित भी मेरी, पट भी मेरी। यानी मुझको तो मीन-मेख निकालनी ही है, तुम जो भी करो। आखिर हारकर इनकी झांय-झांय बंद करने की गरज़ से मैंने पत्नी से कहा कि एक रोटी कटोरदान में छोड़कर बाकी किसी बरतन में छिपाकर फ्रिज में रख दिया करो। मगर साहब, इनकी निगाह से चीज़ें कहाँ बचने वालीं! यह तो सुबह उठते ही जैसे सारे घर की तलाशी लेने लगते हैं। आखिर एक दिन फ्रिज में छिपाकर रखी गई रोटियां इन्हें दिख ही गई। अब यह शिकायत तो पीछे पड़ गई कि इतनी रोटियां क्यों बचीं। नई शिकायत यह पैदा हो गई कि मुझसे बात छिपाई जाती है, ताकि मैं कुछ कहूँ नहीं। "करो बरबाद जितना करना है। पेट काट-काटकर मैंने यह गृहस्थी जोड़ी है। उड़ाओ सब मिलकर। लुटाओ दोनों हाथों से। फूंक डालो सब कुछ।"

अजब-अजब आदतें बना ली हैं। कपड़े-लत्ते की कोई कमी नहीं है। लेकिन इसके बावजूद, फटी तहमद पहने, नंगे बदन बाहर बरामदे में बैठे रहते हैं। इसी तरह सौदा लेने चले जाएंगे। कुछ कहो तो कहेंगे, गांधीजी भी तो लंगोटी पहनते

थे, उन पर किसी ने उंगली नहीं उठाई। वही पहने-पहने विलायत गए थे। वहाँ के राजा के साथ बैठकर खाना खाया था। अब कीजिए बहस! कर सकते हैं?

गरमी भर दो-दो कूलर चलते हैं लेकिन अंदर नहीं सोएंगे। बाहर खुले में लेटेंगे। वह भी बान की चारपाई पर। तीन-तीन फोल्डिंग हैं घर में। लेकिन उस पर नहीं लेटेंगे। बान की चारपाई पर ही लेटेंगे, वह भी बिना कुछ बिछाए। पानी में भिगोकर, नंगे बदन पड़े रहेंगे। कोई देखे तो यही कहेगा कि घर का नौकर होगा, तभी तो बेचारा बिना बिस्तर के पड़ा है।

एक और खब्त सवार रहती है। बिजली बेकार न हो। न हो भाई। इससे कौन असहमत हो सकता है? यह तो सरकार भी कहती है। रेडियो-दूरदर्शन पर विज्ञापन आते हैं, लेकिन अब ऐसा भी नहीं हो सकता कि आदमी बेडरूम से टॉयलेट जाए तो बत्ती-पंखा बंद करके जाए, कि घंटी बजने पर बाहर निकल कर देखने जाए तो कमरे की बत्ती गुल करके जाए। लेकिन इनका यही मतलब है कि एक सेकंड भी बत्ती बेकार न जले। किचन में दाल चढ़ाकर पकाने वाला कि पकाने वाली बाहर कमरे में सब्ज़ी काटने बैठे तो वहाँ की बत्ती गुल कर दे। फिर चाहे वहाँ बिल्ली टहले या छछूंदर। बाथरूम की बत्ती खुली देखेंगे तो दरवाज़ा खोलकर झांकने लगेंगे कि कोई अंदर है या ऐसे ही बत्ती जल रही है। जहां भी कोई बत्ती जलती देखी और किसी को वहाँ नहीं पाया, फौरन बत्ती ऑफ कर देंगे। पंखा चलता देख लिया कहीं और किसी को आसपास नहीं पाया, फौरन बंद कर देंगे। एक बार पानी की मोटर खुली रह गई। अब पता नहीं किसने खोली थी। बहरहाल, रह गई तो रह गई। मगर नहीं साहब, क्यों रह गई? हफ्तों इन्क्वायरी करते रहे। बस चलता तो जांच कमीशन बिठा देते।

बैठे-बैठे बेमतलब की चीज़ों से उलझते रहते हैं। उस दिन खामख्वाह का बखेड़ा खड़ा कर दिया। बाथरूम के फ्लश की टंकी कुछ दिनों से लीक कर रही थी। कास्ट आयरन की पुराने ज़माने की टंकी, कहीं हो गई होगी क्रैक। ऐसा नहीं कि मैंने नहीं देखा। आखिर मैं भी इसी घर में रहता हूँ, लेकिन अलादीन का चिराग तो किसी के पास है नहीं कि घिसा नहीं कि जिन्न हाज़िर, 'बोलिए मेरे आका, क्या हुक्म है?' 'टंकी ठीक करनी है भाई' 'लीजिए, हो गई।' प्लंबर को पकड़कर लाना पड़ेगा। वह देखेगा तब बताएगा कि क्या गड़बड़ी है। इसी में मरम्मत हो जाएगी कि बदलनी पड़ेगी। सो दो बार मैं जा चुका था, लेकिन ये प्लंबर आप जानते हैं, छोटे-मोटे कामों के लिए तो आसानी से राज़ी होते नहीं। सौ बार दाढ़ी में हाथ लगाओ, तब कहीं सत्तर नखरे करके आएंगे। वैसे, ऐसी

कोई आफत भी नहीं थी। टॉयलेट इस्तेमाल करने से पहले फ्लश कर दो या फिर टंकी का नल नीचे से बंद कर दो। और इस सबकी भी क्या ज़रूरत है? दूसरा टायलेट भी तो है घर में। उसको इस्तेमाल करो तब तक। मगर नहीं। हो गई खब्त सवार इनको कि टंकी ठीक होनी ही है। सो, इस बीच किसी दिन टीवी पर एम. सील का कोई विज्ञापन देख लिया। बस, फिर क्या था? बांधी तहमद और बाज़ार जाकर खरीद लाए एक पैकेट। घुस गए बाथरूम में स्टूल लेकर। तभी जाने क्या हुआ, स्टूल पर से पैर फिसला कि भगवान जाने क्या हुआ, नीचे आ रहे। तीन दिन से अस्पताल में पड़े हैं। एक्सरे हुआ तो पता चला, कूल्हे की हड्डी टूट गई है। ऑपरेशन करना पड़ेगा। लोहे की रॉड डाली जाएगी तब चलने-फिरने लायक होंगे। कम-से-कम पंद्रह हज़ार का फटका है। ऑफिस की क्रेडिट सोसाइटी और पी. एफ.—दोनों से लोन अप्लाई कर दिया है। मिल जाएगा तो ठीक, नहीं तो बीवी के ज़ेवर बेचने पड़ेंगे। बेचूंगा। और रास्ता भी क्या है?

तीन : बयान मां

आज इनको मरे पूरे छह महीने हो गए। आज ही के दिन, लगभग इसी समय इन्होंने प्राण तजे होंगे। अच्छे-भले स्ट्रेचर पर लिटाकर ऑपरेशन थियेटर में ले जाए गए, और लाश बाहर निकली। डॉक्टरों का कहना था कि हार्ट फेल हो गया। पहले से खराबी थी, इसीलिए ऐसा हुआ। अब भगवान जाने हार्ट फेल हुआ कि कोई कह रहा था बेहोशी की दवा ज़्यादा दे दी, जिससे होश ही नहीं आया।

पिंटू तो डॉक्टरों को मारने पर उतारू था। किसी तरह मान ही नहीं रहा था। उसका कहना भी ठीक ही था कि हार्ट पहले से चेक क्यों नहीं कर लिया। हार्ट कमज़ोर था तो ऑपरेशन के लिए थियेटर में ले क्यों गए? पहले हार्ट का इलाज हो जाता। नहीं तो न होता ऑपरेशन। उठ-बैठ न पाते, यही तो होता। ज़िंदा तो रहते। सबने उसको पकड़ लिया नहीं तो मारे बिना न छोड़ता वह डॉक्टर को। फंड से कि कहाँ-कहाँ से पैसा निकालकर फीस भरी बेचारे ने। पूरे दस हज़ार गिना कर रखा लिए, तब ऑपरेशन थियेटर में ले गए उन्हें। डॉक्टर क्या, जल्लाद हैं सब।

मुझे तो लाश देखते ही बेहोशी का दौरा पड़ गया था। पता नहीं कितने छींटे पानी के मारे लोगों ने? कोई इंजेक्शन भी दिया गया शायद। तब कहीं जाकर होश आया। देखा, सब लोग पिंटू को पकड़े खड़े समझा रहे हैं कि जिसको जाना

था, वह तो चला गया, अब फौजदारी से क्या फायदा? मौत पर किसी का बस आज तक चला है कि आज ही चलेगा? जिसकी मिट्टी जहां लिखी होती है, मौत उसको वहीं घसीट ले जाती है। इनकी मिट्टी ऑपरेशन थियेटर में ही लिखी थी। कहावत कही गई है, हिल्ले रोज़ी, बहाने मौत। नहीं तो न वह मरा विज्ञापन देखते टीवी पर और न स्टूल लेकर बाथरूम में टंकी ठीक करने जाते। जहां इतने दिनों से बह रही थी, कुछ दिन और बहती रहती। लेकिन मेरे भाग्य में तो रंडापा भोगना लिखा था। ज़िंदा थे तो अक्सर कहते रहते थे कि तुमसे पहले ही मर जाऊंगा मैं। मैं कहती, 'मरें तुम्हारे दुश्मन। तुम क्या मुझे रांड बनाना चाहते हो? ऐसे बुरे करम किए होंगे तभी तुम्हारी मिट्टी देखूंगी, नहीं तो औरत की मरजाद इसी में है कि सधवा मरे। मांग में सिंदूर और पांव में बिछुए पहनकर चिता पर चढ़े। नहीं तो औरत की ज़िन्दगी अकारथ है।' वह कहते, 'ये सब पुराने ज़माने की बातें हैं। आजकल औरतों के मरने से आदमी को ज़्यादा कष्ट होता है, आदमी के मरने से औरत को उतना नहीं होता। और फिर तुमको क्या चिंता? तुम्हारा जवान, कमाऊ बेटा है। बहू है, पोता है। तुमको हमारी कमी नहीं खलेगी। तुम मर जाओगी तो मुझे कौन पूछेगा? पिंटू को ही देख लो। एको बात मानता है मेरी? इतनी बार कहा, 'वक्त से घर आ जाया करो। घर की ज़िम्मेदारी समझो। सुनता है भला मेरी!' मैं समझाती, 'तुमको क्या करना? तुम अपनी दो जून की रोटी खाओ। चींटी, चिड़िया चुगाओ। सुबह-शाम बाहर टहलने निकल जाया करो। पोता बड़ा हो रहा है। उसे बिठाकर 'क' 'ख' 'ग' कि 'ए' 'बी' 'सी' 'डी' पढ़ाओ।'

बस, एक ही चिंता उनको खाये जा रही थी कि घर बरबाद हो रहा है। पिंटू उनकी बात पर ध्यान नहीं देता। इस कान से सुनता है, उस कान से निकाल देता है। कितनी साध से उन्होंने मकान बनवाया था। ज़रा-सा प्लास्टर उखड़ता था तो उनके कलेजे में हूक उठती थी। मैं समझाती रहती कि मकान में टूट-फूट तो लगी ही रहती है। वह कहते 'टूट-फूट लगी रहती है यह तो सही है लेकिन टूट-फूट ठीक भी तो होनी चाहिए। पिंटू को नहीं चाहिए कि इस तरफ ध्यान दे? चलो, खुद से न ध्यान दे, मेरे कहने से तो दे। मेरी उमर हो गई। अब इतना काम होता नहीं मुझसे। जल्दी थक जाता हूँ मैं।' मैं कहती, 'नहीं होता तो चुपा के बैठो, जैसा हो रहा है वैसा होने दो। पिंटू अभी जवान है। क्या समझे दुनियादारी? जवानी में कोई किसी चीज़ की परवाह करता है? तुम करते थे कि तुम्हारा बेटा करेगा? उसके खेलने-खाने के दिन हैं। दोस्तों के बीच बैठकर गपशप लड़ाता होगा, जैसे तुम लड़ाते थे। रात-रात भर ताश-पत्ता खेलते थे कि नहीं?' लेकिन

उनको यही चिंता खाये जा रही थी कि अभी से पिंटू का यह हाल है तो आगे तो भगवान ही मालिक है।

पता नहीं क्यों, जैसे-जैसे उनकी उमर बढ़ रही थी वैसे-वैसे माया-मोह भी बढ़ रहा था। स्वभाव भी चिड़चिड़ा होता जा रहा था। कोई कह रहा था कि शक्कर की बीमारी के मारे ऐसा था। उस बीमारी में आदमी को गुस्सा ज़्यादा आता है। जो भी हो, ऊपर से तो कभी कुछ पता चला नहीं कि शक्कर की बीमारी हैं, नहीं तो इलाज हो जाता। पिंटू को भी अफसोस है कि न शक्कर की बीमारी का पता चला पहले से, न दिल की कमज़ोरी के बारे में ही किसी डॉक्टर ने कभी कुछ बताया। आखिर छोटी-मोटी बीमारी में डॉक्टर को दिखाने जाते ही थे। उसको बताना चाहिए था कि नहीं? पहले से पता चलता तो जमकर इलाज हो जाता।

मुझको तो लगता है कि महंगाई खा गई उनको। हड्डी टूटना तो बहाना था। नहीं तो पैंसठ-छियासठ की कोई उमर होती है आजकल? रिटायर हुए थे तो कितने खुश थे। दफ्तर की विदाई पार्टी में यारों-दोस्तों ने ढेर सारे प्रेजेण्ट दिए थे। रिक्शे पर लदे-फंदे घर लौटे तो बोले, 'चलो, हो गई नौकरी। अब कुछ आराम करूंगा ज़िन्दगी में।' कितने लोग तो घर तक पहुँचाने आए थे। सभी कह रहे थे कि आज तक किसी को रिटायरमेंट पर इतने प्रेजेण्ट नहीं मिले, जितने इनको मिले थे। दूसरे ही दिन बाज़ार जाकर एक किलो बादाम लाए और गांधी आश्रम वाली शहद की शीशी। मुझसे बोले, 'लो, रोज़ शाम को चार-छह बादाम भिगो दिया करना। सुबह घिसकर शहद के साथ खाऊंगा।' मौसमी फल तो हर वक्त घर में बने रहते। हफ्ते में दो बार खुद जाकर गोश्त लाते। मुझसे कहते, 'खूब गलाकर पकाना। मसाला कम डालना। मसाला नुकसान करता है।' मैं बनाकर देती तो शौक से बैठकर खाते। कहते, 'जवानी तो झींकते बीती। बुढ़ापे में आराम करूंगा अब। भगवान की दुआ से इतनी पेंशन मिल जाती है कि किसी बात की कमी नहीं पड़ेगी। पिंटू एक बार न भी दे एको पैसा घर में, तो भी राम जी की किरपा से कमी न होगी।' लेकिन कमी होने लगी। धीरे-धीरे चीज़ों के दाम इयोढ़े, दूने, तिगुने हो गए। घर का खर्च जो ढाई-तीन हज़ार में चल जाता था, पांच हज़ार भी कम पड़ने लगे उसके लिए। सो, एक-एक कर खर्चे कम किए जाने लगे। पहले बादाम बंद हुए, फिर गोश्त, तब फल। सुबह जहां दही-जलेबी, ब्रेड-मक्खन और अंडे का नाश्ता होता था, वहाँ नमकीन-पूरी बनने लगीं। बाद में तो नाश्ता करना ही छोड़ दिया उन्होंने। मैंने कहा भी कि पूरी-परांठा अच्छा

न लगता हो तो तुम्हारे लिए अलग से अंडा कि मक्खन मंगा दिया करें। बस, बिगड़ उठे। बोले, 'बच्चा हूँ क्या मैं? और तुम क्या समझती हो कि इस मारे नाश्ता नहीं करता मैं, इस बूढ़े शरीर को अब और चाहिए क्या? कुछ भी खा लूं मैं, इस शरीर में अब कुछ लगने वाला नहीं, बल्कि नुकसान ही करेगा। इसीलिए कहते हैं कि बुढ़ापे में जितना कम खाए, उतना ही ठीक।' कपड़ों के बारे में भी मैंने कहा कि न हो तो खद्दर भंडार से ही दो-चार कुर्ते-पाजामे ले आओ अपने लिए। अच्छा लगता है कि तहमद पहने बाहर बैठे रहते हो? अब इतना टोटा भी नहीं है पैसों का कि नंगे-उघारे बैठे रहो। मेरी बात सुनकर एक क्षण चुप रहे। तब बोले, 'अब इस तन को और क्या चाहिए? कफन चाहिए, सो कोई न कोई डाल ही देगा।' 'क्यों ऐसी अशुभ बात मुँह से निकालते हो?' मैंने कहा तो बोले, 'मैं अब और ज़्यादा जिऊंगा नहीं। ज़्यादा से ज़्यादा चार-छह महीने या एक साल!'

सो, वह तो चले गए, मगर इधर पिंटू को पता नहीं क्या होता जा रहा है। उनके मरते ही जैसे उसके चेहरे की रौनक ही खत्म हो गई हो। जब देखो, तब गुमसुम बना बैठा रहता है। दफ्तर से सीधे घर आ जाएगा। कमरे में कुर्सी पर बैठा अखबार कि कोई किताब लिये पढ़ता रहेगा। कितनी बार मैंने कहा कि शाम को घूम-फिर आया करो कहीं, दोस्तों के यहाँ चले जाया करो, लेकिन क्या मजाल कि दफ्तर के अलावा कहीं चला जाए? हां, दूसरे-तीसरे थैला लटकाकर सब्ज़ी लेने ज़रूर जाता है। या फिर सुबह-सुबह दूध लेने चला जाता है। पहले घोसी घर पर दे जाता था। उसे मना कर दिया। कहने लगा, इसमें पानी मिला होता है। बात सही भी थी। अब दूध, दूध लगता है। एक अंगुल मोटी मलाई पड़ती है। नहीं तो पहले मलाई के नाम पर झाग भले निकाल लो चम्मच, दो चम्मच मलाई आँख आंजने भर को भी नहीं निकलती थी। मिल का पिसा आटा लेना भी बंद कर दिया है। महीने दो महीने पर बाज़ार से गेहूँ ले आता है। मैं बीन-पछोर देती हूं। पहली बार उसने देखा तो बहू पर बिगड़ने लगा कि चौधराइन बनी बैठी हो और मम्मी गेहूँ बना रही हैं। बहू तुरन्त भाग कर आई, लेकिन मैंने ही मना कर दिया कि इसी बहाने थोड़ा हाथ-पांव चला लिया करूंगी, नहीं तो गठिया ने तो पकड़ ही रखा है।

पिछले कुछ दिनों से एक और बात देख रही हूँ। रात में सोने से पहले नलों की टोंटियां देखता है कि बंद हैं कि नहीं। बाथरूम की वह मरी टंकी तो बदल ही गई है। रसोई के नल में भी नई टोंटी लगा दी है। कहीं कोई फालतू

बत्ती जल रही होगी कि पंखा चल रहा होगा तो बहू पर बिगड़ने लगेगा कि पैसा क्या पेड़ में लगता है, जो यह बेकार की बिजली फूंकी जा रही है? सब उन्हीं के लक्षण आते जा रहे हैं। अभी कल कि परसों की बात है, रात में कुछ खटपट हुई तो मेरी आँख खुल गई। देखती क्या हूँ कि दरवाज़ों के कुंडे-सिटकिनी टटोल रहा है कि ठीक से बंद हैं कि नहीं। मैंने देखा तो मेरा मन अंदर से कांप उठा। वह तो बुढ़ापे में यह सब करते थे। इसको क्या होता जा रहा है?

हे भगवान! दया करना!

निमाई दत्ता की त्रासदी

कभी-कभी मनुष्य किसी आवेश में आ कर या फिर अति उत्साह के कारण ऐसे निर्णय ले बैठता है जो कालान्तर में उसके लिए काफी कष्टदायक सिद्ध होते हैं। स्थिति तब और त्रासद हो जाती है जब मनुष्य इस तरह के निर्णय अपने जीवन के अन्तिम दौर में लेता है क्योंकि बढ़ती वय के कारण उसके पास उन्हें सुधारने का न तो समय होता है और न ही शक्ति। निमाई दत्ता के साथ ऐसा ही कुछ हुआ।

केन्द्र सरकार के एक कार्यालय में कनिष्ठ लिपिक के पद पर भरती होकर, पिछले तीस-बत्तीस वर्ष के कार्यकाल में दो-तीन पदोन्नतियाँ पाने के पश्चात् वह ऑफिस सुपरिण्टेण्डेण्ट के पद पर कार्य कर रहे थे। कॉलेज के दिनों में वह फुटबाल के अच्छे खिलाड़ी रहे थे। वर्षों अपने विद्यालय और तब विश्वविद्यालय में प्रवेश लेने के पश्चात वहाँ की टीम के कप्तान रहे थे। यह नौकरी भी उन्हें काफी हद तक इसी कारण मिली थी। उनके कार्यालय में राज्य स्तर के खिलाड़ियों के लिए कोई कोटा तो नहीं था किन्तु उन्हें नौकरी में वरीयता देने का प्रावधान था। और निमाई दत्ता ने कितनी ही अन्तर्प्रान्तीय प्रतियोगिताओं में अपने प्रान्त का चार वर्षों तक प्रतिनिधित्व किया था। एक वर्ष के लिए तो वह स्टेट की टीम के कप्तान भी रहे थे।

नौकरी में आने के बाद उनका फुटबाल खेलना धीरे-धीरे काफी कम और अन्ततः बन्द हो गया। इसका मुख्य कारण यह था कि उनके कार्यालय में खेल के नाम पर अभ्यर्थियों की भरती तो हो जाती थी लेकिन उन्हें अपने क्षेत्र में बढ़ावा देने के लिए सुविधाएँ लगभग शून्य थीं। बल्कि ऐसे लोगों को उनके सहयोगी प्रायः हीन दृष्टि से देखते थे। कुछ दकियानूसी किस्म के लोग तो कभी-कभी इस तरह का व्यंग्य भी कर देते थे कि यह फुटबाल में शॉट लगाना या मैदान में कलाबाज़ी खा कर गोल करना नहीं है। यह नोटिंग-ड्राफ्टिंग है। इसके लिए मज़बूत खोपड़ी नहीं, तेज़ दिमाग चाहिए।

सो, निमाई दत्ता का फुटबाल खेलना बन्द हो गया। लेकिन खेलकूद से उनका लगाव फिर भी बना रहा। अब उन्हें बॉडी बिल्डिंग का शौक लगा और वह नित्य प्रति सुबह-शाम जिम जा कर कसरत करने लगे। मगर यह भी बहुत दिन नहीं चला। एक तो उनका विवाह हो गया और दूसरे इस देश में सरकारी कार्यालयों में जो वातावरण है उसमें इस तरह की रुचियों की असमय हत्या करने की अद्भुत क्षमता है। निमाई दत्ता को भी देर-सबेर इसका शिकार होना ही था और वह जाने-अनजाने बाबूगीरी और घर-गृहस्थी के दोहरे पाटों के बीच फँसकर बँधे-बँधाये साँचे में ढल गए। फुटबाल में जीती गई उनकी ट्रॉफियाँ ज़रूर काफी दिनों तक उनके ड्राइंग-रूम में अलमारी की शोभा बढ़ाती रहीं। दशहरा-दीवाली जैसे अवसरों पर उनकी झाड़-पोंछ कब बन्द हुई और कब धूल खाते-खाते गन्दी हो कर सारी ट्रॉफियाँ अलमारी से निकलकर कबाड़ के बक्से में पहुँच गईं, निमाई दत्ता को इसका पता भी नहीं चला।

निमाई बाबू का परिवार बड़ा नहीं था। पत्नी और एक बेटा, बस। सो उनकी ज़िन्दगी आराम से कट रही थी। लड़का, जिसका नाम उन्होंने परितोष रखा था, पढ़ने में काफी तेज़ था। पत्नी घर-गृहस्थी के काम में निपुण तो थी ही (बढ़िया मांस और मछली का लाजवाब झोल पकाती थी) रवीन्द्र संगीत में भी उसे रुचि थी। थोड़ा-बहुत गा लेती थी और बहुत बढ़िया नहीं तो काफी कुछ गनीमत सितार बजा लेती थी।

तभी जब परितोष इण्टरमीडिएट में पहुँचा तो उसकी पत्नी अकसर बीमार रहने लगी। उसके पेट में दर्द बना रहता, खाना ठीक से हज़म नहीं होता और कभी-कभी दर्द उठने के साथ उलटी भी हो जाती। डॉक्टरों ने उसके पेट में ट्यूमर होने का सन्देह किया और निमाई बाबू को उसका ऑपरेशन कराने की सलाह दी। उनकी पत्नी ऑपरेशन से बहुत घबराती थी। निमाई बाबू के लाख समझाने के बावजूद वह इसके लिए राज़ी नहीं हुई। अतः ऑपरेशन टलता रहा। दवा ज़रूर चलती रही मगर उससे कुछ फायदा नहीं हुआ और कुछ ही दिनों में उसकी हालत बद से बदतर हो गई। विवश हो कर निमाई बाबू ने और बड़े डॉक्टरों को दिखाया। ट्यूमर इस बीच काफी बढ़ गया था और ऊपर से टटोलने पर ही महसूस होने लगा था। डॉक्टर को मैलिग्नैंसी यानी कैंसर का सन्देह हुआ। उसने बाइऑप्सी की सलाह दी। कैंसर का नाम सुनते ही निमाई बाबू घबरा उठे। उन्होंने डॉक्टर के बताये अनुसार ट्यूमर की बाइऑप्सी कराई। नीडिल बाइऑप्सी, यानी सुई को पेट में घुसेड़ कर उसमें जितना मांस आ सका, उसे निकाल कर उसका परीक्षण

किया गया। रिपोर्ट पॉज़िटिव निकली। अब निमाई बाबू के पास कोई विकल्प नहीं रहा। वह पत्नी को ऑपरेशन के लिए बम्बई के टाटा इन्स्टीट्यूट ले गए। वहाँ के डॉक्टरों ने उनकी पत्नी का पेट खोला तो कैंसर काफी बढ़ चुका था। बिना कुछ किये उन्होंने पेट दोबारा सिल दिया और मरीज़ को दो-चार दिन अस्पताल में रखने के बाद निमाई बाबू को पूरी स्थिति से अवगत करा कर तथा अपनी यह राय बता कर कि उनके अनुसार उनकी पत्नी का शेष जीवन छह या आठ महीनों से अधिक नहीं है, उसे अस्पताल से छुट्टी दे दी। निमाई बाबू को बहुत सदमा हुआ लेकिन उन्होंने अपने हृदय की बात अपने चेहरे पर नहीं आने दी और पत्नी को बिना कुछ बताये, बल्कि यह कह कर कि ऑपरेशन ठीक-ठाक हो गया है, उसे वापस ले आए।

ऐसी बात मगर छिपी कहाँ रहती है? पत्नी को तो सन्देह हुआ ही, उनके बेटे परितोष को भी इसकी जानकारी हो गई। वह उस वर्ष आई.आई.टी. की प्रवेश परीक्षा की तैयारी कर रहा था। इस विचार से कि कहीं उसकी तैयारी पर प्रतिकूल प्रभाव न पड़े, उन्होंने उसे बुला कर समझाया कि जीवन-मरण ईश्वर के हाथ में होता है और फिर डॉक्टरों ने अभी उम्मीद नहीं छोड़ी है, दवा चल रही है, जो वास्तव में चल रही थी, सो तुम अपनी पढ़ाई पर ध्यान दो। जो होगा वह देखा जाएगा। परितोष की आँखों में आँसू आ गए लेकिन उसने कुछ कहा नहीं। जेब से रूमाल निकाल कर अपने आँसू पोंछे और वहाँ से चला गया।

संयोग से जिस दिन परितोष प्रवेश परीक्षा का पहला पेपर दे कर लौटा उसी शाम उसकी माँ की मृत्यु हो गई। शेष परीक्षा देने का उसका मन नहीं था लेकिन निमाई बाबू के समझाने से उसने पूरा परीक्षा दी और अच्छे नम्बरों से पास हो गया। उसका दाखिला आई.आई.टी. में हो गया और वह कम्प्यूटर इंजीनियरिंग की शिक्षा लेने बम्बई चला गया।

निमाई बाबू अकेले रह गए। उस समय उनकी आयु सैंतालिस-अड़तालिस के आस-पास रही होगी। इतनी आयु के बावजूद उनके पास दूसरे विवाह के लिए प्रस्ताव आने लगे। लेकिन उन्होंने हँस कर टाल दिया। "अब इस घर में बहू आने का समय है, पत्नी का नहीं," उन्होंने कहा।

अपने अकेलेपन के इस दौर को निमाई बाबू ने बहुत शान से जिया। किसी तरह का कोई व्यवधान उनके नियमों में नहीं आया। हाँ, यह परिवर्तन अवश्य हो गया कि अब वह अपना भोजन स्वयं बनाने लगे। शुरू में उन्हें कुछ कठिनाई

हुई। कभी चावल गीला रह जाता तो कभी बर्तन की पेंदी में चिपक कर जल जाता। यही दाल के साथ होता। कभी कच्ची रह जाती तो कभी जल कर कोयला हो जाती। रोटी बेलना भी एक समस्या थी। उनकी लाख कोशिशों के बावजूद वह कभी गोल नहीं बनी। मांस जब उन्होंने पहली बार पकाया तो कुकर की सीटी में वेट लगाना भूल गए। मसाला, प्याज़, चिकनाई आदि डाल कर उसे गैस पर चढ़ा दिया और दूसरे कमरे में बैठ कर अखबार पढ़ते हुए कुकर की सीटी बोलने की प्रतीक्षा करने लगे। सीटी तो नहीं बोली हाँ, कुछ देर में मांस जलने की गन्ध ज़रूर आने लगी। मगर वह यह नहीं समझे कि मांस उनकी रसोई में जल रहा है। वह अपनी बालकनी का दरवाज़ा खोल कर बाहर सड़क पर झाँकने लगे कि यह गन्ध कहाँ से आ रही है। गन्ध उनके पड़ोस तक पहुँची और उनके पड़ोसी ने उनसे आवाज़ दे कर पूछा, "क्या पका रहे हैं निमाई बाबू?"

निमाई बाबू ने कुछ हीला-हवाला करना चाहा लेकिन फिर बता दिया। 'मांशु', उन्होंने कहा।

"मेरा खयाल है, जल रहा है," उनके पड़ोसी ने कहा तो निमाई बाबू को विश्वास नहीं हुआ। सीटी तो बोली नहीं, जलने कैसे लगेगा? उन्होंने रसोई में आ कर देखा। कुकर गैस पर रखा था और गैस जल रही थी। मांस जलने की गन्ध भी आ रही थी। उनकी समझ में नहीं आया कि ऐसा कैसे हो रहा है। कुकर वह इसलिए खोलना नहीं चाह रहे थे कि सीटी अभी बोली नहीं अतः मांस पका नहीं होगा। लेकिन गन्ध काफी तेज़ थी और इसमें भी कोई सन्देह नहीं था कि वह उनके कुकर से ही उठ रही थी। अतः उन्होंने कुकर का ढक्कन खोल कर देखा। सारा पानी भाप बन कर उड़ चुका था। मांस जल कर बुरी तरह काला पड़ गया था। निमाई बाबू की समझ में नहीं आया कि ऐसा क्यों हुआ। बहुत सोच-विचार करने पर भी वह किसी नतीजे पर नहीं पहुँच पाये। दूसरे दिन ऑफिस में लोगों से ज़िक्र किया तो उन्होंने कहा कुकर की सीटी में कुछ खराबी रही होगी। हो सकता है, उन्होंने सोचा। शाम को घर आ कर देखा तो समझ में आया कि सीटी के सुराख पर वेट तो लगा ही नहीं था।

जब तक पत्नी जीवित थी तब तक महरी लगी हुई थी। उसकी मृत्यु के साथ उन्होंने उसे भी हटा दिया। इसके पीछे दो कारण थे। एक तो यह कि कौन उसे ताकेगा। महरी की छोटी-मोटी चीज़ें चुरा कर ले जाने की घटनाएँ उनकी पत्नी के जीवित रहते ही हो चुकी थीं। अब तो उसे और छूट मिल जाती। लेकिन यह कारण गौण था। उन्होंने ऐसे दो-एक केस देखे थे कि इस आयु में विधुर

होने पर लोग घर की महरी या महराजिन के मोहपाश में फँस गए और वह घर की मालकिन बन बैठी।

इस तरह जीवन में फूँक-फूँक कर कदम रखने वाले आदमी थे वह। अपने लड़के को छोड़ कर किसी के प्रति लगाव नहीं था उन्हें। लड़का छुट्टियों में घर आता तो उसे अपने नियमों के विरुद्ध, रोज़ मांस-मछली पका कर खिलाते। लड़का था भी बहुत योग्य। कोर्स पूरा करने से पहले ही उसके पास नौकरी के ऑफर आने लगे। लेकिन उसने सब ऑफर ठुकरा दिये और डॉक्टरेट करने के लिए स्टेट्स जाने की इच्छा व्यक्त की। निमाई बाबू उसकी शादी करके घर में बहू लाना चाहते थे लेकिन फिर उसकी इच्छा का सम्मान करते हुए उसे स्टेट्स जाने की अनुमति दे दी।

बेटा वहाँ गया तो वहीं का हो कर रहा गया। पढ़ाई पूरी करने के बाद उसने वहीं नौकरी कर ली। और नौकरी ही नहीं, विवाह भी कर लिया। और वह भी किसी विदेशी लड़की से। निमाई बाबू को तब पता चला जब विवाह हुए दो-चार महीने हो चुके थे।

सूचना बेटे ने ही दी लेकिन बिल्कुल सरसरी तौर से, कुछ इस तरह जैसे नया सूट सिलवाया हो उसने या नया टी.वी. सेट खरीदा हो। निमाई बाबू को उसका पत्र पढ़ कर सहसा कुछ सदमा-सा लगा। परितोष के विवाह को लेकर उनके मन में ढेर सारे सपने थे। बहू-भात कहाँ देंगे, लोगों को क्या खिलाएँगे— यह तक उन्होंने तय कर रखा था। उन्हें लगा, जैसे किसी ने उसके सपनों को काँच के किसी खिलौने की तरह ज़ोर से ज़मीन पर पटक दिया हो। लेकिन वह जल्दी ही इस सदमे में उबर आए। परितोष यहाँ रह कर किसी भारतीय लड़की से विवाह करता तो भी कौन उसके साथ रहता? पत्नी को ले कर जहाँ नौकरी लगती वहाँ चला जाता, और अगर यहाँ रहता भी तो पढ़ी-लिखी बहू रसोई में तो खटती नहीं कि उनके लिए दिन में चार मरतबा चाय बना रही है या उनकी पसंद की सब्ज़ी लेने बाज़ार चली जा रही है। उन्होंने परितोष को बधाई का पत्र भेजते हुए लिखा कि वह अपना और बहू का साथ लिया गया एक चित्र उन्हें भेज दे। यही नहीं, उन्होंने अपने कार्यालय में भी लोगों को इसकी जानकारी दी और पूरे सेक्शन में मिठाई बँटवाई।

अकेले तो उन्हें रहना ही था, यह वह जानते थे लेकिन बेटा यहाँ रहता तो जीने का कुछ और ही अर्थ होता। उनका मन बुझ-सा गया। मशीन की तरह वह अपना सारा काम निपटाते और रात को चुपचाप बिस्तर पर पड़ कर सो जाते।

जैसा कि उन्होंने लिखा था, बेटे ने उन्हें अपना और अपनी पत्नी का एक साथ खींचा गया चित्र भेज दिया। निमाई बाबू ने उसे देखा तो उन्हें परितोष पर बहुत तरस आया। लड़की का रंग ज़रूर गोरा था, जो उसके अमरीकी होने के नाते होना ही था, लेकिन बाकी नाक-नक्श साधारण से भी गए-बीते थे। चिपटा सा मुँह, छोटी-छोटी आँखें और लम्बोतरा चेहरा। उस पर जिस तरह दाँत निकालकर वह चित्र में बेशर्मी से हँस रही थी वह उन्हें और भी फूहड़ लगा। परितोष ने लिखा था कि जिस कम्पनी में वह काम करता है वह भी उसी कम्पनी में उसकी मातहती में काम करती है। क्या काम करती है, यह उसने नहीं लिखा था। लेकिन उसकी तारीफ बहुत की थी। लिखा था कि बिलकुल भारतीय पत्लियों की तरह उसकी सेवा करती है। चाय, नाश्ता, भोजन आदि बना कर खिलाती है। मशीन में कपड़े धोती है। सारे घर की देखभाल करती है। काफी समझदार और बुद्धिमान है। निमाई बाबू को मन-ही-मन हँसी आई। नाश्ता और कपड़े धोने का काम तो कोई नौकरानी भी कर लेती। इसके लिए उससे शादी करना तो ज़रूरी नहीं होता। हाँ, बुद्धिमान ज़रूर होगी बल्कि चालाक, नहीं तो उनके हीरे जैसे बेटे को कैसे अपने बस में कर लेती। निमाई बाबू ने तस्वीर किसी किताब में डाल दी। दो-एक बार उसे निकाल कर देखा तब उसके बारे में भूल गए। कुछ दिनों बाद परितोष का दूसरा पत्र आया। उसने लिखा था कि उसकी कम्पनी द्वारा उसकी पोस्टिंग टैक्सास में कर दी गई है। काफी बड़ा फ्लैट दिया है उन लोगों ने, नई गाड़ी दी है। अपनी गाड़ी उसने बेच दी है। कम्पनी की गाड़ी चलाता है। पदोन्नति भी हो गई है उसकी। नये ऑफिस का होल-सोल इंचार्ज है वह। साथ ही, उसने यह भी लिखा था कि वह चाहता है कि एक बार वह यहाँ आ कर घूम जाएँ, जब भी आना चाहें, उसे एक महीना पहले सूचित कर दें। वह उन्हें हवाई जहाज़ का टिकट भेज देगा। कम्पनी से छुट्टी ले लेगा ताकि उनके साथ रह कर उन्हें घुमा सके। निमाई बाबू का मन नहीं था जाने का। विवाह रचाते समय पिता की याद नहीं आई। अब कहता है, यहाँ आ कर घूम जाइए। किसलिए? घूमने-फिरने के लिए और जगहें नहीं हैं क्या? और फिर यह उनकी घूमने-फिरने की उमर है? लेकिन अन्ततः पुत्र के प्रति हृदय में छिपा उनका स्नेह जागा। तीन वर्षों से ऊपर हो गए थे उसे देखे। पता नहीं अब कैसा हो? सही-गलत—जो किया सो किया, कहलाएगा तो उनका बेटा ही। निमाई बाबू का मन पसीज गया। अपने एक परिचित के ज़रिये पासपोर्ट बनवा कर उन्होंने ऑफिस में छुट्टी की दरखास्त

दे दी और बेटे को अपने आने की सूचना। टिकट के लिए उन्होंने उसे मना कर दिया।

स्टेट्स जा कर उन्हें प्रसन्नता ही हुई। बिल्कुल नई दुनिया थी वह। उसे देख कर समझ में आता है कि यह देश कितना पिछड़ा है। बेटे ने भी उनकी खूब आवभगत की। छुट्टी लेकर उनको पूरा अमरीका घुमाया। बहू भी चित्र में देखने पर जो धारणा उनकी बनी थी, उससे कई गुना बेहतर लगी। परितोष के साथ एयरपोर्ट पर साड़ी बाँधकर उन्हें रिसीव करने आई और बिल्कुल भारतीय बहुओं की तरह हाथ में आँचल दबा कर उनके पैर छुए। जब तक वह वहाँ रहे उनके खाने-पीने का हर तरह से खयाल रखा उसने। ज़ाहिर है, भारतीय बंगाली स्त्रियों की तरह मांस या मछली तो नहीं पका सकती थी वह। इसका रिवाज भी नहीं था वहाँ। अधिकतर लोग डिब्बा बन्द भोजन ही खाते थे। फिर भी जो कुछ उससे बन पड़ा, उसने किया। यह बात और है कि परितोष ने उसे समझाया हो इस बारे में कि बाबा को कौन यहाँ अधिक दिन रहना है। जब तक हैं तब तक निभा दो। इसीलिए कर्तव्य समझ कर एक महीना उनकी सेवा कर दी हो। यहाँ आ कर, यहाँ के माहौल में रह कर, इस तरह सेवा करे उनकी तो समझ में आए, लेकिन यहाँ आने का सवाल ही नहीं था। बातों ही बातों में उन्हें परितोष से पता चला कि उसने वहाँ की नागरिकता ले ली है। कुछ दिनों के लिए घूमने-फिरने तो वह आ सकता है लेकिन स्थायी तौर पर भारत आ कर रहना उसके लिए अब सम्भव नहीं है। निमाई बाबू खामोश रह गए।

वहाँ से लौटते समय परितोष ने उन्हें एक ओवरकोट भेंट किया। ओवरकोट काफी अच्छा और निश्चय ही काफी कीमती था। निमाई बाबू ने मना करना चाहा। 'इतनी सर्दी वहाँ कहाँ पड़ती है?' उन्होंने कहा, 'रखे-रखे दीमक ही खाएँगे।' परितोष ने फिर भी ज़िद की तो उन्होंने उसे रख लिया। भारत लौट कर उन्हें लगा जैसे वापस अपनी दुनिया में लौट आए हों। एक महीने में ही वहाँ की भागम-भाग ज़िन्दगी से उनका जी भर गया था। धीरे-धीरे वह फिर अपने रोज़मर्रा के जीवन में लौट आए और रेशम के कीड़े की तरह अनजाने ही अपने चारों ओर एकान्त का खोल बुनने लगे।

उन्हीं दिनों उनके ऑफिस में नए भर्ती कुछ युवकों ने जिनमें उत्तराखण्ड के दो-चार उत्साही लड़के भी शामिल थे, पर्वतारोहण की एक संस्था बनाई। उनमें से एक केदार सिंह मारतोलिया, ने कुछ दिनों तक पर्वतारोहण का प्रशिक्षण लिया था। वही इस संस्था का प्रेरणास्रोत था। ऐसी संस्थाओं के लिए सरकार से जो

सुविधाएँ मिलती हैं उनकी उसे पूरी जानकारी थी। इस सम्बन्ध में सबसे बड़ी सुविधा यह थी कि पर्वतारोहण के किसी भी कार्यक्रम को नई दिल्ली स्थित भारतीय पर्वतारोहण संस्थान द्वारा स्वीकृति मिल जाने पर उस कार्यक्रम में भाग लेने वाले सभी कर्मचारियों को विशेष अवकाश मिलने का प्रावधान था। यही नहीं, पर्वतारोहण में काम में आने वाला सामान जैसे रकसैक, स्लीपिंग बैग आदि भी नाममात्र के किराये पर पर्वतारोहण संस्थान से मिल जाता था। इस सब काम के लिए उन लोगों को लिखा-पढ़ी करने वाले एक योग्य व्यक्ति की आवश्यकता थी, जिसके लिए उन्होंने निमाई बाबू को चुना। वह बड़े-बुजुर्ग आदमी थे। दो-एक वर्ष में नौकरी से अवकाश प्राप्त करने वाले थे। ऑफिस में सभी उनका सम्मान करते थे। अकेले होने के नाते उनके पास समय की कमी भी नहीं थी। स्पोर्ट्समैन की पृष्ठभूमि होने के कारण यह आशा भी की जा सकती थी कि उन्हें इस कार्य में रुचि होगी। यही सब सोच कर उन लड़कों ने निमाई बाबू को अपनी संस्था का अध्यक्ष बनाने का प्रस्ताव रखा। निमाई बाबू ने कुछ हीला-हवाला करना चाहा। लेकिन उन युवकों ने उन्हें राज़ी कर लिया। निमाई बाबू ने भी सोचा चलो ठीक है, इस तरह कुछ समय ही कट जाया करेगा और वह पर्वतारोहण संस्था के अध्यक्ष बन गए।

संस्था द्वारा पहला कार्यक्रम जोहार क्षेत्र में मुनस्यारी से मिलम ग्लेशियर तक साठ-पैंसठ किलोमीटर के पर्वतारोहण का बना जिसमें पाँच दिन जाने और पाँच दिन आने की कुल दस दिनों की पैदल यात्रा और समुद्र तल से सात हज़ार से लेकर लगभग बारह हज़ार फुट तक की चढ़ाई शामिल थी। कार्यक्रम निश्चित हो जाने के बाद निमाई बाबू ने उसकी स्वीकृति के लिए अखिल भारतीय पर्वतारोहण संस्थान को पत्र लिखा और तब, वहाँ से स्वीकृति मिल जाने पर अपने केन्द्रीय कार्यालय को पर्वतारोहण दल के सदस्यों के लिए सवेतन अवकाश के लिए पत्राचार शुरू किया। केन्द्रीय कार्यालय में इस बारे में सरकारी परिपत्र (जी.ओ.) उपलब्ध नहीं था। उसके लिए निमाई बाबू को केन्द्र सरकार से पत्राचार करना पड़ा।

धीरे-धीरे निमाई बाबू को इस काम में मज़ा आने लगा। युवकों का उत्साह देख कर वह भी उत्साहित हो उठे और स्वयं भी दल में शामिल होने का मन बनाने लगे। एक क्षण के लिए उन्होंने सोचा अवश्य कि साठ-पैंसठ किलोमीटर की पैदल यात्रा, वह भी बारह हज़ार फुट की ऊँचाई तक वह कर पाएँगे भी या नहीं। लेकिन फिर उन्हें अपने विद्यार्थी जीवन के दिन याद आए जब वह फुटबाल खेला करते थे और रोज़ दस-पन्द्रह किलोमीटर की दौड़ लगाया करते थे। दल के अन्य सदस्यों ने भी उनका उत्साह बढ़ाया और उन्हें साथ चलने पर

बल दिया। यही नहीं, उन्होंने उनसे दल की भोजन-व्यवस्था तथा अनुशासन की देखरेख का भार सँभालने का भी आग्रह किया। 'दस पन्द्रह किलोमीटर ही तो एक दिन में चलना है', उन्होंने कहा, ''इतनी दूर तो अंकल आप हँसते-खेलते चले जाएँगे। असली घी खाया है आपने। आपकी हड्डियाँ हमसे ज़्यादा मज़बूत हैं। और फिर अभी आयु ही क्या हुई आपकी? पचपन-छप्पन के ही तो होंगे आप। पहाड़ों पर तो सत्तर-अस्सी साल के बूढ़े भी इतनी दूर आराम से चले जाते है।''

एक लड़के ने, जो नैनीताल का रहने वाला था, उन्हें बताया कि वहाँ तो लोग चाइना पीक तक मॉर्निंग वॉक पर जाते हैं। एक तरफ की दूरी सात-आठ किलोमीटर से कम नहीं होगी। उस पर खासी चढ़ाई है। और फिर अंकल आप तो स्पोर्ट्समैन रहे हैं।

इन बातों से निमाई बाबू का हौसला और बढ़ा। अभी तक उन्होंने बुढ़ापे की कोई अलामत, जैसे थोड़ा-सा शारीरिक परिश्रम करने पर थक जाना, जोड़ों का दर्द या गठिया आदि की शिकायत अनुभव नहीं की थी। फिर भी उन्होंने, मज़ाक में ही, कहा, ''लेकिन भाई, मैं बूढ़ा हो चला हूँ। कहीं रास्ते में गिर पड़ा तो तुम लोगों को परेशानी होगी।''

''अरे अंकल, आप क्यों फिक्र करते हैं? हम आपको कन्धे पर लाद कर ले चलेंगे।'' उन लड़कों ने उत्तर दिया।

''और अगर कहीं बीमार पड़ गया तो?''

''आप ही क्यों, कोई भी बीमार पड़ सकता है। उस स्थिति में क्या हम अपने बीमार साथी को रास्ते में अकेला छोड़ कर आगे बढ़ जाएँगे? प्रोग्राम कैंसिल करके लौट आएँगे। जान थोड़े देनी है?''

निमाई बाबू को अपने ऊपर पूरा भरोसा था। यह सब तो वह केवल उन लोगों का मन जानने के लिए कह रहे थे। उन्हें उनकी बातें अच्छी लगीं। आज के शहरी युवकों की तरह नहीं थे वे जो ब्राउन शुगर या अन्य ड्रग्स की लत में पड़कर अपना जीवन नष्ट करते रहते हैं। उन्होंने साथ चलने के लिए हामी भर दी।

दूसरे दिन से ही वह सुबह उठ कर कम्पनी बाग जा कर जॉगिंग करने लगे। दो-तीन दिन के अन्दर ही उन्हें अपने अन्दर एक नई स्फूर्ति का अनुभव होने लगा। आदमी आयु से बूढ़ा या जवान नहीं होता, उन्होंने मन-ही-मन कहा, बूढ़ा या जवान तो अपने दिल से या स्वभाव से होता है। कितने ही ऐसे लोग होते

हैं जो सत्तर साल की आयु में भी बच्चों की तरह खिलखिला कर हँसते हैं। इसके विपरीत कितने ही जवान ऐसे मिलेंगे जो भरी जवानी में ही बूढ़े दिखने लगते हैं।

जिस दिन दल को पर्वतारोहण के लिए रवाना होना था उस दिन वह भी शॉर्ट्स (जो उन्होंने इसी अवसर के लिए सिलाए थे) तथा टी-शर्ट पहने, रकसैक पीठ पर लादे, स्टेशन पहुँच गए। पन्द्रह-सोलह लड़कों का ग्रुप था। रात का सफर था। सभी का एक ही स्लीपर में रिजर्वेशन था। ट्रेन चलते ही डिब्बे में हुड़दंग शुरू हो गया। निमाई बाबू भी सींग कटा कर बछड़ों में शामिल हो गए। देर तक वह अपने विद्यार्थी जीवन के फुटबाल की विभिन्न प्रतियोगिताओं के सिलसिले में की गई यात्राओं से जुड़े संस्मरण सुनाते रहे। मन-ही-मन उन्होंने यह भी निश्चय किया कि पर्वतारोहण से लौटने के बाद वह इन लड़कों की फुटबाल की एक टीम तैयार करेंगे। इण्टर-ऑफिस टूर्नामेण्ट आयोजित करेंगे। न होगा तो टूर्नामेण्ट के लिए शील्ड वह स्वयं डोनेट कर देंगे। दो-एक वर्ष में वह रिटायर हो जाएँगे तो कम-से-कम उनकी इस शील्ड के कारण लोग उन्हें याद तो करेंगे।

तभी अचानक उन्हें एहसास हुआ कि उन लोगों की वजह से डिब्बे के अन्य यात्रियों को सोने में असुविधा हो रही है। यह खयाल भी उन्हें आया कि दल में अनुशासन बनाये रखने की ज़िम्मेदारी भी उन पर है जबकि वह स्वयं एक प्रकार से अनुशासन भंग कर रहे हैं। आधी रात के समय स्लीपर कोच में बैठकर गुल-गपाड़ा करना अनुशासन की सीमा से परे की बात ही कही जाएगी। इस विचार के मन में आते ही और कुछ इस आशय से भी कि देखें लड़के उनकी बात मानते भी हैं या नहीं, उन्होंने उन लोगों से कहा, ''अच्छा भाई, अब बारह बज गए हैं। और लोगों को सोने में असुविधा हो रही है। इसलिए हँसी-मज़ाक सब बन्द। अब सब अपनी-अपनी बर्थ पर जा कर लेट जाएँ। सुबह पहुँचते ही हमें बस का सफर करना है।''

उनकी बात का असर हुआ। दल के सभी सदस्य चुपचाप अपनी-अपनी बर्थ पर चले गए। सुबह गाड़ी टनकपुर पहुँची तो वहाँ से वे लोग बस द्वारा पिथौरागढ़ आ गए जहाँ नाइट हॉल्ट करने के बाद सुबह दूसरी बस पकड़ कर अगले दिन अपराह्न तक मुनस्यारी पहुँच गए। यह उनकी पर्वतारोहण यात्रा का ज़ीरो प्वाइण्ट था। यहीं से उन्हें मिलम ग्लेशियर के लिए पैदल यात्रा करनी थी।

यह ऊँचे-ऊँचे पहाड़ों से घिरा लगभग पाँच हज़ार की आबादी वाला छोटा-मोटा कस्बा था। तहसील मुख्यालय और जोहार क्षेत्र का बस का टर्मिनल भी था। यहाँ से उन लोगों ने रास्ते के लिए आवश्यक खाद्य सामग्री तथा पर्वतारोहण

में सहायक लोहा जड़े, नुकीले सिरे वाले छोटे-छोटे डण्डे खरीदे। रकसैक छोड़ कर बाकी सामान, टेण्ट, रसद आदि ढोने के लिए कुली भी यहाँ से किए गए।

दूसरे दिन सुबह चाय नाश्ता करने के बाद वे अपना-अपना रकसैक अपनी पीठ पर लादे, डण्डे हाथ में लिए यात्रा के अगले चरण पर रवाना हो गए। घने वृक्षों से ढके ऊँचे-ऊँचे पहाड़ों के बीच ऊबड़-खाबड़ रास्ते पर वे आगे बढ़ने लगे। चार-पाँच किलोमीटर चलने के बाद उन्हें गौरी गंगा के दर्शन हुए जो इस क्षेत्र की सबसे महत्त्वपूर्ण नदी है। शेष रास्ता उसके किनारे-किनारे उसके उद्गम की ओर जाता था, जो मिलम ग्लेशियर में ही स्थित था। पहाड़ों के बीच उफनती, इठलाती, बलखाती, कहीं सैकड़ों फीट नीचे गहरे खड्ड में दूध जैसा सफेद झाग उड़ाती तो कहीं समतल भूमि पर सरपट दौड़ लगाती नदी और दल के सदस्यों के बीच आँख-मिचौनी का खेल जैसा शुरू हो गया। कभी वह उन्हें बिल्कुल पास, तो कभी दूर किसी घाटी में एक पतली रेखा की तरह दिखती तो कभी काफी देर के लिए आँख से ओझल हो जाती। दूर-दूर तक फैले, चाँदी की तरह चमकती बर्फ की चोटियों वाले, आकाश को छूते पहाड़, बुरांश, बलूत और अखरोट के जंगल, पहाड़ी पक्षियों का कलरव और कभी दूर तो कभी पास बहती नदी का संगीत और इस सबके बीच टेढ़े-मेढ़े काफी खतरनाक लगने वाले पथरीले रास्ते—निमाई बाबू को लगा, जैसे वह फिर से जवान हो गए हों।

अपराह्न दो बजे तक वे लीलम पहुँच गए। गौरी गंगा के तट पर बसा मुश्किल से दस-बारह घरों का छोटा-सा यह गाँव उनकी यात्रा का पहला पड़ाव था। मार्ग के किनारे ही एक पुरानी टूटी-फूटी सी इमारत थी जो उन दिनों, जब भारत-तिब्बत मार्ग खुला था तब, तिब्बत से आने वाले या फिर यहाँ से तिब्बत जाने वाले यात्रियों के रात्रि विश्राम के काम आती थी। चीन द्वारा तिब्बत जाने पर रोक लगा देने के बाद तिब्बत जाने का यह मार्ग बन्द हो गया तो इस इमारत की उपयोगिता भी समाप्त हो गई। अब यह यदा-कदा भूले-भटके यात्रियों या फिर इन्हीं लोगों की तरह पर्वतारोहण के दल के सदस्यों के ठहरने के काम आती थी। इन लोगों ने भी इसी में डेरा जमा दिया।

निमाई बाबू यहाँ सबसे पहले पहुँचने वाले लोगों में से थे। दल के शेष सदस्य पहुँचें, तब तक उन्होंने कुलियों की सहायता से स्टोव जलवा कर चाय तैयार करवा ली। चाय बन गई तो उन्होंने बिस्कुट का एक पैकेट भी खोल दिया और जैसे-जैसे लोग वहाँ पहुँचते जाते वह उन्हें चाय और साथ में दो-दो बिस्कुट

दे कर हँसते हुए कहते, ''अरे भाई, जवानों की तरह चला करो। क्या बूढ़ों की तरह घिसटते हुए चले आ रहे हो?''

लड़के भी हँस कर जवाब देते—''अरे अंकल, आपकी तरह जवान हम कहाँ हो पाएँगे? आपकी जवानी तो उस समय की है जब गेहूँ मनों और घी सेरों में मिलता था।''

''और रोहू माछ बिल्कुल फ्री।''

निमाई बाबू उनकी इस वाक्पटुता पर अन्दर ही अन्दर प्रसन्न हो उठते।

चाय पीने के बाद लोग इधर-उधर घूमने निकल गए। निमाई बाबू ने भी भोजन के लिए कुलियों को आवश्यक आदेश दिया और वह भी नदी की ओर टहलने चले गए।

नदी से थोड़ी दूर बलूत के वृक्षों के बीच एक चट्टान पर बैठ कर वह प्रकृति का आनन्द लेने लगे। दुनिया के अधिकांश लोगों की तरह, उनका भी अब तक का जीवन सुख और दुःख का एक बेतरतीब मिश्रण था जिसमें सुख अधिक था या दुःख—इसका विश्लेषण उन्होंने आज तक नहीं किया था। हाँ, यह बात ज़रूर अनुभव की थी उन्होंने कि सुख आतिशबाज़ी की फुलझड़ी की तरह थोड़ी देर के लिए जीवन को आलोकित करके बुझ जाते हैं जबकि दुःख किसी गहरे घाव की तरह बरसों सालते रहते हैं। लेकिन जिस आनन्द का अनुभव वह अपनी इस यात्रा के दौरान कर रहे थे वह अपने आप में असाधारण था। इसकी सबसे बड़ी विशेषता यह थी कि साधारण सुखों और दुःखों की तरह इसका सम्बन्ध जीवन में कुछ पाने या खोने से नहीं था। प्रकृति के नैकट्य से उपजने वाली एक विचित्र अनुभूति थी यह शायद, यही सच्चा सुख या आनन्द है जिसकी तलाश में ऋषि-मुनि आदि पर्वतों पर जाते थे। निश्चय ही देवताओं का वास होगा यहाँ। शंकर तो शिखरों के शिखर कैलाश पर रहते ही हैं। जब कुछ घण्टों के नैकट्य से ही वह इस तरह आनन्दित एवं उत्साहित अनुभव कर रहे थे तो यहाँ रहने पर तो निश्चय ही मनुष्य के मन का सारा कलुष, छल, कपट, द्वेष आदि अपने आप दूर हो जाता होगा। निमाई बाबू काफी देर तक वहाँ बैठे यह सब सोचते रहे। तब पेड़ों के साये लम्बे होने के साथ वह अपने स्थान से उठ पड़े और वापस कैम्प लौट आए।

कुछ मोमबत्तियाँ, टॉर्च और एक लालटेन के अलावा जिन्हें वे साथ लेकर चले थे, प्रकाश की कोई व्यवस्था वहाँ नहीं थी। अतः उन्होंने भोजन कुछ जल्दी ही कर लिया और अँधेरा होने के साथ ही अपने-अपने बिस्तरों पर आ गए।

यात्रा की थकान के बावजूद देर तक हँसी-मज़ाक होता रहा। तब सब अपने-अपने स्लीपिंग बैग में घुस कर सो गए। निमाई बाबू को भी नींद आ गई।

सुबह वे उठे तो पूरी तरह तरो-ताज़ा थे। नदी की ओर जा कर नित्यकर्म से निवृत्त हो कर, सभी ने नहाया-धोया। तब लौट कर चाय-नाश्ता ले कर अगले पड़ाव के लिए चल दिए।

अगला पड़ाव बोग्ड्यार था। पिछले पड़ाव की तुलना में यात्रा का यह चरण कुछ अधिक लम्बा था। बोग्ड्यार पहुँचे-पहुँचते उन्हें रात हो गई। भोजन उन लोगों ने मार्ग में रुक कर ही कर लिया था। यहाँ सार्वजनिक निर्माण विभाग का रेस्ट हाउस था। मुनस्यारी से चलते समय उन्होंने यहाँ रहने के लिए आज्ञा-पत्र ले लिया था। वैसे भी रेस्ट हाउस बिलकुल खाली पड़ा था। उनके पहुँचते ही चौकीदार ने दरवाज़े खोल दिए। खाने की किसी को इच्छा नहीं थी। फिर भी निमाई बाबू ने स्टोव पर खिचड़ी पकवाई। उसी में सब्ज़ी कटवा कर डलवा दी और सबको भोजन कराकर सबसे अन्त में लेटे।

आज की यात्रा भी काफी मनोरम थी। गौरी गंगा से आँख-मिचौनी उसी तरह पूरे रास्ते बनी रही। ऊँचे-ऊँचे पहाड़ और जंगल भी साथ थे। लेकिन रास्ता किंचित लम्बा होने के कारण लोग कुछ थक गए थे। अतः जल्दी ही लेट गए हालाँकि नींद उन्हें जल्दी नहीं आई। नदी रेस्ट हाउस से दूर नहीं थी। रात भर उन्हें उसका आर्तनाद सुनाई देता रहा।

तीसरा पड़ाव लाप्सा था, जो बोग्ड्यार से अधिक दूर नहीं था। दोपहर होते-होते वे वहाँ पहुँच गए। मार्ग में पड़ने वाला यह अब तक का सबसे बड़ा और सबसे मनोरम गाँव था। गाँव के बीच से हो कर पहाड़ी नाला बहता था जिसके किनारे पनचक्की थी जिसकी 'पुक...पुक...पुक...' की लयबद्ध आवाज़ दूर तक सुनाई देती थी। गाँव से थोड़ी दूर एक पहाड़ी पर नन्दा देवी का मन्दिर था। गाँव के ठीक पीछे बनकटिया पर्वत शिखर था जो पूरे परिदृश्य पर छाया था। ऐसा लगता था, जैसे कोई विशाल दानवाकार ऋषि पालथी मारे बैठा पूरे गाँव को अपनी गोद में रखे गहन तपस्या में लीन हो।

कैम्प स्थापित करके दल के सदस्य गाँव घूमने निकल पड़े। निमाई बाबू भी उनके साथ थे। पहाड़ी पर चढ़ कर उन्होंने नन्दा देवी के दर्शन किए तब नीचे उतर कर गाँव में घूमने लगे। सेब जैसे गालों वाले छोटे-छोटे बच्चों को देख कर निमाई बाबू को सहसा बी.ए. या इण्टर में पढ़ी हुई वर्ड्सवर्थ की कविता की लाइन 'चाइल्ड इज़ द फादर ऑफ मैन' याद आ गई। वहाँ के बुजुर्गों तथा

बच्चों, दोनों के ही चेहरों पर एक जैसी निश्छलता दिखाई दी उन्हें। काश! दुनिया के सभी चेहरों पर ऐसी निश्छलता होती, निमाई बाबू ने मन-ही-मन सोचा, तो दुनिया वास्तव में रहने लायक जगह होती लेकिन...उन्हें फिर वर्ड्सवर्थ की एक और लाइन याद आई 'व्हाट मैन हैज़ मेड ऑफ मैन।'

अगले दिन वे मारतोली पहुँचे। लाप्सा से यहाँ की दूरी भी बहुत अधिक नहीं थी। ऊँचाई ज़रूर जैसे-जैसे वे आगे बढ़ रहे थे, बढ़ती जा रही थी। और उसी के साथ सर्दी। यहाँ भोज पत्र के जंगल थे जो दूर-दूर तक फैले थे। दल के कुछ अन्य सदस्यों के साथ निमाई बाबू भी इन जंगलों में घूमने गए। वहाँ एक जगह उन्हें मृगों का एक झुण्ड भी दिखाई दिया तथा पीली चोंच और पीले पाँव वाले पहाड़ी कौवे तथा अन्य पक्षी भी देखने को मिले। ऊँचे-ऊँचे हिमाच्छादित पहाड़ों से घिरे इस गाँव से अनेक पर्वत शिखरों तथा पहाड़ी दर्रों को रास्ते जाते थे। नन्दा देवी पर्वत शिखर जाने के लिए भी पर्वतारोही इसी गाँव को अपना बेस कैम्प बनाते थे। यहाँ भी एक ग्लेशियर था। दल के अनेक सदस्यों ने वहाँ जाने की इच्छा व्यक्त की लेकिन देर हो जाने के कारण वहाँ जा कर लौटने में रात हो जाने का खतरा था, अतः उन्हें अपना इरादा बदलना पड़ा।

अगले दिन उनकी यात्रा का अन्तिम चरण था। मारतोली से मिलम की दूरी बारह-तेरह किलोमीटर से अधिक नहीं थी लेकिन रास्ता काफी कठिन था। अब वे समुद्र तल से लगभग दस हज़ार फीट की ऊँचाई पर थे। ऊँचे घने वृक्ष भी अब विरल हो चले थे। छोटे-छोटे पेड़ या झाड़ियाँ ही अधिक थीं अन्यथा केवल पत्थर और बर्फ। सर्दी भी काफी बढ़ गई थी। मिलम गाँव पहुँचते-पहुँचते उन्हें शाम हो गई। ऊँचे-ऊँचे पहाड़ों से घिरी खासी बड़ी घाटी थी यह। खुले आकाश के नीचे ही टेण्ट लगा कर उन्होंने खाने-पीने के व्यवस्था की और अँधेरा होते-होते भोजन समाप्त कर अपने-अपने टेण्ट में घुस गए।

दूसरे दिन सारा सामान टेण्ट में छोड़ कर वे ग्लेशियर देखने गए। लगभग दो-तीन किलोमीटर तक पथरीले, ऊबड़-खाबड़ रास्ते पर चलने के बाद जो दृश्य उन्हें देखने को मिला, वह अपने आप में अद्भुत था। मटमैले, कुछ-कुछ खदान से निकलने वाले कच्चे लोहे के ललछौंहे रंग की बर्फ की चट्टानों को काट कर नदी का जल अपने पूरे वेग के साथ बाहर आ रहा था। चारों ओर मटमैली ललछौंही बर्फ की चट्टानें और उनके बीच बने एक बड़े से गार से निकलती दूध जैसे झाग वाली बलखाती, उफनाती, दहाड़ती नदी। जिस तरह कोई जंगली जानवर छलाँग लगाने से पहले थोड़ा पीछे हट कर आगे की ओर झपटता है उसी तरह नदी

का जल बर्फ की उस खोह में पीछे जा कर नाचता हुआ-सा बाहर निकल रहा था। प्राचीन ग्रन्थों में और प्राचीन ग्रन्थों में ही क्यों, विज्ञान की पुस्तकों में भी प्रकृति के जिन पाँच तत्वों की अपार शक्ति का वर्णन किया गया है उनमें से एक यानी जल की शक्ति का साक्षात नज़ारा उनकी आँखों के सामने था। यह सोचने मात्र से कि यदि कोई मनुष्य उस उफनाते जल में गिर जाए तो उसका क्या होगा, आत्मा अन्दर तक काँप उठती थी। एक विचित्र प्रकार का भय जो किसी अज्ञात, अदृश्य शक्ति की अनजानी उपस्थिति से उत्पन्न होता है, वातावरण में चारों ओर व्याप्त था। ग्लेशियर के आस-पास छिछले पानी के दो-तीन तालाब भी थे जिनकी सतह पर काँपती एक-दूसरे का पीछा करती लहरों का अनवरत सिलसिला जारी था। पत्थर, बर्फ जल और आकाश के अलावा दूर-दूर तक कोई पेड़-पौधा, पक्षी या अन्य जीव-जन्तु दिखाई नहीं दे रहा था।

निमाई बाबू को लगा, जैसे उनका जीवन सफल हो गया। उन्होंने मन-ही-मन ईश्वर को धन्यवाद दिया कि उसने उन्हें यहाँ तक जहाँ बिरले मनुष्यों के पाँव ही पड़े होंगे—आने का अवसर, प्रेरणा और शक्ति दी। दल के सदस्य काफी देर तक वहाँ बने रहे। बर्फ पर चले, घूमे-फिरे, हँसी-मज़ाक और खिलवाड़ किया, कैमरे से चित्र खींचे, तब कैम्प में वापस आ गए। दूसरे दिन से उनकी वापसी यात्रा शुरू हो गई।

पहाड़ों से निमाई दत्ता का यह पहला साक्षात्कार था। इससे पूर्व पहाड़ के नाम पर उन्होंने फुटबाल की प्रतियोगिताओं में भाग लेने के लिए बंगलौर, बम्बई, पुणे आते-जाते समय ट्रेन की खिड़की से विन्ध्याचल और पश्चिमी घाट की पहाड़ियों को ही देखा था। या फिर फिल्मों में, जो वह बहुत कम देखते थे। वह अपनी यात्रा से पहाड़ों पर पूरी तरह आसक्त हो कर लौटे। यदि धरती पर कहीं स्वर्ग है, उन्होंने सोचा, तो वह निश्चय ही पहाड़ों पर होगा। आखिर पाण्डव हिमालय के रास्ते ही स्वर्ग गए थे।

ऋषि-मुनि आदि पर्वतों पर तपस्या के लिए जाते ही थे। शंकराचार्य तथा विवेकानन्द जैसे महापुरुषों ने भी अपने जीवन के कितने ही बहुमूल्य वर्ष हिमालय भ्रमण में बिताए थे। जवाहरलाल नेहरू की आत्मकथा में भी उन्होंने हिमालय के बारे में बहुत ही भावुक विवरण पढ़े थे।

निमाई बाबू के रिटायर होने में मुश्किल से डेढ़ वर्ष शेष था। वह अभी तक निश्चय नहीं कर पाये थे कि रिटायर होने के बाद कहाँ रहेंगे। सरकारी क्वार्टर जिसमें वह रह रहे थे, उन्हें रिटायर होने के छह महीने के अन्दर खाली कर देना

था। अपना मकान उन्होंने कहीं बनवाया नहीं था। उसकी ज़रूरत ही उन्होंने कभी अनुभव नहीं की थी। परितोष उनका अकेला बेटा था। उनका विचार था कि जहाँ भी उसकी नौकरी लगेगी वह भी उसी के पास वहीं चले जाएँगे। यही सोचकर मकान बनाने की बात उनके मन में कभी आई ही नहीं। लेकिन परितोष के अमेरिका चले जाने से सब कुछ गड़बड़ा गया था। परितोष ने उन्हें लिखा ज़रूर था कि नौकरी से अवकाश प्राप्त होने के बाद वह अमेरिका चले आएँ। लेकिन निमाई बाबू इतने मूर्ख नहीं थे कि वहाँ जा कर खामख्वाह उसका जीवन नरक करें और अपना भी। उन्हें वहाँ की नागरिकता मिलना भी एक समस्या थी और फिर वह अच्छी तरह जानते थे कि परितोष ने सरसरी तौर पर ही उन्हें ऐसा लिखा है। बाप के प्रति इतना मोह होता तो क्या पिछले तीन सालों में एक बार भी यहाँ न आता? उनका अपना पैतृक मकान पश्चिम बंगाल में मिदनापुर में था लेकिन उसे उनके पिता ने अपने जीवन काल में ही छोड़ दिया था। अतः वहाँ जाने का प्रश्न ही नहीं था। इन्हीं सब कारणों से निमाई बाबू इस बात को लेकर संशय की स्थिति में थे। पर्वतारोहण की इस यात्रा के बाद उनका यह संशय दूर हो गया। उन्होंने पक्का इरादा बना लिया कि रिटायर होने के बाद पहाड़ों पर चले जाएँगे। वहीं किसी स्थान पर छोटा-सा मकान बनाकर रहेंगे। खाली समय में आस-पास के बच्चों को एकत्रित कर उन्हें पढ़ाएँगे। शिक्षित करेंगे। थोड़ी-बहुत होम्योपैथी भी वह जानते थे। एक ज़माने में अम्बाला से किसी पोस्टल कोर्स का फॉर्म भरा था। फीस भी भेज दी थी लेकिन फिर किन्हीं कारणों से परीक्षा नहीं दे पाये थे। अतः कोई डिग्री या डिप्लोमा उनके पास नहीं था। लेकिन इससे क्या अन्तर पड़ना था? मुफ्त दवा बाँटने में किसी सर्टीफिकेट की आवश्यकता तो पड़ती नहीं। बस, मर्ज और दवा के बारे में जानकारी होनी चाहिए। सो होम्योपैथी की दो-एक किताबें उनके पास थीं। 'मैटेरियामेडिका' भी एक बार उन्होंने खरीदी थी। हो सकता है, अभी भी कहीं दबी पड़ी हो। नहीं तो नई खरीद लेंगे। एलोपैथी की पेटेण्ट दवाएँ भी रख लेंगे। उनके बारे में तो कोई किताब भी नहीं देखनी पड़ेगी।

अन्तिम रूप से अपना मन बना लेने के बाद निमाई बाबू ने अपने बेटे को भी इस बारे में सूचित कर दिया कि रिटायर होने के बाद उनका इरादा पहाड़ों में किसी जगह मकान बना कर रहने का है। बेटे ने उनके इस निर्णय पर उन्हें बधाई देते हुए लिखा कि वह मकान में उसके और उसकी पत्नी के लिए भी

एक कमरा अवश्य बनवाएँ। कभी-कभार जब उसे छुट्टी मिलेगी, वह भी यहाँ आकर उनके साथ रहा करेगा।

निमाई बाबू ने मकान के लिए ज़मीन तलाश करनी शुरू कर दी। संस्था के कुछ सदस्यों से, जो उत्तराखण्ड अथवा जोहार क्षेत्र के रहने वाले थे, उन्होंने इस बारे में ज़िक्र किया तथा इसी इरादे से रानीखेत, अल्मोड़ा, नैनीताल के चक्कर भी लगा आए। लेकिन इन स्थानों पर उन्हें कोई भी जगह पसन्द नहीं आई। उन्हें बार-बार गौरी गंगा का तट याद आता। प्रथम प्रेम की मीठी याद की तरह उसका आकर्षण उनके हृदय में बराबर बना हुआ था। दिक्कत इसमें एक ही थी। गौरी गंगा के निकट रहने का अर्थ था—बस के मार्ग से दूर हो जाना। आखिर काफी सोच-विचार करने के बाद उन्होंने गौरी गंगा की एक सहायक नदी 'क्वीरी' के तट पर 'क्वीरी' नाम के ही गाँव में आबादी से थोड़ा हटकर एक ज़मीन खरीद ली। ज़मीन खासी बड़ी थी। लगभग एक हज़ार वर्ग मीटर। इतनी बड़ी ज़मीन उन्होंने दो कारणों से ली थी। एक तो ज़मीन वहाँ काफी सस्ती थी और दूसरे उन्होंने सोचा था कि सात-आठ सौ वर्ग फुट में मकान बनाएँगे, बाकी जगह में सेब, अखरोट, सन्तरे आदि का बाग लगा देंगे। उसी के बीच कहीं छप्पर डाल कर बच्चों के लिए स्कूल भी खोल देंगे।

मुनस्यारी जा कर उन्होंने ज़मीन की रजिस्ट्री करा ली और वहाँ से लौटते ही एक आर्किटेक्ट को मकान का नक्शा बनाने के लिए पेशगी दे दी। एक वर्ष के लगभग उनकी नौकरी अभी बाकी थी। वह चाहते थे कि नौकरी से अवकाश मिलने से पहले ही मकान बनवा लें। काफी मेडिकल लीव उनके पास जमा हो गई थी। इस बहाने उसका उपयोग भी हो जाएगा। और फिर जितना ही विलम्ब होगा, कांस्ट्रक्शन कॉस्ट भी उतनी ही बढ़ेगी। यही सब सोच कर वह जल्दी में थे।

आर्किटेक्ट ने जो नक्शा उन्हें बना कर दिया वह उन्हें बहुत पसन्द आया। डूप्ले टाइप का छह सौ वर्ग फीट नीचे और लगभग तीन सौ वर्ग फुट ऊपर की मंज़िल का नक्शा था। ऊपर की मंज़िल में उनकी स्टडी थी, जिसमें पूर्व तथा पश्चिम—दोनों ओर बालकनी थी। स्टडी से मिला हुआ रिटायरिंग रूम याना बेड रूम, टॉयलेट आदि था। स्टडी के लिए निमाई बाबू का विशेष आग्रह था। जब से वह पर्वतारोहण से लौटे थे तब से अपना काफी समय वह पुस्तकें पढ़ने में बिताते थे, खास तौर से पहाड़ों तथा पर्वतारोहण से सम्बन्धित पुस्तकें पढ़ने में। नीचे की मंज़िल में ड्राइंग रूम, छोटे-छोटे दो बेडरूम, किचेन, टॉयलेट आदि था।

ऐटिक या ऊपर की मंज़िल में जाने के लिए सीढ़ी ड्राइंग रूम से हो कर ही जाती थी।

निमाई बाबू ने मकान के नक्शे की एक प्रति अपने बेटे परितोष को, उसकी प्रतिक्रिया जानने तथा यदि वह कोई सुझाव देना चाहे तो उसके लिए भेज दी। परितोष को भी नक्शा बहुत पसन्द आया। मूल रूप से उसने उसमें कोई परिवर्तन नहीं सुझाया सिवा इसके कि ड्राइंग रूम में वह फायर प्लेस अवश्य बनवाएँ। इससे पूरा मकान जाड़ों में गर्म रहेगा। इसी के साथ उसने खिड़की, दरवाज़ों, बालकनी अथवा ऐटिक एवं ढलवाँ छतों की डिजाइन वाली कई रंगीन पुस्तकें अपनी पसन्द की डिज़ाइनों पर निशान लगा कर उन्हें भेज दीं।

निमाई बाबू को बेटे का फायर प्लेस का सुझाव काफी पसन्द आया। इससे सर्दियों में काफी सुविधा रहेगी। लकड़ी की कोई कमी थी नहीं वहाँ। चारों ओर देवदार, अखरोट आदि के घने जंगल थे। पर्वतारोहण के दौरान उन्होंने वहाँ के लोगों को जंगल से लकड़ियाँ बीन कर पीठ पर लाद कर लाते देखा था। एक नौकर साथ रखने की बात उन्होंने पहले से सोच रखी थी। उसी को भेज कर लकड़ियाँ मँगा लिया करेंगे।

दिक्कत केवल एक थी। जिस तरह का मकान वह बनाना चाह रहे थे उस तरह का मकान बनाने के लिए सामान क्वीरी तो क्या, मुनस्यारी में भी उपलब्ध नहीं था। मुनस्यारी में बिल्डिंग मैटीरियल की दो-एक दुकानें थीं ज़रूर लेकिन वे स्थानीय आवश्यकताओं को ही पूरा करती थीं। फैंसी किस्म के मकान बनाने के लिए सामान उनके पास नहीं था। लेकिन उन्होंने निमाई बाबू को आश्वासन दिया कि उनके लिए वह सारा सामान अल्मोड़ा नहीं तो हल्द्वानी से मँगा देंगे। मुनस्यारी तक ट्रकें आती ही रहती थीं। वहाँ से क्वीरी बहुत दूर नहीं था। सो, खच्चरों पर सारा सामान लदवा कर वह उनके प्लॉट तक पहुँचवा देंगे।

निमाई बाबू को फण्ड तथा ग्रेच्युटी मिलाकर खासा पैसा मिलना था। स्वयं भी काफी पैसा उन्होंने बचा रखा था। किसी प्रकार का कोई खर्चीला व्यसन उन्हें था नहीं न ही कोई लम्बे खर्चे थे। सो, पैसे की कमी उनके पास थी नहीं। और फिर परितोष ने भी उन्हें पैसा भेजने का वायदा किया था। ईश्वर की कृपा से वह काफी पैसा कमा रहा था। पेंशन उन्हें मिलनी ही थी। उसका एक तिहाई हिस्सा कम्यूट कराकर भी कुछ रकम उन्हें मिल जानी थी। मकान कौन बार-बार बनाता है? और फिर मकान बना कर मनुष्य को उसमें रहने का आनन्द न आए तो मकान बनाने से क्या लाभ?

ईश्वर का नाम लेकर निमाई बाबू ने मकान बनाना शुरू कर दिया। जिस दिन उनके मकान की नींव पड़ी उस दिन उन्होंने सभी गाँव वालों को आमन्त्रित किया। भूमि पूजन किया। मिठाई बाँटी। ऑफिस से छुट्टी मिलने में उन्हें कोई कठिनाई नहीं हुई और वह वहीं रहकर निर्माण कार्य की देख-रेख करने लगे।

मकान बनाने में निमाई बाबू को काफी कठिनाई का सामना करना पड़ा। लेकिन वह जी-जान से उसमें लगे रहे। राज, कार्पेण्टर आदि वह हल्द्वानी से लाए। सोकपिट और फ्लश के काम के लिए भी आदमी हल्द्वानी से ही आया। सामान पहुँचाने में भी कम दिक्कत नहीं हुई। ईंट, पत्थर, सीमेण्ट—सभी खच्चरों की पीठ पर लदकर मुनस्यारी से आया। सबसे अधिक कठिनाई लोहे के सरिये लाने में हुई। उन्हें खच्चरों पर लादकर लाना सम्भव नहीं था। दो कुली आगे-पीछे अपने सिरों पर रखकर उन्हें लाए। अन्ततः निमाई बाबू तथा प्लॉट पर काम कर रहे राज-मज़दूरों की मेहनत फल लाई और मकान बनकर तैयार हो गया।

इधर मकान बनकर पूरा हुआ और उधर निमाई बाबू नौकरी से रिटायर हुए। ऑफिस में उनकी विदाई पार्टी हुई। उनके सम्मान में लोगों ने भाषण दिए। उनके मिलनसार स्वभाव (जो वह बिल्कुल भी नहीं थे), कर्त्तव्य-निष्ठा आदि की प्रशंसा की। उनके प्रति अपनी शुभकामनाएँ व्यक्त कीं। उनके शतायु होने की कामना की। इन भाषणों में उनके मकान का ज़िक्र आना भी स्वाभाविक ही था। लोगों ने उनकी तारीफ के साथ-साथ उनके मकान की तारीफ भी की। कहा कि वे अपने तपस्वी स्वभाव के अनुकूल ही प्रकृति के बीच रहने जा रहे हैं। ईश्वर करे, उनका शेष जीवन सुख और शान्ति से कटे। अन्त में निमाई बाबू से बोलने के लिए कहा गया तो वह अन्दर-ही-अन्दर काफी भावुक हो उठे। फिर भी किसी तरह उन्होंने लोगों को उनकी शुभकामनाओं के लिए धन्यवाद दिया तथा अपनी ओर से वहाँ उपस्थित सभी लोगों को स्थाई निमन्त्रण दिया कि जब भी वे चाहें पहाड़ों पर घूमने आएँ और उनके साथ ही ठहरें। उन्हें प्रसन्नता होगी। पार्टी समाप्त हुई तो सभी लोगों ने उनसे हाथ मिलाया। हाथ मिलाते समय उन्होंने सभी से व्यक्तिगत रूप से अपना निमन्त्रण दोहराया।

पर्वतारोहण संस्था के लोग भी इस पार्टी में शामिल थे। इसके बावजूद उन्होंने निमाई बाबू की अलग से विदाई पार्टी की, जिसमें संस्था के प्रति उनकी सेवाओं की प्रशंसा की गई। उनके शौर्य और साहस की सराहना की गई कि इस आयु में भी वह इतने कर्मठ एवं क्रियाशील हैं। ऐसा लगता ही नहीं कि वह नौकरी से अवकाश प्राप्त करने की आयु प्राप्त कर चुके हैं। अभी भी उनके

सीने में एक युवा दिल धड़कता है। कितने ही लोगों ने उनकी तुलना हिमालय से की। कहा, वे हिमालय की तरह शान्त, विशाल, पवित्र एवं दृढ़ हैं। संस्था की ओर से 'हिमालय' नाम की एक पुस्तक भी उन्हें भेंट की गई। पुस्तक बढ़िया आर्ट पेपर पर छपी थी और काफी कीमती थी। हिमालय की विस्तृत घाटियों, नदियों, हिमखण्डों से ले कर हिमाच्छादित शिखरों तथा वहाँ के निवासियों आदि के चित्र उसमें थे। इस पार्टी में भी निमाई बाबू बोलने खड़े हुए तो काफी भावुक हो उठे। संस्था के सदस्यों के प्रति उन्होंने हृदय से आभार व्यक्त किया। केदार सिंह मारतोलिया की, जो संस्था का प्रेरणा स्रोत था, उन्होंने विशेष तारिफ करते हुए कहा कि आज देश को ऐसे ही युवकों की आवश्यकता है जो आज के युवा वर्ग को सस्ती चमक-दमक के मोहजाल तथा स्वास्थ्य के लिए ज़हर की तरह विनाशकारी नशीली दवाओं के प्रकोप से बचा कर पर्वतारोहण जैसे शौर्य तथा साहस के कार्यों में लगाने के लिए प्रतिबद्ध हों। संस्था के बारे में उन्होंने कहा कि ऐसी संस्थाएँ किसी भी कार्यालय के लिए गौरव की बात होंगी। उनका वश चले तो वह सभी कार्यालयों में इस तरह की संस्थाएँ खुलवा दें। यहाँ भी उन्होंने सभी उपस्थित लोगों को क्वीरी में अपने नये मकान में, जब भी उनकी इच्छा हो, आ कर रहने का आमन्त्रण दिया। 'यह मकान मेरा नहीं', उन्होंने कहा, 'आप सबका है। इसके दरवाज़े आप के लिए कभी बन्द नहीं होंगे।' इतना कहते-कहते उनका कण्ठ अवरुद्ध हो गया और उनकी आँखों में आँसू आ गए। जेब से रूमाल निकाल कर उन्होंने अपने नेत्र पोंछे तथा हाथ जोड़ कर चुपचाप अपने स्थान पर बैठ गए।

फण्ड-ग्रेच्युटी आदि मिलने में निमाई बाबू को दो-तीन महीने का समय लग गया। मकान की कुछ फिनिशिंग अभी बाकी थी। यह समय उन्होंने उसी में लगाया। खिड़की-दरवाज़े सभी उन्होंने टीक के बनवाए। फर्श पर पत्थर के टाइल्स लगवाए। ड्राइंगरूम की एक दीवाल पर पत्थरों के रंगीन टुकड़ों की सहायता से खेत में धान रोपती हुई पहाड़ी लड़की का एक म्यूरल बनवाया। ऐसा म्यूरल उन्होंने एक बार दिल्ली के एक होटल में देखा था। तभी से वह उनके दिमाग में बैठा हुआ था। मकान की बाहरी दीवालों के प्लास्टर को उन्होंने पतली ईंटों की शक्ल में कटवा कर उसे गेरुए रंग से पुतवाया।

पूरा मकान बनकर तैयार हो गया तो निमाई बाबू ने अलग-अलग कोणों से उसके कई चित्र लिए और उसके प्रिण्ट बनवा कर अपने बेटे परितोष के पास टैक्सास भेजे। बेटे ने चित्र देख कर मकान की बेइन्तहा प्रशंसा की। अपने पत्र

में उसने लिखा कि यह लगता ही नहीं कि यह मकान भारत में बना है। यह तो अमरीका के किसी रांच हाउस या फिर यूरोप के किसी महानगर के उपनगर में बना विला जैसा लगता है। मेरा मन इसमें रहने को तड़प रहा है। जितनी जल्दी हो सकेगा, मैं भारत आऊँगा और आपके साथ इस मकान में रहकर प्रकृति का आनन्द लूँगा। अपने कार्यालय में भी निमाई बाबू ने अपने मकान के चित्र दिखाये तो वहाँ भी लोगों ने उसकी काफी तारिफ की। दो-एक लोगों ने यह भी कहा कि अब तो उन्हें वहाँ आना ही पड़ेगा। ऐसे मनोरम प्राकृतिक वातावरण में इतने बढ़िया मकान में रहने का सौभाग्य उन्हें और कहाँ मिलेगा। निमाई बाबू मकान की इन तारिफों से गद्गद् हो उठे। चलो मेहनत सफल हुई, उन्होंने मन-ही-मन कहा।

अब समस्या थी—सरकारी मकान खाली करके सारा सामान क्वीरी ले जाने की। मुनस्यारी तक कोई कठिनाई नहीं थी। ट्रक से वहाँ तक आसानी से सारा सामान ले जाया जा सकता था। दिक्कत वहाँ से क्वीरी तक सामान जाने में थी। हालाँकि पहाड़ के लोगों के अनुसार, जिसमें पर्वतारोहण के सदस्य भी शामिल थे, यह कोई बड़ी समस्या नहीं थी। वहाँ के कुली या मज़दूर भारी-से-भारी सामान पीठ पर लाद कर मीलों चलने में सक्षम थे। निमाई बाबू ने स्वयं एक बार एक कुली को स्टील का वॉर्डरोब पीठ पर लाद कर पहाड़ पर चढ़ते देखा था। फिर भी निमाई बाबू ने काफी कुछ सामान वहाँ ले जाने के बजाय मित्रों अथवा परिचितों को बेच दिया या फिर वैसे ही दे दिया। कुछ सामान जैसे फ्रिज, टी.वी., बिजली के पंखे या बिजली के अन्य उपकरण उनके लिए वैसे ही बेमतलब हो गए थे क्योंकि क्वीरी में बिजली थी ही नहीं। यह ज़रूर सुना जा रहा था कि जल्दी ही बिजली वहाँ आ जाएगी लेकिन इस जल्दी में कितनी देर लगेगी, इसका कोई भरोसा नहीं था। बाकी कुछ सामान जैसे डाइनिंग टेबुल, आदि उन्होंने अपनी तरफ से खारिज कर दिया। वहाँ कौन उन्हें किसी को दिखाना है? साधु-सन्तों का जीवन व्यतीत करना है सो साधु-सन्त डाइनिंग टेबुल पर बैठ कर भोजन करते नहीं। इस तरह जो थोड़ा-बहुत सामान बचा उसे ट्रक पर लदवाकर वह मित्रों सम्बन्धियों आदि से विदा ले कर, उन्हें एक बार फिर नए सिरे से वहाँ आने का निमन्त्रण दे कर मुनस्यारी और तब वहाँ से कुलियों की सहायता से सारा सामान क्वीरी ले आए।

जिस दिन वह अपने मकान पहुँचे उस रात वह काफी थक गए थे लेकिन दूसरे दिन सुबह उठकर वह अपनी एटिक की बालकनी पर बैठे तो उन्होंने अपने

आपको बिलकुल तरो-ताज़ा पाया। पन्द्रह-सोलह साल का एक नौकर वह अपने साथ ले गए थे। उसने उन्हें चाय ला कर दी तो उन्होंने ट्रांजिस्टर पर समाचार सुनते हुए उसे वहीं बैठ कर पिया। तब उठ कर नदी किनारे घूमने चले गए। पहाड़ी कौवों, मैनाओं तथा अन्य पक्षियों ने अपनी-अपनी आवाज़ में उनका स्वागत किया। पेड़ों से छन कर आती सुबह-सुबह की हल्की गुनगुनी धूप उन्हें काफी अच्छी लगी। लगभग दो घण्टे तक वह वहाँ बने रहे। तब लौट आए। बिस्कुट, जैम, अण्डे आदि वह मुनस्यारी से साथ लाये थे। उसी का नाश्ता किया। नाश्ता करने के पश्चात वह अपने बगीचे में आ गए। नींबू, अखरोट, सेब आदि के पौधे जिन्हें उन्होंने मकान बनवाना प्रारम्भ करते ही लगा दिया था, अब तक खासे बड़े हो गए थे। कुछ सब्ज़ी भी बो रखी थी उन्होंने, वह भी लगभग तैयार थी। देर तक वह बागवानी करते रहे। तब ड्राइंग रूम में लौट कर थोड़ी देर रवीन्द्र संगीत सुना। इस बीच नौकर ने भोजन तैयार कर लिया था। खाना खा कर वह बिस्तर पर लेटे तो उन्हें नींद आ गई। डेढ़ घण्टे बाद नदी पर भोलादत्त की पनचक्की की 'पुक...पुक...पुक...' का स्वर सुनकर वह उठ गए। कुछ सामान जैसे पुस्तकें आदि अभी पैक किया हुआ ही रखा था। नौकर की सहायता से वह उसे खुलवा कर ड्राइंगरूम में सजाने लगे। लगभग एक घण्टा उन्हें इसमें लगा। अपराह्न तीन बजे के करीब उन्होंने नौकर से चाय बनवा कर पी। तब गाँव की ओर घूमने निकल गए। लोगों से राम जुहार हुई। दो-एक लोगों के पास बैठ कर थोड़ी देर इधर-उधर की बातें हुई। सूरज ढलने से पहले ही वह लौट आए और पश्चिम की ओर खुलने वाली बालकनी पर कुर्सी डाल कर सूर्य को डूबते और उसी के साथ आकाश और पहाड़ की चोटियों को रंग बदलते देखते रहे। पक्षी अपने-अपने बसेरों को लौट रहे थे। कभी किसी पक्षी की तीखी आवाज़ वातावरण में चारों ओर गूँज उठती।

रात निमाई बाबू अपने बिस्तर पर लेटे तो बहुत दिनों बाद उन्हें अपनी पत्नी की याद आयी। वह भी साथ होती तो कितना अच्छा होता। लेकिन उसके भाग्य में यह सुख नहीं लिखा था। ज़िन्दगी भर चौके-चूल्हे में खटती रही। आराम करने के दिन आए तो उससे पहले ही चली गई। लैम्प के मद्धिम उजाले में निमाई बाबू देर तक कोने में लकड़ी की चौकी पर उसके चित्र के बगल में रखे उसके सितार की निहारते रहे। तब सो गए।

दूसरे दिन भी उनकी लगभग यही दिनचर्या रही। बल्कि रोज़ का ही यही रूटीन बन गया। हाँ, कभी-कभी अपराह्न वह भोलादत्त की पनचक्की पर जा बैठते। 'पुक...पुक...पुक...' की उसकी आवाज़ उन्हें बहुत ही रोमांचकारी लगती। जैसे

पनचक्की का दिल धड़क रहा हो। जब तक यह धड़कन सुनाई देती है तभी तक पनचक्की चलती है। उसके रुकते ही पनचक्की भी रुक जाती है।

तभी एक दिन वह दोपहर के भोजन के बाद विश्राम कर रहे थे कि किसी ने उनके दरवाज़े की कुण्डी खटखटाई। नौकर उस समय था नहीं। कहीं गया हुआ था। निमाई बाबू ने उठ कर दरवाज़ा खोला तो आनन्द विभोर हो उठे। आश्चर्य जो हुआ सो तो हुआ ही। उनके सामने उनका बेटा परितोष खड़ा था। उसने झुककर उनके पैर छुए तो उन्होंने उसे दोनों हाथों से पकड़कर उठा लिया और गले से लगा लिया। तभी उनकी निगाह थोड़ा हट कर खड़ी बेटे की अमरीकी पत्नी पर गई जो अपने कन्धे पर मूवी कैमरा रखे पिता-पुत्र के इस मिलन को अपने कैमरे में कैद कर रही थी। वह उसकी ओर बढ़े तो उसने भी कैमरा परितोष को पकड़ाकर, झुककर उनके पैर छुए, बिल्कुल भारतीय महिलाओं की तरह उनके सामने ज़मीन पर बैठ कर, अपनी चुन्नी का आँचल (वह सलवार-सूट पहने थी) हाथ से पकड़ते हुए। निमाई बाबू ने उसे भी झुककर उठा लिया और थोड़ी प्रारम्भिक झिझक के बाद उसे भी गले से लगा लिया। ये क्षण भी परितोष के कन्धे पर रखे कैमरे में कैद हो गए।

निमाई बाबू बेटे और बहू को लेकर घर के अन्दर आए। "मुझे खबर क्यों नहीं दी?" उन्होंने कहा, "इस तरह आने में तो तुम लोगों को काफी कष्ट हुआ होगा।" "बिल्कुल कष्ट नहीं हुआ," परितोष ने उत्तर दिया, "हम लोग दिल्ली से मुनस्यारी तक टैक्सी से आए। तब वहाँ से घोड़े ले लिए।"

"मुझे लिख देते तो मैं स्वयं दिल्ली आकर तुम लोगों को ले आता।"

"जेने ने मना कर दिया था। वह हमारे मिलन को अपने कैमरे में कैद करना चाहती थी और उन क्षणों को बहुत ही स्वाभाविक बनाना चाहती थी। उसका कहना था कि यदि आपको पहले से पता होगा तो फिल्म में वह बात नहीं आएगी।"

परितोष अपने पिता से बंगाली में बात कर रहा था लेकिन उसकी पत्नी जेने उसकी बात समझ रही थी और अपनी जगह खड़ी मुस्कुरा रही थी। परितोष ने बताया कि जेने बहुत अच्छी फोटोग्राफर है। पिछले दिनों उसके चित्र 'लाइफ' पत्रिका में प्रकाशित हुए थे। यही नहीं, उसने दो-एक डॉक्युमेण्टरी भी हाल में बनाई थीं जिनमें से एक अमरीकी टी.वी. पर भी दिखाई गई थी। उसका इरादा नौकरी छोड़कर यही सब करने का है। यदि सम्भव हुआ तो यहाँ से लौटने से पूर्व वह ताज पर भी एक छोटी फिल्म शूट करके ले जाएगी।

‘‘मैंने अपना इरादा बदल दिया है’’ जेने से हँसते हुए कहा, ‘‘अब मेरा इरादा यहाँ के पहाड़ों पर फिल्म बनाने का है।’’

‘‘नथिंग लाइक इट’’, निमाई बाबू ने कहा, ‘‘फिल्म के लिए यहाँ ऐसी सामग्री है जो दुनिया के किसी कोने में नहीं मिलेगी।’’

नौकर तब तक आ चुका था। निमाई बाबू ने उसे चाय बनाने को कहा तो वह अँगीठी सुलगाने लगा। जेने उसे आश्चर्य से ऐसा करते देखने लगी। उसके लिए यह भी एक अजूबा था। आखिर उससे नहीं रहा गया और उसने अपना स्टिल कैमरा निकाल कर अँगीठी सुलगाते हुए उसके दो-एक चित्र ले ही लिए।

चाय सब लोगों ने नीचे कमरे में ही पी। तब निमाई बाबू ने उन्हें पूरा घर दिखाया। घर परितोष और जेने—दोनों को बहुत पसन्द आया। जेने ने तो बच्चों जैसी उत्सुकता से घर का एक-एक कोना देखा, परितोष की माँ के चित्र और सितार में उसने विशेष रुचि ली। माँ के चित्र को प्रणाम किया तथा निमाई बाबू से आज्ञा लेकर सितार पर उँगलियाँ भी फेरीं। निमाई बाबू की स्टडी, उनकी किताबें, बेड, कुर्सी, मेज़—सभी कुछ देखा तथा देर तक बालकनी में खड़े हो कर चारों ओर के दृश्य का आनन्द लिया।

निमाई बाबू बेटे और बहू के स्वागत में शाम को विशेष पकवान बनवाना चाहते थे कुछ मांस-मछली वगैरह। लेकिन क्वीरी में यह सब उपलब्ध नहीं था। इसके लिए मुनस्यारी जाना पड़ता था। हाँ, कभी-कभी मुर्गा-मुर्गी मिल जाते थे। उन्होंने परितोष से इस बारे में बंगाली में पूछा कि जेने क्या पसन्द करेगी, वही वह मँगवा लें और समय रहते नौकर को मुनस्यारी भेज दें। परितोष ने उन्हें मना कर दिया। उसने उन्हें बताया कि उनके पास पर्याप्त भोजन सामग्री है। उसने जेने को बुलाया तो उसने अपने थैले से ढेरों छोटे-छोटे टिन निकाले। उनमें तरह-तरह के पकवान बन्द थे। हैम, चीज़ से ले कर तरह-तरह की मछलियाँ, पैम्फ्रेट, प्रॉन, सार्डीन आदि। निमाई बाबू समझे कि वह यह सारा सामान अपने साथ अमरीका से लाई है। वह वहाँ गए थे तभी यह सब खाया था और काफी पसन्द किया था। लेकिन जेने ने उन्हें बताया कि उसने यह सब भारत में, दिल्ली में ही खरीदा है तो निमाई बाबू को काफी आश्चर्य हुआ।

परितोष और जेने लगभग पन्द्रह दिन निमाई बाबू के साथ रहे। इस दौरान वे लोग काफी घूमे-फिरे। निमाई बाबू उन्हें अपने साथ लेकर मिलम तक गए। जेने तो पूरी यात्रा के दौरान इतनी उत्साहित थी जैसे कोई आठ-दस वर्ष का बच्चा हो। ढेरों चित्र उसने खींच डाले। उस पर भी उसका मन भरा नहीं।

पहाड़ों पर फिल्म बनाने की बात जेने ने बिना सोचे-समझे वैसे ही कह दी थी बल्कि बाद में तो उसे लगा कि हिमालय पर अब तक न जाने कितनी फिल्में बन चुकी होंगी उनमें एक और फिल्म की बढ़ोत्तरी करने का कोई अर्थ नहीं है। लेकिन तभी उसके मन में विचार आया कि वह निमाई बाबू को केन्द्र में रखकर फिल्म बनाए तो वह बिल्कुल नई तरह की फिल्म होगी। हेमिंग्वे के 'ओल्ड मैन ऐण्ड द सी' के तर्ज पर उसने फिल्म का टाइटल भी सोच लिया, 'ओल्ड मैन ऐण्ड द माउण्टेंस।' एक अकेला बूढ़ा आदमी समुद्र से आठ-दस हज़ार फीट की ऊँचाई पर एक निर्जन स्थान पर रह कर जीवन व्यतीत कर रहा है। जंगल जा कर अपने हाथों लकड़ी काट कर लाता है। नदी से जल भर कर लाता है। मछली पकड़ता है। अपने हाथों अँगीठी जला कर अपना भोजन पकाता है। अपने मकान के आस-पास खेती करके फल और सब्ज़ियाँ उगाता है। दूर तक आस-पास कहीं कोई दूसरा आदमी नहीं है। केवल कौवे, मैना, गौरैया जैसे पक्षी उसके साथी हैं। खाने बैठता है तो इस तरह के ढेर सारे पक्षी उसके इर्द-गिर्द जमा हो जाते हैं और वह अपने भोजन में से उन्हें भी खिलाता है। यह किसी सीमा तक सही भी था। अक्सर ही जब निमाई बाबू अपनी बालकनी में बैठते तो कितनी ही गौरैया-कौवे आदि आस-पास जमा हो जाते और निमाई बाबू उन्हें बिस्कुट, रोटी आदि के टुकड़े फेंक कर खिलाते रहते।

जेने ने परितोष से इस बारे में बात की तो उसे भी उसका विचार बहुत पसन्द आया। निमाई बाबू को उन्होंने बताया तो निमाई बाबू हँसे लेकिन फिर सहज ही राज़ी हो गए। पूरे तीन दिन लगा कर जेने ने फिल्म की स्क्रिप्ट, एक-एक शॉट और सीन के डिटेल तैयार किए। जंगल में दूर-दूर तक घूम कर लोकेशन चुने और अगले दिन से फिल्म की शूटिंग का काम शुरू कर दिया। पूरी तरह नहीं तो काफी हद तक जेने फिल्म निर्देशन के काम में ऐमेच्युअर थी लेकिन इसके बावजूद उसने काफी परिश्रम से काम किया। एक परेशानी यह थी कि सारी फिल्म नेचुरल लाइट में ही शूट करनी थी, सो प्रकृति ने उसका पूरा साथ दिया। जब तक उसका काम चलता रहा धूप बराबर बनी रही। एक दिन भी बदली नहीं हुई। हाँ, निमाई बाबू को खासी मेहनत करनी पड़ी। खासतौर से कुल्हाड़ी चलाकर लकड़ी काटने या फिर लकड़ियों का बोझ कन्धे पर रखकर पहाड़ से नीचे उतरने में। नदी से जल भर कर लाने के दृश्य के अलावा जेने ने उनके नदी में नहाते और सूर्य नमस्कार करते हुए भी शॉट्स लिए। सूर्य नमस्कार वाला आइडिया परितोष का था। निमाई बाबू को इसमें काफी कष्ट हुआ। जेने चाहती

थी कि निमाई बाबू कम-से-कम कमर तक पानी में खड़े हो कर यह शॉट दें। अन्यथा नदी के जल में खड़े होकर सूर्य नमस्कार करने का कोई अर्थ नहीं था और फिर शॉट में वह प्रभाव भी नहीं आता। लेकिन नदी का बहाव इतना तेज था कि कमर तक पानी में जाने का प्रश्न ही नहीं उठता था। यह बात भी आई कि निमाई बाबू की कमर में रस्सी बाँध कर उन्हें गहरे जल में उतारा जाए लेकिन फिर अन्ततः निमाई बाबू को नदी के किनारे उथले जल में बिठाकर यह भ्रम उत्पन्न करके कि वह कमर तक जल में डूबे हैं यह दृश्य लिया गया। सूर्योदय और सूर्यास्त के दृश्य भी फिल्म में डाले गए। बल्कि स्क्रिप्ट के अनुसार पहला शॉट ही सूर्योदय में शुरू होता था। निमाई बाबू अपनी बालकनी पर बैठे सूर्योदय देख रहे हैं। तब वहाँ से उतर कर अपने बागीचे में पौधों को पानी देते हैं, कुछ गोड़ाई-निराई आदि करते हैं। सूर्योस्त वाले दृश्य में अँधेरा होने के साथ निमाई बाबू के अपनी अँगीठी सुलगाने का दृश्य था। उधर सूर्य क्षितिज के नीचे उतरता है और इधर अँगीठी में आग की लपटें उठती हैं। उन्हीं लपटों की पृष्ठभूमि में निमाई बाबू का सिल्हूट दिखाई देता है जो धीरे-धीरे अँधेरे में विलीन हो जाता है। परितोष के सुझाव पर जेने ने उसकी माँ के चित्र और उसकी बगल में रखे सितार का शॉट भी लिया। फिल्म को अधिक तर्कसंगत बनाने के लिए जेने ने यह आइडिया भी फिल्म में डालने की बात रखी कि यह बूढ़ा व्यक्ति यानी निमाई बाबू इस निर्जन स्थान में इसलिए आकर रहता है कि काफी दिनों पहले जब वह अपनी पत्नी के साथ यहाँ घूमने आया था तो बातों-ही-बातों में उसकी पत्नी ने कहा था कि यदि सारा जीवन इस तरह के वातावरण में बिताने को मिले तो कितना अच्छा हो। तभी यह बात होने के दूसरे दिन इन्हीं पहाड़ों में या फिर नदी में नहाते समय किसी दुर्घटना में पत्नी की मृत्यु हो जाती है। लेकिन पत्नी द्वारा कही गई बात बूढ़े के मन में बैठी रह जाती है और वह अपने जीवन भर की कमाई से यहाँ एक छोटा-सा मकान बनाकर अपना शेष जीवन एकान्त में बिताने के लिए चला आता है। ''आइडिया बुरा नहीं है,'' परितोष ने कहा। लेकिन यह सारी बातें उन लोगों ने निमाई बाबू को नहीं बताई। यही नहीं, फिल्म कम पड़ने पर उन्होंने वह कैसेट भी इस्तेमाल कर लिया जिसमें वह दृश्य सुरक्षित था जब वे लोग यहाँ पहुँचे थे और परितोष और जेने द्वारा निमाई बाबू के पैर छूने के बाद उन्होंने उन्हें अपने गले से लगा लिया था। यह बात भी उन लोगों ने निमाई बाबू को नहीं बताई। ख्वामखाह उन्हें बता कर उनके मन को क्यों कष्ट दिया जाए?

फिल्म का काम 2समाप्त होने के दूसरे-तीसरे दिन ही परितोष और उसकी

पत्नी दिल्ली चले गए। जेने के लिए उसकी यह फिल्म भारत में उसके आगमन की निशानी ही नहीं एक बड़ी उपलब्धि थी। उसका विचार था कि वह उसे काफी मँहगे दामों पर किसी टी.वी. कम्पनी को बेच देगी। परितोष भी काफी प्रसन्न था कि जेने को यहाँ इतना अच्छा लगा और उसके मन का एक काम हो गया। वह अमेरिका में अपना फ्लैट लेना चाहते थे। इस फिल्म की बिक्री से उन्हें इसमें काफी सहायता मिलने की उम्मीद थी।

निमाई बाबू की इच्छा थी कि वह दिल्ली तक जाकर बेटे और बहू को विदा करें लेकिन फिर परितोष के समझाने से वे मान गए और मुनस्यारी तक जा कर उन्हें अल्मोड़ा वाली बस पर बिठाकर लौट आए। चलते-चलते परितोष ने उनसे वायदा किया कि वह जल्द ही जेने को ले कर दोबारा आएगा और तब उनके साथ पूरे भारत का भ्रमण करेगा।

उन लोगों के जाने के बाद भी निमाई बाबू काफी दिनों तक उत्साहित बने रहे। बेटे और बहू के आने से गाँव वालों के बीच उनकी साख भी बहुत बढ़ गई थी। जितने दिनों तक जेने फिल्म शूट करती रही उतने दिनों तो गाँव के बच्चे-बूढ़े—सभी लोगों के बीच निमाई बाबू चर्चा का विषय बने रहे। बच्चे जेने के साथ लगे रहते और उसे फिल्म शूट करते देखते रहते। लेकिन कुछ ही दिनों बाद सब कुछ फिर पहले जैसा हो गया। यहाँ आने के दो-चार दिनों के अन्दर ही निमाई बाबू ने गाँव वालों से मिलकर उनके बच्चों को और बच्चों को ही क्यों, स्वयं उन्हें भी मुफ्त पढ़ाने का अपना प्रस्ताव रखा था तथा मुफ्त दवा देने की बात भी कही थी। लोगों ने धैर्य से उनकी बात सुनी और सराही थी। कुछ ने दाँत निपोड़ कर, कुछ ने हाथ जोड़ कर उन्हें धन्यवाद दिया था लेकिन न तो कोई उनसे पढ़ने आया न ही दवा लेने। बेटे-बहू के जाने के बाद एक बार फिर उन्होंने अपना प्रस्ताव दोहराया और फिर वही प्रतिक्रिया हुई। लोगों ने सिर हिलाए, हाथ जोड़े, दाँत निपोड़े लेकिन पढ़ने न कोई बच्चा आया, न बूढ़ा। दवा लेने का प्रश्न तो तभी उठता जब कोई बीमार पड़ता। छोटा-मोटा खाँसी-बुखार होता सो उसकी देशी दवाएँ, जड़ी-बूटियाँ आदि उनके पास थीं और काफी कारगर भी थीं।

निमाई बाबू पुरानी दिनचर्या पर लौट आए। सुबह उठकर बालकनी पर बैठ कर चाय पीते, ट्रांजिस्टर पर समाचार सुनते, तब घूमने चले जाते। लौट कर कुछ समय अपने बगीचे में बिताते। भोजन करते। दोपहर में एक-डेढ़ घण्टा सोते। कभी-कभी भोलादत्त की पनचक्की पर जाकर, उसके पास बैठकर इधर-उधर

की बातें करते और शाम होने से पहले ही लौट आते। दिन में कभी कोई पत्रिका पढ़ते या फिर रवीन्द्र संगीत सुनते।

तभी अचानक उनका नौकर भाग गया। शुरू में उन्हें लगा कि वह मुनस्यारी गया होगा। थोड़े-बहुत अन्तराल से वह उसे कुछ सामान आदि मँगाने के उद्देश्य से वहाँ भेजते ही रहते थे। हो सकता है इस बार वह अपने आप चला गया हो। अतः दो-एक दिन तक वह उसकी प्रतीक्षा करते रहे लेकिन फिर उन्होंने उम्मीद छोड़ दी। गनीमत थी कि वह कुछ चुरा कर नहीं ले गया था। सम्भव है, कुछ पैसे वह ले गया हो। सो, उसके बनते ही थे। देर-सवेर जाना ही था उसे, निमाई बाबू ने सोचा। पहाड़ का नौकर मैदान में रुक सकता है लेकिन मैदान का नौकर पहाड़ पर नहीं रुक सकता। निमाई बाबू स्थानीय स्तर पर ही किसी लड़के की तलाश करने लगे। लेकिन वह भी उन्हें नहीं मिला। तभी मन-ही-मन उन्होंने एक और सूक्ति गढ़ी कि मैदान का लड़का तो मैदान में नौकरी कर सकता है लेकिन पहाड़ का लड़का पहाड़ पर नौकरी नहीं कर सकता। पन्द्रह-सोलह साल का होते-होते, बल्कि उससे पहले ही मैदान की ओर भागता है और सबसे पहले जिस शहर में पहुँचता है उसी में किसी होटल में बैरागीरी करने लगता है। चलो अच्छा हुआ, निमाई बाबू ने मन-ही-मन कहा। करता ही क्या था वह सिवा भोजन बनाने के। सो वह स्वयं कर लेंगे। अपने हाथ से अपना भोजन बनाने का आनन्द ही और है। रही मुनस्यारी जाकर वहाँ से सामान आदि लाने की समस्या, सो, वह स्वयं चले जाया करेंगे। उन्हें चाहिए ही क्या होता है? थोड़ा-बहुत राशन-पानी। सो, महीने में एक चक्कर लगाने से काम चल जायेगा। न होगा तो वहाँ से लौटते में घोड़ा कर लिया करेंगे। सामान कम हुआ तो पैदल ही आ जाएँगे। कुछ व्यायाम ही हो जाएगा।

इस तरह नौकर के चले जाने से उनके किसी काम में कोई अड़चन नहीं पड़ी लेकिन जल्दी ही निमाई बाबू कुछ अकेलापन महसूस करने लगे। नौकर था तो उससे कुछ बोलते-बतियाते रहते थे। और कुछ नहीं तो बालकनी पर बैठे-बैठे उसे आवाज़ देते थे तो खुद को अपना स्वर तो सुनाई ही देता था। अब वह भी सुनाई देना बन्द हो गया। घर एक तरह से खामोश हो गया। अकेले होने की भी सज़ा होती है, उन्होंने मन-ही-मन सोचा। पक्षी को पिंजरे में बन्द कर दो तो वह वहाँ भी चहचहाता रहता है। हिंसक पशु तक, पिंजरे में बन्द होने के बावजूद, जब उनका मन होता है दहाड़ लेते हैं। लेकिन मनुष्य? कहने को तो वह भी कुछ गा-गुनगुना सकता है, निमाई बाबू ने भी दो-एक बार कोशिश

की लेकिन वह सहसा अपने ही स्वर से भयभीत हो उठे। यही नहीं, शीशे में अपनी शक्ल देख कर भी उन्हें डर-सा लगने लगा। यह उन्हें क्या होता जा रहा है? उन्होंने स्वयं से प्रश्न किया। लेकिन वह लाचार थे। दूसरा आदमी कहाँ से लाएँ?

उन्होंने अपने कार्यक्रम में कुछ बदलाव किया। अब वह दूर-दूर तक घूमने जाने लगे। कभी द्योल ढोंगा तो कभी रागस ताल निकल जाते। साथ में कोई पुस्तक लिए जाते और घण्टों किसी निर्जन स्थान पर, किसी चट्टान पर बैठ कर पढ़ते रहते। लेकिन घूमने-फिरने की भी एक सीमा थी। थोड़े ही दिनों में उन्होंने आस-पास का चप्पा-चप्पा छान मारा और धीरे-धीरे इसमें उनकी रुचि कम होने लगी। उन्हें आश्चर्य हुआ कि वही पहाड़ जो शुरू में उन्हें हर दिन, बल्कि हर घड़ी सूर्य की चाल और दिशा के साथ अपना रूप बदलते लगते थे, यहाँ तक कि रात में भी, खासतौर से चाँदनी रातों में, एक नया ही रूप धारण कर लेते थे अब उन्हें बासी लगने लगे। नदी की 'कल-कल' तथा पनचक्की की 'पुक-पुक' भी जो उन्हें कर्णप्रिय थी अब अपना आकर्षण खो चुकी थी।

लगभग डेढ़ वर्ष उन्हें यहाँ आए हो चुका था। इस बीच अपने वायदों के विपरीत उनके ऑफिस के पुराने साथियों में से न तो कोई उनसे मिलने आया था न ही किसी के पत्र आए थे। परितोष का भी, यहाँ से जाने के बाद कोई पत्र नहीं आया था। जेने ने ज़रूर उन्हें लिखा था कि फिल्म बहुत अच्छी बनी है। अभी उसकी एडिटिंग चल रही है। लेकिन एक प्रकार से वह अभी अधूरी है। उसमें बर्फ के कोई दृश्य नहीं हैं। क्या जाड़ों में वहाँ बर्फ गिरती है? उन दिनों वह अपना समय कैसे काटते हैं? उसने पूछा था। इस बार जाड़ों में आएगी तो बर्फ के कुछ दृश्य भी शूट करेगी। तभी फिल्म पूरी होगी। कुछ चित्र भी उसने भेजे थे। लेकिन उसमें उन लोगों से गले मिलते हुए उनके चित्र नहीं थे। होते भी कहाँ से? उन्हें तो उन लोगों में रील कम पड़ने पर यहाँ ही मिटा दिया था। पत्र में उसने बहाना कर दिया था कि वे चित्र किन्हीं कारणों से खराब हो गए।

कभी-कभी वह गाँव वालों के पास ज़रूर जा बैठते या फिर भोलादत्त की पनचक्की पर। लेकिन उन लोगों से कभी कोई गहरा रब्त-ज़ब्त उनका नहीं हो सका। पुस्तकें ही उनका एकमात्र सहारा रह गई थीं। जब कभी वह हल्द्वानी आदि जाते तो वहाँ से कुछ न कुछ पुस्तकें, 'देश' जैसी पत्रिकाओं के नए या पुराने अंक खरीद लाते और दिन भर, बाहर घूमने-फिरने जाते तो भी, उन्हीं में खोये रहते। इस तरह दिन तो किसी तरह कट जाता लेकिन रात काटे नहीं कटती।

बिजली न होने के कारण रात में पढ़ना भी नहीं होता। बस, ट्रांजिस्टर पर समाचार या ऑडियो कैसेट पर रवीन्द्र संगीत सुनते रहते।

धीरे-धीरे उन्हें अनिद्रा रोग ने आ घेरा। कभी-कभी सारी रात उन्हें जागते बीत जाती। कुछ भय भी लगने लगा उन्हें कि कहीं कोई रात में आ कर उनका गला न दबा दे। इसी भय के रहते वह रात में कई-कई बार उठ कर घर के सारे दरवाज़े-खिड़कियाँ देखते फिरते कि ठीक से बन्द हैं या नहीं। धीरे-धीरे यह भय उन्हें दिन में भी लगने लगा और दिन में भी जब तब वह उठ कर खिड़की-दरवाजों का निरीक्षण करने लगे। यही नहीं, अब तो उन्हें मनुष्य मात्र से डर लगने लगा। कोई उनके घर के निकट से निकलता तो उन्हें लगता कि कहीं वह उनकी हत्या करने तो नहीं आ रहा है।

तभी एक दिन बालकनी में बैठे-बैठे उन्होंने अपने चेहरे पर हाथ फेरा तो वह चकित रह गए। उनके खासी लम्बी दाढ़ी उग आयी थी। इतनी लम्बी कि वह उसे अपनी मुट्ठी में पकड़ सकते थे। यह कब उग आई, उन्हें पता ही नहीं चला। उन्होंने इस बारे में सोचना शुरू किया तो उन्हें एहसास हुआ कि शेव करना तो उनका पिछले कई हफ्तों से बन्द था ही, उनके अन्य कार्यों में भी काफी परिवर्तन आ गया था। जैसे उन्हें नहाए हफ्तों क्या महीनों हो गए हों तो कोई ताज्जुब नहीं। बिस्तर की चादर भी पता नहीं कब से नहीं बदली थी। वस्त्र भी मैले-कुचैले पहने रहते। हफ्तों उन्हें बदलने का ध्यान ही न आता। भोजन में भी उनकी रुचि समाप्त-सी होती जा रही थी। पता नहीं कितने दिनों से वह बराबर खिचड़ी खा रहे थे।

इन बातों का एहसास होते ही यह जैसे अपने से ही भयभीत हो उठे। यह क्या होता जा रहा है उन्हें, कौन सा रोग है यह? उन्होंने होम्योपैथी की अपनी पुस्तकों को पलट कर इसकी पड़ताल शुरू की और उसी के अनुसार दवा लेनी भी आरम्भ की। लेकिन उन्हें कोई विशेष लाभ नहीं हुआ। किसी ने शायद ठीक ही कहा है कि डॉक्टर दूसरों का इलाज भले कर ले स्वयं अपना नहीं कर सकता और हार कर उन्होंने पहले मुनस्यारी और तब हल्द्वानी जा कर डॉक्टरों को दिखाया और उन्हीं के सुझाव पर मनोचिकित्सक की भी राय ली। उसने धैर्यपूर्वक उनकी बात सुनी और दवा दे दी। नींद लाने वाली दवाएँ ही उनमें अधिक थीं। शुरू में उन्हें कुछ लाभ भी हुआ। दवा खा लेते तो रात भर सोते रहते। मगर फिर धीरे-धीरे दवाओं ने असर करना बन्द कर दिया। उनकी हालत पहले जैसी ही हो गई।

पहली बार निमाई बाबू को इस बात का एहसास हुआ कि उन्होंने इस निर्जन स्थान में मकान बना कर बहुत बड़ी भूल की। ऋषियों जैसा जीवन व्यतीत करना हर आदमी के बस की बात नहीं है और फिर ऋषि अपने रहने के लिए इतना आडम्बर भी कहाँ करते हैं। आज के ढोंगी, स्वयं को भगवान या ईश्वर कहने वाले परमात्मा-पुरुषों की बात छोड़ दें, जो बड़े-बड़े वातानुकूलित भवनों में पाँच-सितारा होटलों की सुख-सुविधाओं के बीच रहते हैं, तो प्राचीन काल में ऋषि-मुनि आदि, और अगर आज भी सच्चे ऋषि होते होंगे तो वे भी, अपने लिए इस तरह के नफीस आधुनिक मकान तो बनाते नहीं। ड्राइंगरूम, स्टडी, ऐटिक, बालकनी आदि की आवश्यकता उन्हें नहीं होती। अधिक-से-अधिक मौसम की मार से बचने के लिए एक पर्णकुटी डाल ली। बल्कि उसकी भी उन्हें ज़रूरत नहीं पड़ती। पहाड़ों के बीच बनी कोई प्राकृतिक कन्दरा ही उनके लिए काफी होती है। कितने बड़े भुलावे में थे वह। भुलावा भी नहीं, छल, आत्मछल—जो किसी ने उसके साथ नहीं किया था, स्वयं उन्होंने अपने साथ किया था।

तब क्या करें वह? अपने शहर लौट जाएँ? शायद यही उचित होगा। ज़्यादा-से-ज़्यादा लोग उनका मज़ाक ही तो बनाएँगे, खिल्ली उड़ाएँगे कि प्रकृति की गोद में रहने गए थे, इतनी जल्दी लौट आए? वाह रे प्रकृति पुत्र! सो वह सुन लेंगे। मगर इस मकान का वह क्या करें? इसे लावारिस छोड़ कर जाएँ तो कहीं लोग उसकी एक-एक ईंट ही न उठा ले जाएँ। पहाड़ों पर अब वह बात कहाँ रही कि सोने की गठरी बाँध कर सड़क के किनारे रख दो, कोई हाथ नहीं लगाएगा। अब यहाँ भी चोर उचक्के हो गए हैं। अतः उसे बेच देना ही ठीक होगा। रही उसके ग्राहक मिलने की बात, सो लोगों को पता होना चाहिए, बस। ग्राहक तो खड़े-खड़े मिल जाएँगे। दो नम्बर के पैसे वालों की कोई कमी है इस देश में? बड़े-बड़े फार्म हाउस बनाते हैं लोग। हिल स्टेशनों पर भी फ्लैट और मकान बनाने का रिवाज हो रहा है। बल्कि अब तो जब से हिल स्टेशनों पर ओवर क्राउडिंग होने लगी है तब से लोग ऐसे ही स्थानों की तलाश में रहते हैं। आखिर क्या कमी है यहाँ, बिजली को छोड़ कर? उनके लिए जेनेरेटर लगाया जा सकता है। बस, पैसा होना चाहिए। सो, जो इतना बड़ा मकान लेगा उसके लिए पैसे की क्या कमी होगी?

समस्या केवल एक थी—सम्भावित ग्राहकों तक यह बात पहुँचाने की। शहर होता तो मकान पर 'फॉर सेल' की तख्ती लगा देते। ग्राहक अपने आप आने लगते। यहाँ तो कहो गाँव वाले 'फॉर सेल' का अर्थ भी न समझें और समझ भी

लेंगे तो उससे क्या अन्तर पड़ेगा? बात उन्हीं के बीच दब कर रह जाएगी। निमाई बाबू ने सोचा कि क्यों न वह एक हैण्ड बिल या पर्चा छपवा कर हल्द्वानी, नैनीताल, अल्मोड़ा जैसे शहरों में अखबारों के बीच रख कर बँटवा दें। लेकिन फिर उनके दिमाग में आया कि यहाँ के लोग शायद ही उनका मकान लेने में रुचि लें। वह तो वैसे ही हिल स्टेशन पर रह रहे हैं। जब इच्छा होगी इधर घूमने चले आएँगे। इसके लिए अलग मकान बनाने की उनको क्या ज़रूरत? दूसरा रास्ता था—दिल्ली जैसे नगरों के समाचार-पत्रों में विज्ञापन छपवाने का। निमाई बाबू ने अन्ततः यही रास्ता चुना और इस इरादे से विज्ञापन का मजमून बनाने बैठ गए। काफी सोच-विचार कर उन्होंने लिखा : फॉर आउट राइट सेल, फ्रेंच विला टाइप डूप्ले हाउस विद ऑल मॉडर्न अमिनिटीज़ एक्सेप्ट इलेक्ट्रिसिटी, सेविन किलोमीटरस् फ्रॉम बस टर्मिनल, इन द वेरी लैप ऑफ नेचर (बाद में उन्होंने इस वाक्य को बदल कर 'इन पर्फेक्ट नेचुरल सराउण्डिंग्स, माउंडटेन क्लिप्स एण्ड रिवर' कर दिया), सेविन थाउज़ेण्ड एबव सी लेवेल, ऑन टेन थाउजेण्ड फीट फ्री होल्ड लैण्ड विद ग्रोइंग एपिल, ओरेंज आर्चर्ड, मोस्ट सूटेबुल फॉर वकेशंस एण्ड एज़ हेल्थ रिज़ॉर्ट, काण्टेक्ट पोस्ट बॉक्स नम्बर आदि। मजमून काफी लम्बा हो गया था। अतः उन्होंने कुछ गैर ज़रूरी वाक्य जैसे नेचुरल सराउण्डिंग वाला वाक्य पूरा काट कर तथा ऐपिल, ओरेंज वाले वाक्य को बदल कर केवल 'विद आर्चर्ड' करके छोटा कर दिया। तब कुछ सोच कर उन्होंने पोस्ट बॉक्स नम्बर का विचार भी छोड़ दिया। आखिर कोई ऐसी चीज़ तो थी नहीं जिसका बिना देखे ही सौदा हो जाये। जिसे खरीदना होगा वह आ कर देखेगा ही । खामख्वाह एक बार पोस्ट बॉक्स नम्बर के माध्यम से सम्पर्क और तब उनके जवाब देने के बाद मकान देखने आए। इससे अच्छा है एक बार में ही आकर देख लें और जो भी बात करनी हो कर ले। इतना समय भी नहीं था। अगस्त समाप्त हो रहा था। मुश्किल से दो महीने बचते थे अन्यथा जाड़ों में कौन देखने आएगा? यह सोच कर उन्होंने पोस्ट बॉक्स नम्बर काट कर 'कॉन्टैक्ट आन स्पॉट, निमाई दत्ता, विलेज क्वीरी, तहसील मुनस्यारी, डिस्ट्रिक्ट पिथौरागढ़' कर दिया। इस तरह विज्ञापन तैयार करके हल्द्वानी जाकर वह दिल्ली के दो बड़े दैनिक पत्रों के स्थानीय कार्यालयों के माध्यम से उनमें बुक कर आए। कुछ ही दिनों के अन्दर विज्ञापन छप गया और उसकी प्रति भी उन्हें मिल गई।

इस निर्णय से उन्हें काफी राहत मिली। महीनों बाद उन्हें कुछ चैन की नींद आई। दूसरे दिन सुबह उठ कर उन्होंने आईने में अपना चेहरा देखा। अब तक

उनकी दाढ़ी खासी लम्बी हो आई थी। उन्हें अच्छी भी लगी। एक बार मन में आया कि उसे बना डालें लेकिन फिर यह सोच कर कि मकान बिक जाने के बाद जब अन्तिम रूप से यहाँ से जाएँगे तभी बनाएँगे, उन्होंने इरादा बदल दिया।

सितम्बर के तीसरे सप्ताह में पहला ग्राहक उनके दरवाज़े आया। तब दो-एक और आए। सभी दिल्ली या उसके आस-पास के रहने वाले थे और ऐसे लोग थे जो छुट्टियाँ बिताने नैनीताल, रानीखेत, कौसानी, अल्मोड़ा आदि आए थे। पैसे वाले थे। विज्ञापन देख कर सोचा, चलो एक यह भी शगल सही। पसन्द आएगा तो ले लेंगे। सभी अनुभवी आदमी थे। उन्हें यह भाँपते देर नहीं लगी कि निमाई बाबू गरज़मन्द हैं। अतः उन्होंने जो दाम लगाए वह मकान के लागत मूल्य के आधे से भी कम थे। पैसे बाले सब लुटेरे ही होते हैं क्या, निमाई बाबू ने मन-ही-मन कहा और विनम्रतापूर्वक उनका प्रस्ताव अस्वीकार कर दिया।

सितम्बर निकल गया। अक्टूबर शुरू हो गया। दो-एक ग्राहक और आए लेकिन बात नहीं बनी। धीरे-धीरे निमाई बाबू का फिर वही हाल हो गया। अनिद्रा रोग लौट आया। रात-रात भर बिस्तर पर पड़े जागते रहते। ज़रा-सी आहट होती तो उठ कर बैठ जाते। एक हाथ में लालटेन और दूसरे में छोटा-सा एक डण्डा, जिसे अब वह हर वक्त अपने साथ रखने लगे थे, लेकर सारे घर का चक्कर लगाते। खिड़की-दरवाज़ों की कुण्डियाँ चेक करते। अँधेरे से उन्हें भय लगने लगा। रात-रात भर लालटेन जला कर रखते। इसके बावजूद आँख बन्द करते ही लगता, जैसे कोई उनकी चारपाई की बगल में खड़ा उनकी गर्दन दबाने के लिए अपने हाथ बढ़ा रहा है। भय से वह पसीने-पसीने हो उठते। दो-एक बार तो वह बाकायदा चीख पड़े।

बालकनी पर बैठना भी उन्होंने छोड़ दिया। बस कभी-कभी खिड़की-दरवाज़ों की झिर्री से झाँक लेते। कोई उनके मकान के अगल-बगल से निकलता तो आशंकित हो उठते। गाँव वाले भी उनके इस व्यवहार से चकित थे। उनके साथ उनका घुलना-मिलना कभी सम्भव नहीं हुआ। इसके कारण थे। उनकी भाषा, बोल-चाल, रहन-सहन—सब अलग था। इसके बावजूद उन लोगों को उनसे पूरी सहानुभूति थी। उनका यह हाल देख कर कुछ बड़े-बुजुर्ग लोगों ने आपस में राय-मशविरा किया और वे उनसे मिलने उनके घर गए। निमाई बाबू उन्हें देख कर मन-ही-मन और भयभीत हो उठे। उन्हें लगा, वे लोग किसी षड्यन्त्र के तहत उनसे मिलने आए हैं। उन्होंने उन्हें द्वार से ही लौटा दिया।

तभी मौसम का पहला हिमपात हुआ, जो काफी जल्दी था। साधारणतया

बर्फ दिसम्बर शुरू होने के बाद ही गिरती थी जबकि यह अभी अक्टूबर का अन्त था। बर्फ गिरने के साथ ही सर्दी भी बढ़ गई। दो-चार दिन मौसम ठीक रहा तब दोबारा बर्फ गिरी। इस बार कई दिनों तक गिरती रही। पहाड़, घाटियाँ, रास्ते, मकान—सभी बर्फ से ढँक गए। सात-आठ दिन बाद धूप निकली तो लोगों ने भी बाहर निकलना शुरू किया। फावड़े, कुदाल आदि की सहायता से बर्फ काटकर रास्ते बनाए जाने लगे। बच्चों ने बर्फ में खेलना शुरू कर दिया। पक्षी जो इस बीच अपने-अपने कोटरों में छिप गए थे, फिर निकल आए। मेंढकों ने भी टर्राना शुरू किया। घाटी में जीवन लौट आया। लेकिन निमाई बाबू फिर भी घर से बाहर नहीं निकले।

पिछले काफी दिनों से वह अपने खिड़की-दरवाज़े लगभग हर समय बन्द रखते थे। इसके बावजूद रात में उनके बेडरूम की खिड़की से कुछ रोशनी छनकर बाहर आ जाती थी जो इस बात का संकेत होती थी कि निमाई बाबू घर में हैं। लेकिन इधर रोशनी भी दिखाई नहीं दी। तभी एक दिन कोई व्यक्ति उनके घर के पास से निकला तो उसे तीव्र दुर्गंध का एहसास हुआ। लगता है कोई जानवर उनके बगीचे में मर गया है, उसने सोचा। लेकिन उसे वहाँ कुछ दिखाई नहीं दिया। उसने गाँव के और लोगों को बताया तो उन लोगों ने वहाँ आ कर देखा। दुर्गंध मकान के अन्दर से आ रही थी, यह समझते उन्हें देर नहीं लगी। उन लोगों ने निमाई बाबू को आवाज़ें दीं, दरवाज़े भड़भड़ाए लेकिन कोई उत्तर नहीं मिला। लोग मन-ही-मन आशंकित हो उठे। गाँव के पटवारी को सूचित किया गया। उसने कुछ लोगों की मदद से दरवाज़ा तोड़ दिया। अन्दर जाकर देखा तो निमाई बाबू ड्राइंगरूम में फायर प्लेस के पास ज़मीन पर बिछे गद्दे पर लिहाफ-कम्बल से ढके-सिकुड़े पड़े थे। बगल में लकड़ी की चौकी पर लालटेन रखी थी, जो तेल समाप्त हो जाने के कारण अपने आप बुझ गई थी। चौकी से टिका उनका डण्डा रखा था। फायर प्लेस में जली हुई लकड़ियों के अवशेष पड़े थे।

दुर्गंध उनके शरीर से ही आ रही थी। ज़ाहिर था, वह मर चुके थे। पटवारी के कहने पर एक व्यक्ति ने अपनी लाठी से उनके शरीर पर पड़ा लिहाफ, कम्बल आदि हटाया तो दुर्गंध और तेज़ हो गई। लोगों ने अपनी नाक पर लगा कपड़ा और कस लिया। ढेरों चींटियाँ उनके शरीर पर चल रही थीं। बाल दाढ़ी तथा नाखून खासे बढ़े हुए थे। उनकी मृत्यु हुए कम-से-कम एक सप्ताह हो चुका था।

पटवारी ने मुनस्यारी जाकर अधिकारियों को सूचित किया तो उन्होंने आदेश दिया कि लाश का पोस्टमॉर्टम होगा। अतः लाश को एक कपड़े में सिलकर उसे

अर्थी पर बाँध दिया गया और चार लोगों की सहायता से उसे मुनस्यारी लाया गया। मुनस्यारी में भी पोस्टमॉर्टम की सेवाएँ उपलब्ध नहीं थीं। अतः लाश को जीप द्वारा पिथौड़ागढ़ भेज दिया गया। निमाई बाबू के कागज़ों में उनके बेटे का अमरीका का पता मिल गया था। उसे उस पर सूचना दे दी गई।

निमाई बाबू का मकान सील कर दिया गया।

❑ ❑ ❑

www.ingramcontent.com/pod-product-compliance
Lightning Source LLC
LaVergne TN
LVHW090724170726
843469LV00078B/564